아무도 모를 것이다

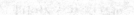

정보라
환상문학 단편선

아무도 모를 것이다

퍼플
레인

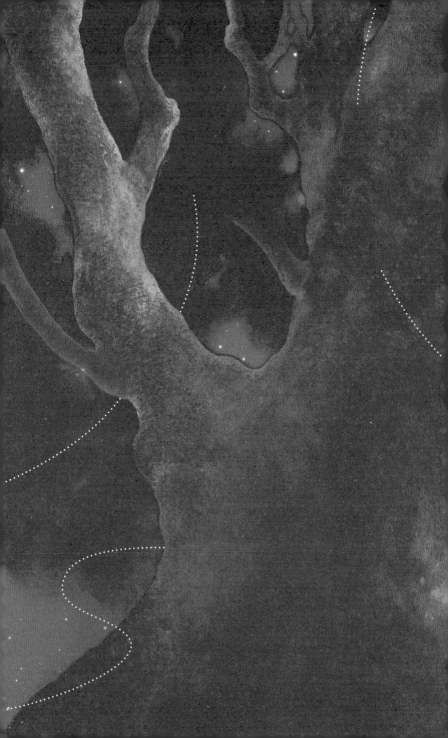

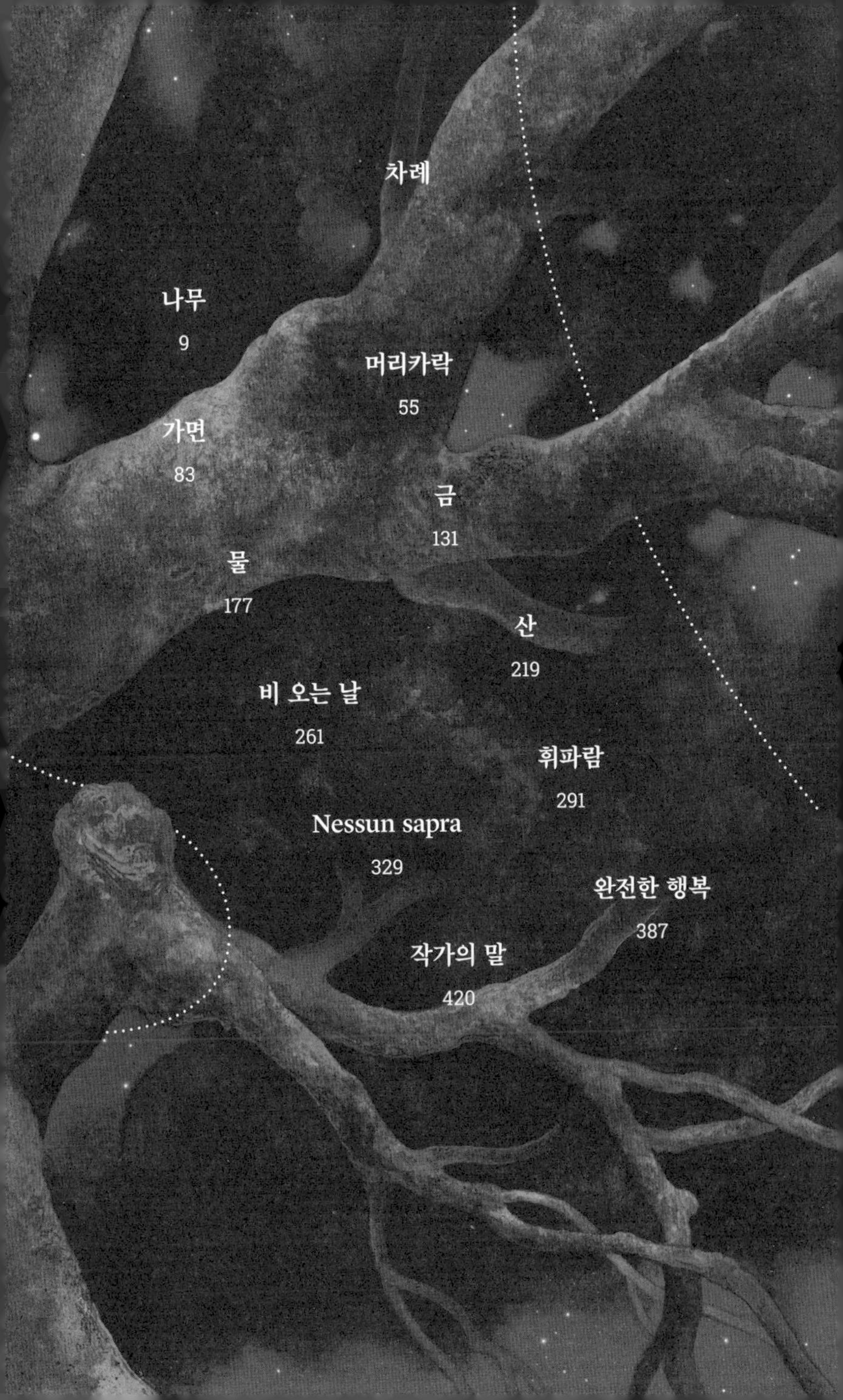

차례

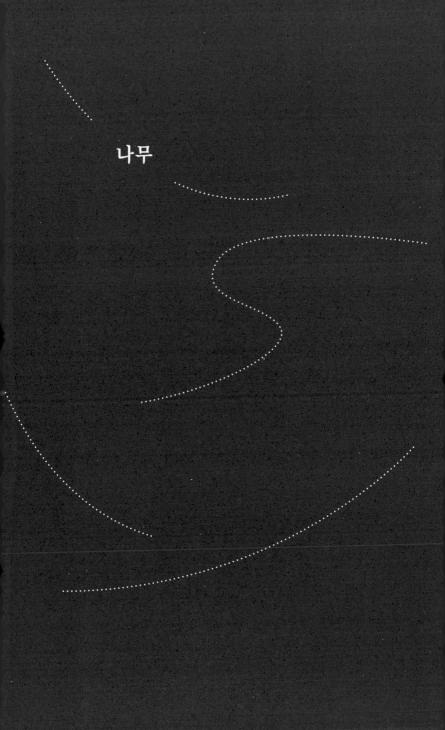

나무

* 2013년 환상문학웹진 〈거울〉 게재

그곳의 땅은 언제나 축축하고 질었다. 흙이 비옥하고 풍성하여 식물이 잘 자라고 언제나 풍년이 들었지만 그곳에서 오래 살았던 어른들은 아이들에게 경고하곤 했다. 흙 속에 괴물이 산다. 흙장난을 해서는 안 된다. 땅을 파 내려가면 괴물이 팔다리를 빨아 당기고 이어서 목숨을 빼앗아 간다.

물론 그는 이런 말을 믿지 않았다. 그는 애초에 흙장난을 좋아하지 않았으므로 아무래도 상관없었다. 그는 땅속에는 관심이 없었다. 그는 높은 곳을 좋아했다. 높은 데 올라서 동네를, 세상을 내려다보기를 좋아했다. 지평선의 끝, 하늘과 땅이 만나는 곳, 겹겹이 산으로 둘러싸인 그곳을 멀리 바라보며 그 너머에 뭐가 있을까 상상했다. 그 하늘은 물이 뚝뚝 떨어지는 듯한 새벽의 짙푸른 빛에서 한낮의 희고 맑은 옥색을 거쳐 저녁의 자줏빛과 아른거리는 선홍빛, 그리고 밤의 어두운 쪽빛까지 하루 중의 시간에 따라 변화무쌍하게 모습을 바꾸었다. 그는 마을 가까운 숲속의 가장 높은 나무 위로 기어 올라가서 그 기기묘묘하게 아롱지는 색색의 변화를 지치지도 않고 하루 종일 홀린 듯이 바라보곤 했다.

친구는 불구의 몸이었다. 다리가 나뭇등걸처럼 말라붙어 뒤틀렸고 나무의 옹이처럼 딱딱하고 둥글게 튀어나온 관절이 남들보다 적어도 두 개는 더 있어서 예상치 못한 방향으로 다리가 구부러지곤 했다. 평소에 친구는 몸의 평형을 유지하기 위해 양팔을 한껏 벌리고 그 휘어지고 말라붙은 다리를 지느러미처럼 옆으로 움직이며 힘겹게 걸어 다녔다. 또래보다 몸집이 한참 작고 가벼웠기 때문에 관절이 아무렇게나 휘어지지 않도록 꼿꼿하게 힘을 주면 몹시 느리기는 해도 간신히 자기 발로 서서 움직일 수 있었다.

그러나 나무에 매달리는 순간 친구는 달라졌다. 말랐지만 단단하고 튼튼한 양팔로 작고 가벼운 몸을 지탱하면서 가지에서 가지로 마치 날다람쥐처럼 옮겨 다녔다. 아무리 높은 곳도 무서워하는 법이 없었고, 심호흡을 하고 몸을 한번 흔들면 아무리 멀리 떨어진 나뭇가지라도 가볍고도 정확하게 건너뛰어 안착하곤 했다. 그 바람에 가지에 앉아 쉬고 있던 새들이나 토실토실한 뺨에 나무 열매를 구겨 넣는 다람쥐들을 놀라게 하는 일도 있었으나, 그뿐이었다. 친구는 절대로 다른 동물을 재미 삼아 다치게 하지는 않았다. 나무 위에서는 친구도 그런 야생의 동물들 중 하나였고, 그래서 나무 위에서만 친구는 자유로웠다.

이 사실을 알게 된 사람은 그가 처음이었다. 마을에서는 아무도 친구에게 별다른 주의를 기울이지 않았기 때문이다. 친구는 그저 불구의 몸을 타고난 운 나쁜 소년이었으며, 불구자에게 지나치게 관심을 보이거나 보란 듯이 동정을 베푸는 것은 일부러 못살게 구는 것과 마찬가지로 저열하고 품위 없는 행동으로 여겨졌다. 그래서 마을 어른들은 친구가 중심을 잡느라 팔을 휘저으며 힘겹게 걸어가는 모습을 보면 고개를 돌렸고, 마을의 아이들은 친구를 괴롭히지 않았으나 어울려 놀려고 하지도 않았다. 불구의 소년은 언제나 혼자였다.

그래서 그는 소년의 유일한 친구였다.

해가 뜨면, 가끔은 동이 채 트기도 전에, 그는 소년의 집으로 달려갔다. 소년은 반갑게 웃으며 예의 그 힘겨운 걸음걸이로 마당을 가로질러 어렵사리 걸어와서 문을 열어주곤 했다. 그를 보고 소년의 부모도 언제나 환하게 웃었다. 불구의 몸인 아들을 동등한 인간으로 대해주는 사람이 마을에 그 하나뿐이라는 사실을 소년의 부모도 알고 있었다. 그래서 소년의 부모는 그를 언제나 반겼고 따뜻한 음식을 마음껏 먹게 해주는 것으로 자신들의 호의를 표시했다.

그도 그런 호의를 언제나 감사히 여겼다. 그는 고아였다. 부모가 죽고 나서 이곳에 사는 친척이 거두어주기는 했으나 불구의 소년과 마찬가지로 아무도 그에게 특별히 관심을 주지 않았다. 숙모는 그가 음식을 먹을 때마다 눈살을 찌푸리고, 사촌들은 자기들끼리 어울려 놀다가도 그가 나타나면 하던 말을 멈추고 시선을 돌려버리며, 숙부는 그가 집을 나서면 등 뒤로 문을 세게 소리 내어 닫는다는 것을 그는 알고 있었다. 그는 소년과 마찬가지로 외톨이였다. 외톨이일수록 춥고 배고플 때 마음을 기댈 따뜻하고 포근한 고향 집의 화롯가가 절실한 법이다. 그에게는 소년의 집이 일종의 그런 화롯가였다. 그리고 그 화롯가 밖의 무심하고 냉정한 세상에서 천애고아와 불구자는 그 누구도 필요로 하지 않는, 쓸모는 없지만 함부로 버릴 수도 없는 골치 아픈 덤 같은 존재였다.

그래서 이른 아침을 먹고 나면 두 아이는 숲으로 향했다. 친구를 위해 느릿느릿 걸으며 그는 하늘의 색깔과 그 하늘을 향해 솟아난 나무들을 관찰했다. 불구의 소년은 힘겹게 그를 따라잡으며 휘어진 발을 붙잡아 감싸는 땅의 흙에 대해 불평하고 간밤에 잠든 소년의 머릿속을 지배했던 꿈에 대해 이야기했다. 꿈속에서만은 소년은 불구가 아니었다. 원한다면 뱀처럼 땅을 길 수도 있고 네발 달린 짐승처럼 빠르게 달릴 수 있었으며 새처럼 하늘을 날 수도 있었다. 그래서 불구의 소년은 현실의 세상보다 꿈속의 세상을 더 마음에 가깝게 품고 있었고, 그런 꿈속에서 일어난 일을 세세하게 기억해두었다가 유일한 친구인 그에게 이야기해주었다.

그런 이야기를 들으며 그는 숲의 입구에 도달했다. 높은 나무를 찾아 안쪽으로 안쪽으로 들어가다가 때때로 경사가 가파른 오르막이나 뛰어 건너야 하는 시냇물이 나오면 그는 친구를 업고 갔다. 그러나 오래 애쓸 필요는 없었다. 숲에는 나무가 많았고, 나무가 있는 곳이면 친구는 어디든 올라갈 수 있었다. 처음에 매달릴 때 조금만 받쳐주면 그 뒤로는 그가 도저히 엄두를 못 내는 곳까지 아무렇지 않다는 듯 순식간에 기어 올라갔다. 그리고 땅에 서서 멍하니 입을 벌리고 올려다보는 그를 내려다보며 친구는 즐겁게 소리 내어 웃었다.

그는 그 웃음소리가 좋았다. 물론 그것은 일종의 비웃음이었다. 그러나 아무런 악의 없이 순진무구하게, 그저 어린아이가 친한 친구를 놀려주는 웃음이라는 것을 그는 이해하고 있었다. 그래서 그도 함께 웃었다.

그는 친구를 따라 나무를 올라갔다. 나무를 타는 친구의 능력은 분명 특출했으나 그는 건강한 몸에 활기가 넘치는 보통의 어린 소년이었으므로 친구가 조금만 기다려주면 금방 따라잡을 수 있었다. 정해진 높이까지 누가 먼저 올라가는지 내기를 하면 언제나 그가 지는 편이었지만, 어디까지 올라갈 수 있는지 내기할 때면 친구와 그는 언제나 비슷비슷했다. 위험하게 휘청거리는 나뭇가지와 성난 새와 놀란 동물들을 피해서 어제는 올라가지 못했던 곳에 오늘 도달하면 그와 친구는 그것을 가장 큰 성취이자 더없는 기쁨으로 여겼다. 그렇게 높은 가지에 나란히 앉아서 두 소년은 세상을 내려다보며 끝이 없을 것만 같은 숲 너머 지평선을 겹겹이 둘러싼 산과 그 바깥의 세상, 더 넓고 흥미로운 세상에 대해 이야기하곤 했다. 친구가 불구의 몸을 이끌고 그 세상 밖으로 나가는 일은 평생 결코 없으리라는 사실을 두 소년 모두 어렴풋이 알고 있었다. 그러나 그들은 아직 어렸고 세상은 그들의 조그맣고 미숙한 삶에 비하면 더없이 크고 경이로웠으며, 그러므로 두 소년은 어린아이다운 믿음으로 앞날에 무슨 일이든지 일어날 수 있고 무엇이든 가능하다는 희망을 버리지 않았다.

그것은 아름다운 시절이었다. 춥고 배고프고 외롭고 순진하고 무구했기 때문에 그만큼 더 아름다운 시절이었다.

두 소년은 어느 날 그렇게 나무 위에 앉아 있다가 숲속의 오솔길을 지나는 여행자를 발견했다. 늙은 나귀를 타고 터덜터덜 지나가는 여행자는 수도승의 황갈색 두건을 쓰고 긴 지팡이를 들고 있었다. 타고 있는 나귀가 키가 작아서, 키 크고 어깨가 넓은 여행자는 발이 땅에 닿을 듯이 위태로워 보였다. 고개를 푹 숙이고 생각에 잠긴 듯, 혹은 졸음에 겨운 듯 흔들흔들 느릿느릿 태평하게 아래를 지나가는 여행자를 두 소년은 나무 꼭대기에 숨어서 흥미롭게 구경했다. 마을에 외지인이 들어오는 것은 무척 드문 일이었고, 설령 외지인이 찾아왔다 한들 마을 사람들 틈에서라면 두 소년이 오랜만의 흥밋거리인 타지 사람을 이렇게 가까이에서 아무런 방해 없이 마음껏 구경할 수 있을 리 없었다.

"잔다, 그치? 저러다 떨어지겠다."

친구가 킥킥거리며 속삭였다. 그리고 눈을 반쯤 뜨고 몸을 좌우로 흔들며 나귀를 탄 여행자를 흉내 냈다.

그도 함께 소리 죽여 킥킥거렸다. 친구는 입을 벌리고 혀를 내밀고 코 고는 소리를 내며 몸을 더 심하게 흔들었다. 그는 참을 수가 없어 배를 잡고 소리 내어 웃었다.

친구는 몸을 일부러 흔들었고 그는 웃으면서 격렬하게 움직였기 때문에 앉아 있는 나뭇가지가 위태롭게 흔들렸다. 그렇게 흔들리는 것이 재미있어서 두 소년은 더 심하게 웃었다. 이제 나뭇가지가 삐걱삐걱 불길한 소리를 내기 시작했다. 그래서 두 소년은 여전히 터져 나오는 웃음을 애써 누르며 양

손으로 나뭇가지를 움켜쥐고 똑바로 앉았다. 소년들이 중심을 잡고 나뭇가지가 흔들림을 멈추었다. 두 소년은 나뭇가지를 흔들거나 부러뜨리지 않게 조심하면서도 다시 킬킬 웃기 시작했다.

그때, 저 아래 땅에서 오솔길을 지나가던 여행자가 고개를 들었다. 거칠고 무심한 시선이 똑바로 소년들을 향했다. 그는 흠칫 놀라 웃음을 멈추었다.

그 순간 친구가 나뭇가지에 달려 있던 개암을 따서 느닷없이 여행자를 향해 던졌다.

개암은 그다지 크지 않았으나 속이 꽉 차서 돌멩이처럼 단단하게 영글어 있었다. 소년이 높은 나뭇가지에서 있는 힘껏 던진 개암은 포물선을 그리며 날아서 여행자의 나귀가 발을 디디려던 곳 바로 앞, 푹신하고 축축한 땅속에 박혔다.

이 갑작스럽고 이유 없는 공격에 죄 없는 나귀는 깜짝 놀랐다. 앞발을 들고 큰 소리로 비명을 지르며 몸을 뒤틀었고, 그 서슬에 무방비하게 졸고 있던 여행자는 그대로 나귀 등에서 떨어져버렸다. 붙잡아줄 주인마저 등에서 떨어지자 나귀는 그길로 히히히힝 하고 길게 비명을 지르며 어딘지 모를 숲속으로 달아나버렸다.

그 모습을 보고 두 소년은 다시 웃음을 터뜨릴 뻔했다. 나귀 등에서 떨어진 여행자가 땅에 엎드린 채 잠시 움직이지 않았기 때문에 두 소년은 터져 나오려던 웃음을 멈추었다. 여행자가 꾸물꾸물 움직여 마침내 몸을 일으켰을 때 두 소년은 안도했다. 그러나 그가 옆에 앉은 친구를 팔꿈치로 찌르며 뭔가 재치있는 말을 건네려던 순간, 여행자는 고개를 들어 두 소년을 무섭게 노려보더니 나무를 타고 오르기 시작했다.

소년들은 당황했다. 어른이 나무에 오르는 모습을 본 적은 한 번도 없었다. 그러므로 여행자가 그렇게 빠르고 능숙하게 나무를 탈 수 있을 줄 두 소년은 상상도 하지 못했다. 도망치려 해도 그럴 길이 없었다. 소년들이 앉아 있는 곳은 주변에서 가장 높은 가지 위였다. 어디로든 다른 가지로 옮겨 가려면 일단 아래로 내려가야 했다. 그러나 아래쪽에서는 나귀를 잃은 여행자가 무시무시하게 눈을 부라리며 다가오고 있었다. 두 소년은 여행자가 올라오는 방향을 향해서 내려갈 용기가 없었다.

먼저 결심을 굳힌 것은 친구였다.

"빨리 와."

나뭇가지를 붙잡고 아래쪽으로 몸을 옮기면서 친구가 속삭였다.

"조금만 내려가서 옆에 있는 다른 가지로 뛰어 옮겨 가면

돼. 자, 빨리."

그는 망설였다. 친구가 그의 발치에서 재촉했다.

"어른은 무거우니까 우리처럼 가지 사이로 빨리 뛰지 못해.
괜찮아, 서둘러."

그래서 그도 마지못해 어기적거리며 나무를 타고 내려가기
시작했다.

조금 내려가서 친구가 먼저 옆 나무의 가지로 옮겨 갔다.
그리고 그에게 손을 내밀었다. 그는 친구와는 달리 다리를 쓸
수 있었으므로 발을 나무줄기가 튀어나온 곳에 받쳐 몸을 지
탱하고 있었다. 그렇게 엉거주춤하게 서서 그는 친구가 내민
손을 잡았다. 꽉 잡았다. 그리고 옆 나무의 가지로 옮겨 가려
했다.

여행자가 팔을 뻗어 그의 발목을 움켜잡았다.

그는 비명을 질렀다. 발목을 잡은 힘센 손을 뿌리치기 위해
서 본능적으로 손을 아래로 휘저었다. 그러면서 친구가 잡고
있던 다른 한 손을 자기도 모르게 낚아챘다.

그 서슬에 그는 친구와 함께 나무에서 떨어졌다.

정신이 들었을 때 그는 등 뒤로 손이 묶여 있는 것을 알았
다. 여행자는 친구도 등 뒤로 손을 돌려 그의 손목과 함께 묶
어놓았다. 그리고 여행자는 지팡이로 땅을 파는 중이었다.

이곳의 흙은 부드러웠고, 여행자의 낡은 나무 지팡이는 길고 단단했다. 뭐가 어떻게 되려는 것인지 그가 깨닫기도 전에 여행자는 땅을 어느 정도 파더니 그와 친구를 일으켜 세워서 구덩이 속에 다리부터 똑바로 파묻었다.

구덩이는 생각보다 깊었고, 그와 친구는 조그만 소년들일 뿐이었다. 가슴까지 파묻힌 채로 그와 친구는 울부짖었다. 그러나 숲은 깊고 어두웠으며 주위에는 도와줄 사람이 아무도 없었다.

"공연히 장난을 치면 그렇게 되는 거다."

여행자가 굵고 낮은 목소리로 중얼거렸다.

"남의 나귀를 빼앗으면 혼이 나는 거야."

중얼거리면서 여행자는 가슴까지 파묻힌 두 소년 주위의 흙을 발로 밟아서 다졌다. 그리고 울며 아우성치는 두 소년을 남겨두고 무심하게 숲속으로 사라져버렸다.

한참이나 울부짖다가 목이 쉬고 지쳐서 그는 저절로 진정되었다. 마음이 조금 가라앉고 나서야 그는 이곳의 흙이 언제나 느슨하고 부드럽다는 사실을 떠올렸다. 애를 써서 몸을 움직이다 보니 팔다리 주변에 조금씩 공간이 생겼다. 그는 손목을 묶은 끈을 풀기 위해 꼼지락거리기 시작했다.

"살려줘."

친구가 헐떡거렸다.

"나, 밑에서 누가 잡아당기는 것 같아."

불구의 소년은 언제나 상상력이 풍부했으므로 그는 친구가 여전히 겁에 질려서 그런 말을 하는 것이라고 생각했다. 그래서 그는 필사적으로 손을 꼼지락거리고 손목을 흔들면서 불평했다.

"개암은 왜 던졌어?"

"몰라, 그냥 손에 닿았어……."

친구가 훌쩍거리며 울먹이는 소리로 대답했다.

"눈이 마주치니까, 깜짝 놀라서……."

"잡아당기지 말고 너도 어떻게든 풀어봐."

그가 짜증을 냈다.

"밧줄이 굵지만 느슨해, 너도 같이 풀면 금방 풀릴 거야."

"내가 당기는 거 아냐."

친구가 한층 더 겁에 질린 목소리로 말했다.

"누가 밑에서 당긴다니까……. 다리를 타고 올라와……."

친구의 목소리는 공포에 질려서 점점 작아졌다. 처음에는 친구가 상상하는 것이라 생각했지만 이제는 그도 발아래 흙 속에서 잡아당기는 뭔가를 느낄 수 있었다. 그래서 그는 결사적으로 손가락을 움직여 느슨하게 대충 묶인 밧줄을 풀었다.

그리고 물에 빠진 사람이 지푸라기를 잡듯이 그렇게 목숨을 걸고 팔을 휘저어 구덩이 속에서 몸을 빼냈다.

"자, 잡아."

그가 친구에게 손을 내밀었다. 그러나 친구는 겁에 질린 눈을 크게 뜨고 고개를 저었다.

"왜 그래?"

"팔을 들 수가 없어…… 아래에서 잡아당겨…….."

그는 친구의 목이 말하는 도중에 뻣뻣하고 거칠거칠하게 굳어져 나무줄기로 변하는 것을 보았다. 친구가 비명을 지를 듯이 입을 크게 벌렸지만 이미 늦었다. 땅속에 가슴까지 파묻힌 불구의 소년은 소리 없는 비명과 절박한 공포를 열린 입과 크게 뜬 눈에 담은 채 그대로 나무둥치로 변해버렸다.

그는 어쩔 줄 모르는 채로 친구 곁에 한참이나 서 있었다. 소리치며 말을 걸고 건드리고 두드려보았으나 친구는 이제 그의 말을 들을 수도, 그에게 대답할 수도 없었다. 울며 비명을 지르며 고함을 지르며 서 있다가 그는 어둑어둑해질 무렵에야 하는 수 없이 숲을 나와 마을로 돌아왔다.

친구의 집에 가서 소년의 부모에게 사건의 전말을 고했을 때 소년의 어머니는 기절했다. 정신을 잃은 아내를 가슴에 안고 소년의 아버지는 아무 말도 하지 않았다. 그러나 죽일 듯이 노려보는 그 시선에서 그는 친구의 아버지에게 이제 아무것도 바랄 수 없다는 사실을 깨달았다. 친구의 아버지가 말없이 문 쪽을 가리켰기 때문에 그는 친구의 집을 나왔다.

다시 숲에 가보고 싶었지만 날이 이미 어두워져 갈 수 없었다. 잠을 자는 둥 마는 둥 하고 그는 다음 날 새벽 다시 집을 나섰다. 그러나 불구자 소년의 집에 찾아갔을 때 그가 발견한 것은 빈집이었다. 친구의 가족은 밤사이에 짐을 싸서 어디론가 사라져버린 것이다.

* * *

그는 오랫동안 믿을 수 없었다.

혼자 숲으로 가서 그는 이제 나무가 되어버린 친구 옆에 하루 종일 앉아 있곤 했다. 친구는 딱딱하고 거칠고 차가웠으며 그가 무슨 말을 해도, 아무리 빌어도, 아무리 울어도 대답해주지 않았다. 그리고 시간이 갈수록 그는 친구를 알아보기조차 힘들어졌다. 이곳의 흙은 질고 축축하고 비옥했으며, 그래서 나무가 되어 땅에 뿌리 박은 그의 친구는 숲의 다른 나무들이 그러하듯이 쑥쑥 자랐기 때문이다. 처음에 나무둥치는 작았고 친구의 얼굴 모습을 그대로 간직하고 있었다. 그러나 날이 갈수록 자라서 가지를 뻗고 잎을 피웠으며, 그리하여 숲의 다른 나무들과 구분할 수 없는 모습이 되어버렸다. 그는 서너 번에 한 번, 두 번에 한 번꼴로 친구의 흔적을 알아보지 못했고, 그러다가 마침내 숲속의 수많은 키 큰 나무들 중 어느 것이 친구가 변한 모습인지 아무리 살펴보아도 알 수 없어지는 날이 피할 수 없이 찾아왔다.

그래서 그는 울었다. 친구가 처음 눈앞에서 나무로 변했을 때와 마찬가지로 땅에 무릎 꿇은 채 친구일 수도 혹은 아닐 수도 있는 나무둥치에 이마를 대고 있는 힘껏, 목청껏 울부짖었다.

친구는 대답하지 않았다.

* * *

그는 거칠어졌다.

숙모와 숙부와 사촌들에게, 마을 사람들에게, 눈앞에 보이는 모든 사람들에게 비아냥거리고 모욕을 퍼부었으며, 누군가 맞대응하거나 그를 야단치려 하면 덤벼들었다. 얼마 지나지 않아서 그는 천애 고아라는 꼬리표 위에 '구제불능'이라는 딱지를 하나 더 얻게 되었다. 그러나 그 분노의 근원에 자리 잡은 어린 소년의 공포와 죄책감은 아무도 알지 못했고 아무도 이해하거나 설명해주려 하지 않았다. 그래서 그는 더욱더 거칠어졌다.

마을에서 쫓겨나던 날 그는 숲으로 갔다. 이제는 친구가 어디에 뿌리 박고 있는지 짐작도 할 수 없어졌기 때문에 그는 눈에 띄는 대로 아무 나무에나 기대앉았다. 집을 나올 때 훔쳐 온 술을 마셨다. 그리고 소리치며 울다 잠이 들었다.

그는 꿈을 꾸었다.

꿈속에서도 마찬가지로 숲속이었다. 그는 친구와 마주 앉아 있었다. 친구는 더 이상 어린 소년이 아니었다. 그와 마찬가지로 청년이었다.

그는 반가웠다. 친구의 손을 잡으려 했다. 그러나 친구는 마르고 앙상한 손을 빼내며 고개를 돌렸다.

— 배가 고파.

친구가 속삭였다.

— 빗물하고 흙만으로는 도저히 못 견디겠어. 배가 고파.

"네 부모님과 가족들은 이사 가버렸어."

그가 설명했다.

"나도 숙부의 집에서 쫓겨났어. 하지만 네가 원하면 다시

24

마을에 내려가서 음식을 훔쳐다 줄게."

― 살아 있는 걸 가져와.

친구가 기괴하게 빛나는 눈동자를 그에게 향하고 나지막하게 불길한 목소리로 속삭였다.

― 네가 날 이렇게 만들었으니까, 네가 책임을 져야 해.

"하지만 어떻게……?"

그가 되물었다. 친구는 광기에 찬 눈을 빛내며, 미소 지으며 그에게 말했다.

― 말했잖아. 살아 있는 걸 가져오라고.

친구는 마르고 앙상한 손을 그의 어깨에 올렸다. 뼈만 남은 차가운 손가락으로 그의 목뒤를 움켜쥐고 얼굴을 그의 눈앞에 바짝 가져다 댔다.

― 안 그러면 널 먹을 거야.

친구의 숨결에서 짙은 흙냄새가 뿜어져 나왔다. 무덤 속에 누운 사람만이 알 수 있는, 사방을 휘감은 숨 막히는 땅의 냄새, 흙에서 나서 흙으로 돌아갈 인간을 발밑에서 평생 지배하는 강력한 대지의 냄새였다.

그는 잠에서 깼다.

이미 아침이었고, 숲속은 환하게 밝았다. 새들이 지저귀고 있었다. 그는 기대 누웠던 나무둥치에서 몸을 일으켰다. 전날 마신 술 때문인지 입안이 텁텁하게 마르고 머리가 띵했다. 등 아래의 땅이 축축하고 기분 나쁠 정도로 차갑게 느껴졌다. 꿈속에서 목뒤를 움켜잡았던 친구의 차갑고 앙상한 손가락이 생각났다.

그래서 그는 일어섰다. 어디로 가는지도 모르면서 걷기 시작했다.

그리고 오래전 정체 모를 여행자가 지나갔을 수도 있는 숲속의 조그만 오솔길을 따라 걷다가 그는 친구를 발견했다. 그 모습을 보자 그는 '살아 있는 것을 가져오라'던 친구의 말이 무슨 뜻인지 알 수 있었다.

나무는 검고 거대했다. 하늘까지 뻗을 듯이 높이 솟아 있었으나 줄기가 앙상하고 가지에는 잎이 하나도 없었다. 숲의 다른 나무들이 모두 햇볕과 땅의 기운을 받아 연녹색, 진녹색, 황갈색, 녹갈색, 진갈색으로 생명의 색깔을 다채롭게 빛내는 가운데 그 나무만 주위의 공기까지 검었다.

나무의 주변에는 조그만 동물들이 죽어 있었다. 두더지나 토끼 등 네발짐승도 있었고 이름 모를 여러 가지 새도 있었다. 그 사체는 모두 작게 쪼그라들고 나무의 색깔처럼 새카맣게 변해 있었다.

그는 가까이 다가갔다. 나뭇가지의 검은 그늘 속에 들어서

자 냉기와 함께 꿈속 친구의 숨결에서 맡았던 무덤의 흙냄새가 진하게 끼쳐 왔다.

그는 한때 친구였던 나무의 줄기를 만지려고 손을 들었다. 그러나 엄두가 나지 않아 다시 내렸다. 추웠다. 으슬으슬하게 기분이 나쁘고 떨렸다. 나뭇가지의 그늘 속에 서 있는 것만으로도 몸에서 생기가 빠져나가는 것만 같았다. 새까만 나무껍질과 주위에 죽어 널브러진 동물들의 사체를 보면서 그는 뭐라고 말해야 할지 알 수 없었다.

그래서 그는 도망쳤다.

* * *

그는 숲 주변의 여러 다른 마을을 떠돌며 잡일을 해서 생계를 이었다. 때로는 좀도둑질을 하기도 했다. 쥐, 닭, 비둘기, 도둑고양이 혹은 주인 없는 개 등 작은 동물을 발견하면 산 채로 잡아서 자루에 넣었다. 그리고 숲속으로 가져가서 검은 나무에게 주었다.

그를 쫓아낸 고향 마을은 물론, 가까운 마을에까지 이미 그에 대해 좋지 않은 소문이 퍼졌다. 가끔 쥐나 도둑고양이 혹은 들개를 잡아달라고 부탁하는 사람도 있었지만, 아주 가끔이었다. 그래서 그는 자신이 먹을 것과 친구가 먹을 '살아 있는 것'을 구하기 위해 점점 더 먼 곳으로 가야만 했고, 점점 더 자주 도둑질에 의존해야 했다.

어쨌든 그는 자루에 '살아 있는 것'을 채우면 언제나 검은 나무에게 돌아왔다. 갈 곳 없는 밤이면 검은 나무 밑에 '살아 있는 것'이 든 자루를 묶어놓고 그 옆에서 노숙하기도 했다.

그런 밤이면 그는 검은 나무에 꽃이 핀다는 것을 알게 되었다. 처음에는 꿈이라고 생각했으나 꿈이 아니었다. 자루 속에 든 '살아 있는 것'은 검은 나무 밑에서 공포에 질려 꿈틀거리다 점점 움직이지 않게 되었다. 그러고 나면 검은 나무의 새카맣게 말라붙은 가지에 화사한 색의 꽃이 한 송이 피어났다. 자루 속에 든 것이 쥐나 닭, 비둘기처럼 작은 동물일 때는 꽃도 작고 색도 옅었다. 살이 통통하게 찐 두더지나 도둑고양이일 때는 꽃도 조금 더 커지고 색도 진해졌다. '살아 있는 것'의 숫자가 많아지면 그만큼 꽃의 숫자도 늘고 색도 다채로워졌다. 늑대만큼이나 몸집이 큰 들개를 잡아다 검은 나무 밑에 매어놓은 날에는 진한 푸른색 꽃과 함께 연녹색의 잎사귀도 하나 피어났다.

생명을 먹고 피어난 검은 나무의 꽃과 잎사귀는 주변 공기의 색깔마저 바꿔놓았다. 밤의 검은 대기는 꽃 주변에서만 옅은 분홍색과 노란색, 하늘색과 연두색이 뒤섞인 색깔을 내며 어스름하게 빛났다. 새벽녘에 동이 터서 희부연 햇빛 속에 꽃들이 즉각 흩어져 사라져버릴 때까지 그는 몇 시간이고 매혹되어 바라보곤 했다.

그 꽃에는 향기가 전혀 없었고 좀 더 잘 관찰하기 위해 가까이 다가서면 나무 전체에서 풍겨 나오는 무덤의 흙냄새에 숨이 막혔다. 그러나 그에게는 아무 상관도 없었다. 생명을 먹고 피어난 꽃이 아른아른 색이 바뀌는 대기 속에서 가늘게 꽃잎을 떠는 모습을 지켜보면서 그는 '살아 있는 것을 가져와. 안 그러면 너를 먹겠다'라고 말하던 친구의 목소리와 그 형형하게 빛나던 기괴한 눈동자를 떠올렸다. 그리고 친구가 이렇게 되살아나는 모습을 볼 수 있다면 살아 있는 것을 얼마든지 가져다주겠다고 마음속으로 다짐하곤 했다.

쥐를 잡아주러 갔던 농장에서 양을 훔쳐 온 것은 그로서는 대단한 성공이었다. 훔쳐 온 양을 시궁쥐가 든 자루와 함께 나무줄기에 묶어놓고 꽃이 피기를 기다리다가 그는 깜빡 잠이 들었다.

꿈속에서 친구는 무릎 위에 양을 껴안고 앉아 있었다. 친구에게 안긴 양은 고통스럽게 메에에 하고 비명을 지르며 시들었다. 가죽에서 털이 빠지고 몸이 말라 뼈가 앙상해졌다. 양이 마침내 눈을 까뒤집으며 비명을 멈춘 순간 친구는 그가 기억하고 있던 모습, 살아 있는 소년의 모습으로 잠시 돌아왔다.

그는 반가웠다. 달려가서 껴안으려 했다. 그때 친구가 입을 열었다.

─ 산 너머를 항상 궁금해했지?

친구가 빙긋이 웃으며 물었다.

─ 산 너머에도 마을이 있어. 그리고 그 마을에는 선술집이 있고.

말하면서 친구는 어느 한 방향을 가리켰다.

─ 가서 데려와.

"뭘?"

그가 어리둥절해져서 물었다. 친구는 다시 빙긋이 웃었다.

─ 너와 내가 원하는 것.

그리고 그는 잠이 깨었다.

때는 아직 한밤중이었다. 주위는 검고 어두웠으며 대기는 얼음처럼 찼다. 그는 몸을 떨며 서둘러 일어섰다.

그 순간 검은 나무는 그의 눈앞에서 활짝 꽃을 피웠다. 자주색, 노란색, 붉은색, 푸른색, 진보라색, 그리고 그가 이름도 알지 못하고 존재한다고 상상도 하지 못했던 색깔들로 불타오르며 형형색색의 빛으로 주위의 대기를 채웠다. 열기도 생명도 없는 그 무심한 빛은 눈이 부시도록 환하여 주위의 숲을 밝히고 밤의 검은 하늘까지 일순간 밝고 차갑게 채우려는 것 같았다.

그는 다가가려 했다. 머릿속에서 모든 생각이 사라졌다. 친구에 대한 생각도, '살아 있는 것'에 대한 생각도, 무덤의 흙냄새와 검은 공기의 위협에 대한 생각도 사라졌다. 나무는 아름답고 찬란했으며 우주의 그 어떤 것보다도 매혹적이었다. 그는 달려가서 나무를 껴안고 싶었다.

그러나 그가 발을 떼려는 순간 빛은 순식간에 사라졌다.

빛이 있었다가 없어져버린 자리에서 밤의 어둠은 몇 배나 더 짙어진 것 같았다. 주위를 감싼 숨 막히는 어둠과 사람의 호흡을 막고 생기를 빨아 먹으려는 흙냄새 속에서 그는 친구가 가리켰던 방향을 생각했다. 어쩐지 어둠 속에서도 그 방향을 뚜렷하게 느낄 수 있었다. 그래서 그는 걷기 시작했다.

* * *

지평선은 생각보다 먼 곳에 있었다. 산은 높았고, 골짜기도 그만큼 깊었다. 걷다 지쳐서 차가운 흙 위에 주저앉아서 그는 자신이 꿈에 나타난 죽은 친구의 말만 믿고 뭔지도 모를 것을 찾아 존재하는지도 알 수 없는 마을을 찾아가는 이유에 대해 생각했다.

'너와 내가 원하는 것.' 자신이 원하는 것이 무엇을 뜻하는지 그는 확신할 수 없었다. 지금 그가 원하는 것은 따뜻한 음식과 휴식이었다. 친구가 원하는 것이 무엇인지는 전혀 짐작도 할 수 없었다. 아마도 살아 있는 어떤 것이리라고 그는 생각했다.

그리고 그는 마지막으로 보았던 그 찬란한 개화開化를 떠올렸다.

그렇게 아름다운 광경은 처음 보았다. 그 수많은 색채가 뿜어내는 사악하고도 유혹적인 죽음의 생기는 그가 태어나서 이제까지 보아온 그 어떤 것과도 견줄 수 없는 초현실적인 화려함이었다. 그는 그 광경을 꼭 한번 다시 보고 싶었다.

그것이 바로 '너와 내가 원하는 것'이리라고 그는 결론지었다. 친구는 다시 한번 살아나서 피어나기를 원했고, 그는 그 광경을 다시 한번 보기를 원했다. 자신이 이번에 훔쳐 와야 하는 동물이 어떤 것인지 그는 정확히 알지 못했다. 지난번에 양이었으니 이번에는 아마 소, 혹은 산을 넘으려면 나귀나 말이 더 유용할지도 모른다. 어쨌든 이것이 친구가 원하고 그 자신이 원하는 것이라면 얼마든지 훔쳐다 줄 수 있다고 그는 생각했다. 그리고 그는 기운을 내어 일어서서 다시 걷기 시작했다.

* * *

선술집은 산기슭에서 마을로 접어드는 길목에 있었다. 술집과 음식점, 여관을 겸하는 평범하고 낡아빠진 곳이었다. 산을 내려가자마자 불빛이 눈에 띄었고 다가가서 보니 친구가 말한 대로 선술집이었기 때문에 그는 어쩐지 몹시 안도했다.

다만 밖에서 보았을 때 나귀나 말 등의 동물이 어디에 매여 있는지 전혀 보이지 않았다. 그래서 그는 잠시 망설이다가 선술집의 문을 열고 안으로 들어섰다.

선술집 안은 밖에서 보았을 때와 마찬가지로 흐릿한 등불빛이 밝혀진 낡고 지저분하고 허름한 장소였다. 아마도 가게 주인일 듯한 중년 남자가 너저분하고 좁은 주방에서 그다지 깨끗해 보이지 않는 행주로 귀찮다는 듯 격렬하게 뭔가 닦고 있었다.

그가 들어서자 중년 남자가 시선을 들었다. 그 무심하고 거친 눈빛은 십 년 전 숲속에서 나귀를 잃고 나무 위의 소년들을 노려보던 그때와 똑같았다.

그는 못 박힌 듯 문가에 서서 움직일 수 없었다.

"……까요?"

여자의 목소리가 옆에서 물었다. 그는 깜짝 놀라서 돌아보았다.

여자는 소녀였다. 소녀라기보다는 이제 처녀였다. 그러나 소녀에서 처녀가 된 지 얼마 되지 않은 어린 아가씨 특유의 수줍고도 애교 있는 무구한 표정을 얼굴 가득 담고 있었다. 그와 눈이 마주치자 소녀, 아니 처녀는 가볍게 볼을 붉히고 시선을 잠시 내리깔았으나 종업원으로서의 소임을 다하려는 듯 다시 한번 모기만 한 목소리로 물었다.

"뭘 드릴까요?"

그는 자신이 뭐라고 말하는지도 모르면서 더듬더듬 생각나는 대로 술을 한 잔 주문했다. 처녀는 살짝 웃음을 지어 보이고는 허름하고 낡아빠진 주방으로 갔다. 중년 남자 옆으로 가서 뭔가 말했다. 중년 남자는 잠깐 고개를 들어 여자를 쳐다보았다. 바라보는 그 눈길은 부드러웠고, 나이와 성별의 차이에도 불구하고 두 사람의 얼굴 윤곽은 한눈에 알아볼 정도로 비슷했다.

그는 문가에 그대로 서 있었다. '너와 내가 원하는 것.' 그 것이 무엇인지 이제 그는 분명하게 알 수 있었다. 의식적으로 딱 집어서 그것이 무엇인지, 아니 누구인지 말할 수는 없었으나 어떤 설명할 수 없는 방식으로 확실하게 깨달았다.

그때 그는 떠났어야 했다. 즉각 선술집을 나와서 산기슭의 마을도, 어린 시절을 보낸 고향의 숲도 아닌 어딘지 모를 곳으로 멀리 떠났어야 했다. 멀리 떠나 다시는 돌아보지 말고, 다시는 생각도 하지 말고, 다시는 돌아오지 말았어야 했다.

그러나 '너와 내가 원하는 것'이 무엇인지 깨달은 순간 아무 이유 없이 그의 머릿속에 함께 떠오른 것은 어린 시절의 숲에서 검은 나무가 찬란하게 꽃을 피웠던 그 일생일대의 화려한 광경이었다. 어리고 외롭고 다정했던 그 시절, 그 운명의 날에 그가 친구와 함께 나무에 오르지 않았더라면, 나무 위에서 장난을 치지 않았더라면, 그리고 무엇보다도 그를 붙잡았던 친구의 손을 낚아채어 함께 나무에서 떨어지게 하지 않았더라면—검은 나무는 살아 있는 것의 목숨을 빼앗아 죽음 속에서 일시적으로 되살아나 몸부림치며 절박하게 꽃을 피울 필요가 없었을 것이다. 불구의 몸이나마 친구는 살아서 청년이 되어 그의 곁에 머물렀을 것이고, 친구의 집 화롯가는 언제나 그가 마음을 기댈 수 있는 진정한 고향으로 남았을 것이다…….

처녀가 그의 손을 살짝 건드렸다. 그는 흠칫 놀랐다.

여자는 아름다웠고, 그 몸짓에는 아무런 가식도 의도도 없었다. 처녀는 서 있는 손님을 자리로 안내하고 주문받은 술을 가져다주었다.

그래서 그는 여자에게 이끌려 그곳에 머무르게 되었다.

그가 술값을 낼 돈이 없다고 자백했을 때 중년 남자는 그가 뚜렷이 기억하는 그 험악한 눈길로 당장이라도 목을 비틀 듯이 위협적으로 다가왔다. 처녀가 옆에서 말리지 않았더라면 그는 다시 한번 파묻혔을지도 모른다. 그러나 처녀가 옆에서 말리자 중년 남자는 여전히 그 험악한 눈길을 거두지 않으면서도 일단은 물러났다. 그래서 그는 그 선술집에서 일하게 되었다.

오래전 숲속의 여행자였고 지금은 선술집의 주인인 중년 남자는 언제나 의심의 눈길로 그를 지켜보았다. 그러나 그곳은 선술집이었고, 그것도 주로 가난하고 행색이 남루하며 생각과 몸짓이 험한 사람들이 드나드는 허름한 선술집이었다. 일하는 사람은 중년 남자와 그와 처녀뿐이었다. 그중에서 처녀는 홀로 젊은 여자였고, 게다가 아름다운 젊은 여자였으며,

그러므로 험한 사람들의 눈길을 끌었다. 그는 여러 번 무례한 사람들을 문밖으로 내던져야 했다. 그때만큼은 중년 남자도 누그러진 눈길로 그를 바라보았다. 어쨌든 처녀는 젊고 아름다웠고 그곳의 유일한 여종업원이었다. 가게를 운영하면서도 거칠고 험한 뜨내기 손님들에게서 처녀를 보호하려면 한 사람보다는 두 사람이 지키는 쪽이 더 효율적이었다.

그는 성실하게 일했다. 그러나 자신이 왜 이곳에 머무르면서 처녀의 보호자 역할을 자처하는 것인지 스스로도 이해할 수 없었다. 늦은 밤, 혹은 새벽녘에야 일을 마치고 골방 한구석의 자기 자리에 누우면 아무리 지치고 힘들어 당장 곯아떨어지고 싶을 때라도 반드시 머릿속에 친구의 말이 떠올랐다.

'너와 내가 원하는 것.' 그것이 무엇인지 그는 이제 알 수 없었다. 처음 이곳에 발을 디딘 순간 설명할 수 없이 깨달았으나 이제는 의식적으로 생각하면 할수록 알 수 없어졌다. 복수? 숲속의 여행자였던 중년 남자를 이 선술집에서 어떻게든 꾀어내어 어린 시절의 숲까지 데리고 가려면 웬만한 속임수나 기지로는 불가능할 것이다. 그리고 그렇게 되면 처녀는…… 아버지를 잃고 혼자 남을 처녀는 어떻게 하란 말인가? 생각이 거기에 미치면 그는 마음이 복잡해지면서 오던 잠이 모두 달아나버리곤 했다.

처녀는 귀엽고 착하고 아름다웠으며 그를 좋아했다. 그를 특별히 좋아하는 것이 아니라 아직도 소녀의 마음이 남아 있어서 세상 모든 사람을 다 좋아했다. 험한 사람들이 음탕한 눈으로 훑어보아도 처녀는 그것이 무슨 의미인지 알지 못했고 언제나 미소와 꾸밈없는 친절로 손님을 맞이했다. 그래서 처녀와 그 아버지를 생각할 때면 그는 마음이 깊이깊이 가라앉곤 했다.

'너와 내가 원하는 것.' 아니, 이제 그가 원하는 것은 검은 나무가 원하는 것과 같지 않았다. 그는 처녀의 삶에 슬픔이나 비극을 원치 않았고, 그러므로 중년 남자의 죽음을 바라지 않았다. 그러다가 밤하늘을 향해 타오르던 그 화려한 개화, 이 세상에 속하지 않는 절박하고도 초현실적인 아름다움을 떠올릴 때면 그는 마음을 정하지 못하고 고개를 저었다. 검은 나무가 되살아나 밤의 어두운 공기를 흔들며 사방을 색색의 빛으로 채우던 그 찬란한 광경은 이제 그의 마음속에서 무덤의 짙은 흙냄새와 함께 한때 처녀만큼이나 무구하고 아름다운 어린 소년이었던 친구의 웃음소리와 겹쳐지곤 했다.

그렇게 그는 오래 생각했고, 오래 고민했다.

그리고 그는 마침내 떠나기로 결심했다.

살아 있는 것은 언젠가 모두 죽는다. 이 사실은 그도 익히 알고 있었다.

그러나 이미 죽은 친구를 위해 아직 생명이 한참 남아 있는 산 사람을 제물로 바칠 수는 없었다.

그는 자신이 사랑하는 여자도, 여자가 사랑하는 아버지도 해칠 수 없었다.

* * *

처녀와 그 아버지가 깊이 잠든 틈을 타서 그는 나귀 한 마리를 훔쳐 선술집을 빠져나왔다. 나귀는 십 년 전 여행자가 타고 숲을 지나가던 그때의 그 나귀라 해도 이상하지 않을 만큼 늙고 볼품이 없었다.

나귀를 훔칠 때만 해도 그는 다른 곳으로, 알지 못하는 먼 곳으로 떠날 생각이었다. 나귀는 걷다 지치면 타고 가고, 돈도 먹을 것도 없이 절박해지면 팔 수도 있다. 몰래 나귀를 끌고 선술집의 대문을 나설 때만 해도 그는 그런 생각을 하고 있었다.

그러므로 그가 어째서 산을 넘어 어린 시절의 숲 쪽으로 향하기 시작했는지 그 자신도 정확히 설명할 수 없었다.

의리는 지킬 가치가 있는 대상에게만 지키는 것이 현명하다. 그는 나귀를 훔칠 때 생각했던 것처럼 먼 곳으로 떠났어야 했다. 어린 시절의 숲과, 나무로 변해버린 친구와, 불운한 그때 그 시절의 여행객과 아무것도 모르는 순진무구하고 아름다운 처녀와—이 모든 과거와 현재의 족쇄가 존재하지 않는 곳, 그가 진실로 자유롭게 존재할 수 있는 곳으로 도망쳤어야 했다.

그러나 바로 그 때문에 그는 어린 시절의 숲으로 돌아갔는지도 모른다. 진정한 자유는 도망침으로써 얻을 수 있는 것이 아니기 때문이다. 그리고 어린 시절로부터 끝없이 도망치면서 진정으로 자유로울 수 있는 자는 세상에 아무도 없기 때문이다.

그래서 그는 더 이상 도망치지 않기로 했다. 이제는 도망칠 수 없었다. 그는 어떤 마무리, 자신도 잘 알 수 없지만 피할 수 없는 어떤 끝맺음을 향하여 어린 시절의 숲으로 향했다.

그가 미처 생각하지 못했던 것은 인간의 감정이 한 방향으로만 흐르지 않는다는 사실이었다. 늙고 기운 없는 나귀를 앞세우고 터벅터벅 걸으면서 그는 처녀가 밤의 어둠 속에서 자신을 몰래 뒤따라오고 있으리라고는 꿈에도 생각지 못했다.

　　　　　　　* * *

　그는 밤새 걸었다. 나귀도 그의 앞에 서서 터벅터벅 태평하
게 지치지도 않고 계속 걸었다. 걸으면서 그는 생각했다. 친
구에게 나귀를 줄 수도 있다. 친구가 되살아나 꽃을 피우는
모습을 다시 한번 보거나 혹은 보지 못할 수도 있다. 어느 쪽
이 되었든 그는 확실하게 말할 생각이었다. 이제 친구가 원하
는 것과 그가 원하는 것은 같지 않았으며, 그러므로 아무것도
모르는 처녀를 친구에게 데려다줄 수는 없었다. 친구는 죽었
고 그는 살았다. 그러므로 그는 죽은 친구를 위해 마지막으로
기도하고 떠날 것이었다. 검은 나무가 그의 이런 최후통첩을
어떻게 받아들일지는 알 수 없었으나 그는 어쨌든 그런 말들
을 머릿속으로 이리저리 궁리하고 있었다.

　동이 틀 무렵에 그는 마침내 검은 나무 앞에 도착했다. 숲
속을 부옇게 밝히는 첫 새벽의 햇빛 속에서 검은 나무는 어
쩐지 전보다 작고 무해하며 전혀 위협적이지 않은 것처럼 보
였다. 그래서 그는 조금 안심했다.
　그는 나귀를 데리고 가서 나무에 매어놓으려 했다. 낮에 검
은 나무에게 살아 있는 것을 주어본 적은 몇 번 없었다. 그러

므로 검은 나무가 곧바로 나귀를 빨아 먹을지 아니면 해가
질 때까지 기다릴지 그는 잘 알 수 없었다. 어쨌든 친구가 원
하던 것은 가져오지 못했고 앞으로도 영원히 가져다줄 생각
이 없었으므로 그는 검은 나무를 달랠 생각으로 나귀를 가까
이 데려갔다.

그러나 그가 다가서기 전에 나무는 꽃을 피우기 시작했다.

검은 나무가 살아남에 따라 주변의 숲은 죽어갔다. 검은 나
무는 땅과 하늘과 숲의 모든 기운을 빨아들이며 그 사악하고
부자연스러운 거짓 생명력을 과시하기 시작했다. 진한 분홍
색, 핏빛 붉은색, 노을 진 파도와도 같은 적자색 꽃잎들이 죽
은 가지를 뒤덮으며 희고 투명한 아침 숲의 공기를 불그스름
하게 물들였다. 꽃잎은 맥박치며 검은 나무를 아래에서 위로
차근차근 휘감았고, 그에 따라 검은 나무의 곁에 서서 이제까
지 진녹색, 연녹색, 갈녹색, 회갈색, 연갈색, 연두색으로 호흡
하며 성장하고 살아가던 다른 나무와 꽃들은 전부 거무스름
하게 쪼그라들어 말라붙었다. 그 죽음의 한가운데에서 검은
나무만이 붉게 꽃 피며 살아났다.

그리고 처녀가 검은 나무에게 홀린 듯이 다가갔다.

그는 처녀가 어디서 나타났는지 알지 못했다. 뒤따라왔다
는 사실을 눈치채지 못했기 때문에 상황을 이해하고 처녀를

붙잡으려 했을 때는 이미 늦었다. 처녀는 허공에 떠서 미끄러지는 것처럼 아름답지만 부자연스러운 걸음으로 검은 나무에 빨려들 듯 다가가서 열정적으로 그 줄기를 껴안았다. 나무둥치를 감싸 안은 처녀의 두 팔과 검은 나무의 껍질에 댄 처녀의 뺨이 그대로 조금씩 녹아서 나무껍질의 표면 속으로 가라앉는 것을 그는 똑똑히 보았다.

그는 달려가서 처녀를 떼어내려 했다. 사랑하는 여자를 살려내려 했다. 그러나 무덤의 짙은 흙냄새가 사방을 휩쌌고, 그와 함께 붉은 꽃잎이 폭풍처럼 휘몰아치며 검은 나무를 감싸기 시작했다. 그는 갑작스러운 돌개바람에 밀려 쓰러졌다. 몇 번이고 바람을 뚫고 지나가려 했으나 바람이 너무 강해서 나무둥치에 가까이 가기는커녕 제대로 일어설 수조차 없었다. 몸을 일으켜 다가가려다 바람에 밀려 몇 번이나 내동댕이쳐지고 쓰러지면서 그는 절망과 분노에 찬 고함을 질렀다.

그 서슬에 붙잡고 있던 고삐를 놓치면서 겁먹은 나귀가 도망쳐버렸다. 그는 나귀가 도망친 것을 몰랐다. 나귀 따위는 이제 아무래도 상관없었다. 그는 몇 번이고 몇 번이고 땅바닥에 내동댕이쳐진 채로 핏방울 같은 붉은 꽃잎의 소용돌이 속에서 사랑하는 여자가 죽어버린 검은 나무에 목숨을 조금씩 빨아 먹히는 모습을 무력하게 지켜보아야 했다.

* * *

　나무는 여자를 쉽게 죽이지 않았다. 그는 먹지도 마시지도 않고 잠도 자지 않고 나무 곁을 떠나지도 않고 사흘 밤낮으로 여자를 지켜보았다. 생애 가장 고통스러운 사흘이었다.

　사흘 동안 여자는 검은 나무의 품에 안겨 천천히 죽어갔다. 몸 전체가 쪼그라들고 마르고 앙상해졌으며, 등이 굽고 보드랍던 피부에 주름이 지고 검버섯이 생겼다. 머리카락은 백발로 변하여 전부 위로 솟구쳐서 나뭇가지에 뒤엉켰다.

　그러나 여자는 넋 나간 얼굴에 행복한 미소를 띠고 죽은 나무의 품에 꽉 안겨서 떨어지려 하지 않았다. 그래서 여자를 지켜보며 그는 함께 죽어갔다.

　사흘째 되던 날 여자의 아버지가 도착했다.

* * *

　여자의 아버지는 나귀를 따라왔다. 늙고 총명한 나귀는 집으로 도망쳐 가서 주인을 이끌고 갔던 길을 되짚어 돌아온 것이다. 한때 나귀의 등 위에서 졸면서 느긋하게 숲을 가로질러 갔던 중년 남자는 이제 불안한 눈을 빛내면서 공포에 질려 필사적으로 나귀의 뒤를 따라 검은 나무에 도달했다.

중년 남자가 죽은 나무에 꼭 붙어선 백발 노파를 보고 자신의 딸임을 알아보기까지는 시간이 오래 걸렸다. 상황을 전혀 이해하지 못한 채 겁먹고 놀라서 거칠고 신경질적인 눈을 빛내다가 중년 남자는 불현듯 깨달았다.

그리고 남자는 그에게 덤벼들어 때리기 시작했다.

그는 그냥 맞았다. 아무런 설명도 변명도 할 수 없었다. 처음부터 설명하기에는 이야기가 너무 길었다. 그러나 처음부터 설명하지 않는다면 어디서부터 말해야 할지 알 수 없었다.

그리고 무엇보다도, 여자를 구할 방법은 이제 없었다. 그래서 그는 자신의 조용한 절망으로 남자의 공포에 질려 날뛰는 불안한 절망을 받아들이며 아무 저항 없이 남자가 때리는 대로 그냥 다 맞았다.

중년 남자는 한참이나 그를 때렸다. 피투성이가 되어 일어서지도 못할 지경으로 만들어놓은 뒤에야 딸을 죽은 나무에 붙들어 매어둔 것이 그가 아니라는 사실을 깨달았다.

딸에게 다가가려 했으나, 그가 여자를 구하려 했을 때와 마찬가지로 짙은 흙냄새가 섞인 돌풍이 일어나 앞을 가로막았다. 남자는 눈을 제대로 뜨지 못하고 발작적으로 기침을 하며 숨을 헐떡였다. 돌풍을 뚫고 나무에 다가가려고 무익한 노력을 몇 번이나 했으나 허사였다. 그렇게 몇 번이고 기침을 하고 숨을 헐떡이며 땅바닥에 내동댕이쳐진 끝에 남자는 그에게 몸을 돌렸다.

그는 남자가 다시 때리려는 줄 알고 반사적으로 몸을 움츠렸다. 그러나 남자가 원한 것은 대답이었다. 남자는 땅에 쓰러진 그의 멱살을 잡고 일으켜 세웠다. 그리고 나무를 가리키며 물었다.

"저건 뭐냐?"

그는 뭐라고 대답해야 할지 알지 못하여 고개를 저었다.

남자가 그의 멱살을 거세게 움켜잡았다. 그는 숨이 막혀 컥컥거렸다.

"저게 뭐냐고?"

남자가 다시 물었다.

"제 친구입니다."

그가 대답했다.

남자는 잠깐 혼란스러운 표정이 되었다. 남자가 다시 목을 조르거나 때리기 전에 그가 물었다.

"십 년 전, 당신이 이 숲을 지나갈 때…… 나귀에게 개암을 던졌던 불구의 소년을 기억하십니까?"

남자는 한순간 멍한 눈으로 그를 쳐다보았다. 그러다 갑자기 경악의 표정이 남자의 얼굴을 덮쳤다.

"넌, 그때…… 하지만 저 나무는…… 나무가 왜……."

"제 친구는 불구의 몸이었고, 이곳의 땅은 비옥한 만큼이나 무엇이든 빨아들이려는 성질이 강합니다."

그가 말했다.

"우리는 그저 어린아이들이었습니다. 장난을 좀 쳤다고 땅에 파묻지는 말았어야 했습니다."

"하지만 그렇다고…… 그럴 리가……."

남자가 더듬거렸다.

그는 자기도 모르게 친구의 목이, 얼굴이 단단하고 뻣뻣한 나무둥치로 변하던 순간을 떠올렸다. 그는 고통스럽게 눈을 감았다. 이제는 남자가 때리든, 목을 조르든, 죽이든―아무래도 상관없었다.

그러나 남자는 그를 도로 땅에 내던졌다. 그와 나무를 번갈아 쳐다보았다.

여자는 이제 나무줄기에 반쯤 묻혀 있었다. 코와 턱의 윤곽만 보이는 옆얼굴은 해골처럼 완전히 말라비틀어졌고 살갗은 거무죽죽했다. 그에 비해 기괴할 정도로 새하얀 백발은 나무를 완전히 뒤덮을 정도로 길어져서 붉은 꽃이 모두 져버린 마르고 검은 가지와 가지 사이에 하얀 실처럼 얽혀 있었다.
검은 나무의 주변에는 숨 막히는 흙냄새를 뿜어내는 돌개바
람이 여전히 폭풍처럼 사납게 소용돌이쳤으나 여자는 나무
줄기 속으로 점점 깊이 빠져든 채 움직이지 않았다. 살아 있
다는 그 어떤 징후도 찾을 수 없었다.

남자가 허리춤을 손으로 더듬었다. 허리띠에 묶어두었던
주머니를 풀어 손에 무언가를 꺼내 들었다. 그리고 검은 나무
에 빨아 먹혀 까맣게 말라붙은 옆 나무의 죽은 가지를 꺾어
들었다.

남자의 손에서 부싯돌이 탁, 탁 소리를 내며 불꽃을 일으키
는 것을 보고 그는 남자가 무엇을 하려는 것인지 순간 깨달
았다. 그러나 그가 말리려고 다가서자마자 남자는 그를 찼다.
그는 땅에 쓰러져 나뒹굴었다.

남자는 말라붙은 가지에 쉽게 불을 붙였다. 불붙은 나뭇가
지를 품에 감싸 안고 그가 말릴 새도 없이 성큼성큼 걸어서
죽은 흙냄새의 소용돌이를 뚫고 여자를 빨아들인 검은 나무
에게 다가갔다. 딸의 이름을 외쳐 부르며 품속에 감싸 들었던
불붙은 나뭇가지를 꺼냈다.

붉은 꽃잎의 돌개바람과 마찬가지로 흙냄새의 소용돌이도
소리가 없었다. 검은 나무는 언제나 소리가 없었다. 그 때문

에 나무에 다가선 남자의 비명 같은 외침 소리가 유난히 쩌렁쩌렁하게 숲을 울렸다.

시든 나뭇가지에 간신히 달라붙은 조그만 불꽃은 검은 나무를 둘러싼 돌개바람에 휩쓸려 즉시 꺼지는 것 같았다. 그러나 타오르던 나뭇가지는 바람에 휩쓸려 수십 조각으로 찢어졌고, 그렇게 갈라진 마른 불씨는 바람에 휩쓸려 검은 나무의 주위를 휘돌고 가지 위로 타고 올라갔다. 검은 나무의 죽은 가지에 하얗게 휘감긴 여자의 마른 백발에 불씨가 닿자 그 하얀 실 같은 머리카락에 불이 붙었다.

나무는 순식간에 타오르기 시작했다.

그는 검은 나무와 그 주위를 둘러쌌던 돌개바람이 불꽃에 휘감기며 검게 죽은 가지와 가지 사이에 빈틈없이 얽힌 여자의 백발과 함께 하늘을 향해 한 덩어리로 불기둥이 되어 타오르는 광경을 멍하니 바라보았다. 불꽃은 나무 주변의 대기는 물론 하늘과 땅을 모두 붉게 물들이며, 춤추며, 휘파람 같은 알 수 없는 노랫소리를 내며 타올랐다. 두 사람을 잡아먹은 죽은 나무를 휩싼 마지막 불의 개화는 그가 이전에 넋을 잃고 보았던 초현실적인 꽃의 향연보다도 비교할 수 없이 더 슬프고 참담하고 장엄하고 아름다웠다.

그래서 그는 울었다.

철없는 소년의 장난과, 지나치게 단단했던 개암과, 달아나 버린 나귀와…… 죽은 친구와 그 친구에게 붙잡혀 생명을 빨아 먹힌 사랑했던 여인과, 그리고 이 모든 일을 시작했던 무자비한 여행자가 모두 한데 얽혀 타오르는 광경을 보면서 잃어버린 어린 시절과 잃어버린 친구와 죄 없이 희생된 사랑을 애도하며, 어이없이 조그맣고 미약한 사건에서 시작되어 돌이킬 수 없이, 걷잡을 수 없이 번져나가버린 삶의 흐름과 죽음의 불꽃 앞에 너무나 무력한 자신에게 분노하며 그는 울었다.

* * *

검은 나무는 오랫동안 불탔다. 자신이 얼마나 오랫동안 그곳에 서서 울부짖었는지 그는 알지 못했다.

불이 타오를 만큼 타다가 마침내 모두 꺼졌을 때, 그는 늙고 볼품없지만 총명하고 다정한 나귀를 끌고 그곳을 떠났다.

* * *

그는 오랫동안 울었다.

아직 어린 소년이었을 때, 친구가 아직 살아 있었을 때 높은 나무 위에 함께 앉아 웃으며 내려다본 세상이 그가 마지막으로 기억하는 행복의 모습이었다. 그러나 지평선을 둘러싼 산 너머의 세상이 어떤 모습인지 그는 이제야 비로소 완전히 이해했다. 어린 시절의 숲을 울리던 그와 친구의 웃음소리, 죽은 나무에서 피어나 대기를 간지럽히고 하늘을 물들이며 피어나던 오색의 꽃들, 그의 이름을 부르던 처녀의 목소리와 손에 와닿던 그녀의 부드러운 살결, 그리고 분노에 찬 눈으로 그를 노려보던 중년 남자의 얼굴과 죽은 딸의 이름을 외쳐 부르던 아버지의 오열과 여자의 생명 잃은 거무죽죽한 얼굴을 끌어안고 놓지 않던 죽은 나무와 그 나무의 검은 가지와 함께 하늘을 향해 불타오르던 여자의 백발과……

그 모든 것이 그의 세상이었고, 그의 삶이었다.

여자에 대한 죄책감과 바닥을 알 수 없는 슬픔과 무겁게 짓누르는 회한과 가슴을 찢는 비탄도 또한 모두 그가 지고 가야 할 짐이었다. 그것은 지금부터 죽는 날까지 평생 그에게 삶의 일부로 남을 것이었다. 그는 그 짐을 내버리거나 도망칠 만큼 나약하거나 비겁하지 않았다. 다시 춥고 배고프고 연약한 외톨이로 돌아왔으나 그는 이제 아이가 아니라 한 사람의 어른이었다. 그래서 그는 고독과 상실과 슬픔과 그리움을 짊어지고 끝없이 넓고 검고 어둡고 찬란한 세상을 향해 어디로 이어지는지 모를 길을 따라 발을 내디뎠다. 더 이상 이곳에 머무를 수 없었지만, 떠나가서 살아남아 기억하는 것이 그의 마지막 의리이고 책임이었다.

그는 모든 것을 후회하고 모든 것에 통탄했다. 그러나 마음속에 간직한 소중한 사람들을 위해 가슴 찢어지는 기억을 생생하게 간직하고 살아가야 할 그 막중한 책임에 대해서만은 절대로 후회하지 않았다.

머리카락

* 2011년 환상문학웹진 〈거울〉 게재

태풍이 지나간 여름의 어느 날 하늘에서 씨앗의 비가 내렸다. 씨앗은 바람을 타고 아래로 아래로 내려왔지만 도시의 땅은 모두 콘크리트와 시멘트와 보도블록으로 덮여 뿌리를 내릴 곳이 없었다. 그래서 씨앗은 열린 창문 사이로, 건물 벽 속으로, 도로의 아스팔트 속으로, 보도블록 사이로 파고들어 그곳에서 싹을 틔웠다. 씨앗이 터져 싹이 난 자리에서는 머리카락이 자라 나왔다.

그리하여 도시는 머리카락에 휘감겼다. 머리카락은 길고 검고 튼튼했으며 외로움을 많이 탔다. 살아 있는 것이 지나가면 애원하듯 뻗어 나가 매달려서 휘감았다. 그렇게 머리카락이 닿으면 사람은 마음속에 쓸쓸함이 가득 차서 조용히 그 자리에 주저앉았다. 머리카락은 사랑과 공감을 갈구하며 사람을 견고하게 휘감았고, 그렇게 검고 윤기 나는 머리카락의 고치 속에 휘감긴 사람은 바깥세상과 차단되었다는 사실에 더더욱 견딜 수 없는 쓸쓸함을 느끼며 자신을 감싸 안은 머리카락의 탄력과 매끄러움 속에서 유일하게 위안을 찾았다. 머리카락의 고치 속에 안온하고 다정하게 안겨서 사람은 빠른 속도로 녹아갔다. 그리하여 마침내 피부의 껍질과 뼈의 부스러기가 엉킨 희끄무레한 덩어리만 남을 때까지 사람은 머리카락의 고치 속에서 엄마 배 속의 태아와도 같이 웅크린 자세를 취하고 이제 혼자서 죽어갈 수밖에 없다는 고독한 실존의 쓸쓸함을 머리카락의 차가운 윤기와 가식적인 다정함으로 위로하면서 생의 마지막 시간을 헛되이 보낸 후에 사라졌다.

머리카락이 닿은 사람은 모두 녹았다. 어른도, 아이도, 노인도, 소년 소녀들도 고치 속에서 태아와도 같은 자세로 웅크린 채 세상과 완전히 차단되어 이제 얼마 지속되지 않을 자신의 생을 온몸을 감싼 머리카락과 교감하는 데 바친 후에 쓸쓸하고도 따뜻한 미소를 띤 조그만 덩어리만 남긴 채 녹아 사라졌다. 개나 고양이, 참새나 비둘기도 마찬가지였다. 동물들은 위험을 감지하지 못했다. 그들이 느끼는 것은 오로지 사랑과 공감과 안온함을 갈구하는 머리카락의 애원뿐이었다. 황야의 자유를 인간이 헛되이 흉내 낸 결과 몸을 가려줄 지붕만을 잃어버린 동물원의 맹수들은 바람이 몰고 온 씨앗을 몸으로 받아들였고 그 결과 털가죽을 뚫고 사람의 것과 같은 머리카락이 자라나 순식간에 휘감겼다. 그러나 그 맹수들조차 한 번 울부짖거나 으르렁거리지도 않고 순한 애완동물처럼 머리카락 속에 몸을 맡겼다. 그리하여 씨앗이 찾아와 머리카락이 생겨난 자리에서 생물은 모두 조금은 쓸쓸하고 조금은 행복한 채로 살아 있는 마지막 순간에 따뜻함과 안온함에 몸을 맡겼으나 결국은 녹아서 미소 짓는 조그만 덩어리로 변하였으며 그 뒤로 살아 움직이는 것은 아무것도 남지 않았다. 당황한 새들만이 머물 곳을 찾지 못하고 계속해서 하늘을 헤매다 지쳐서 떨어져 결국은 머리카락 속에 휘감긴 덩어리가 되었다. 남은 것은 딱딱한 껍질에 감싸인 곤충들뿐이었다. 이런 곤충들은 감정이라는 것을 알지 못하여 머리카락의 애원이나 갈구에 교감하지 못했고 타고난 감각으로 인해 몸 안의 세계와 몸 밖의 세계가 철저하게 분리된 것에 이미 익숙해 있었기 때문에 감각 바깥의 세상에서 벌어지는 상황에 전혀 아랑곳하지 않고 오로지 감각 안의 본능만을 좇아서 배가 고프면 먹고 지치면 쉬고 때가 되면 알을 낳았다. 그리하여 열린 창문과 벽과 옥상의 틈새로 씨앗을 받아들인 건물들에서는 곧 사람과 동물의 모습이 사라지고 양탄자처럼 뒤덮인 머리카락 위로 단단한 껍질에 감싸인 곤충들이 떼를 지어 다니게 되었다.

운이 좋아 창문을 열지 않았거나 건물의 외벽이나 옥상, 복도에 씨앗이 뿌리를 내리고 싹을 틔울 수 없어 머리카락이 자라나지 않은 곳에 남은 사람들도 물론 있었다. 이들 중 몇몇은 머리카락으로 뒤덮인 땅에서 가까운 곳에 살고 있었기 때문에 아스팔트와 보도블록 사이의 대지에 끈질기게 뿌리를 박은 채 땅의 표면을 뒤덮고 하늘을 향해 뻗어 나와 살아 있는 모든 것을 향해 애정과 교감을 갈구하는 머리카락의 소리 없는 외침을 아무리 눈 돌리고 귀 막아도 외면할 수 없게 되었다. 그리하여 그들은 스스로 문을 열고 안전한 집에서 벗어나 땅으로 내려와서 머리카락의 고치 속으로 들어가 짧은 마지막 순간 동안 자신의 모든 것을 미지의 포식자에게 헛되이 바친 후에 쓸쓸하고도 다정한 미소만을 남긴 덩어리로 화化했다.

그보다 더 높은 곳에 있던 사람들에게는 머리카락의 애원과 갈구가 미치지 못했다. 그들은 인간의 이성과 생존의 본능을 올바르게 간직하고 있었으므로 땅을 내려다본 후 창문을 닫고 문을 잠근 채 근심과 두려움에 휩싸였다. 그러나 그들은 예상보다 꽤나 오랫동안, 꽤나 정상적인 방식으로 살아남을 수 있었다. 전기선은 땅 위로 높이 솟아 있었고 수도관과 가스관과 통신용 케이블은 땅 밑 깊은 곳에 묻혀 있었으며 무엇보다도 전기선도 수도관도 가스관도 케이블도 생물이 아니었기 때문에 머리카락의 부름에 응하지 않았고 머리카락도 이들을 휘감을 이유가 없었다. 전기선과 수도관과 가스관을 통제하는 사람들은 주로 씨앗이 싹을 틔우고 머리카락을 키워낼 수 있을 만한 열린 대지가 아닌 밀폐되거나 고립된 일터의 깊숙한 곳에 있었으므로 이런 시설들은 마치 세상에 아무런 별다른 일도 일어나지 않았다는 듯이 그대로 작동했다. 다만 인터넷과 전화 등의 통신 설비를 관리하고 운용하는 사람들 중에서 그다지 튼튼하거나 밀폐되지 않은 건물의 낮은 층에 있었던 사람들 일부가 직장 문을 열고 바깥으로 걸어 나가거나 혹은 머리카락의 부름과 애원에 응하여 창문을 열어주었고 그리하여 자신과 동료들 모두 함께 각각 고립된 고치 속에서 평온하고 다정한 최후를 맞이하였다. 그러므로 통신만은 완전히 정상적으로 작동하지 않았으나 그렇다고 작동을 안 하는 것도 아닌 불규칙한 상태로 남았다. 그리고 지구는 자전과 공전을 계속했고 태양은 뜨고 지며 빛을 뿌려주었으며 땅을 뒤덮은 머리카락은 사람을 먹고 자라나 비에 젖고 바람에 마르며 낮이면 무심한 햇볕을 향해, 밤이면 창백한 달과 흐린 별빛을 가장한 인공위성들 아래 검고 윤기 있고 탐스럽게 반짝였다.

* * *

여자는 벽에 머리를 기대고 침대에 앉아 있었다.

피곤해서 잠을 청하려 했거나 아파서 쉬기 위해서는 아니었다. 여자는 옆집에서 나는 소리에 귀를 기울이고 있었다. 옆집에서 나는 소리들 중에서도 여자의 정확히 벽 너머에서 사는 남자의 삶의 소리에 귀를 기울이고 있었다.

여자는 남자가 아침에 몇 시에 일어나고 밤에 몇 시에 잠자리에 드는지 알고 있었다. 몇 시에 집을 나서고 몇 시에 집에 돌아오는지도 알고 있었다. 집에 있을 때면 텔레비전의 어떤 프로그램을 시청하고 누구와 전화 통화를 하고 어떤 게임을 하는지도 알고 있었다. 때로는 가만히 귀를 기울이면 컴퓨터의 자판을 치는 소리나, 책이나 잡지의 책장을 넘기는 소리, 음악 플레이어의 이어폰에서 새어 나오는 음악 소리까지 들려왔다. 아무런 소리가 나지 않을 때에는 남자의 숨소리에 귀를 기울였다. 잠을 잘 때 남자는 깊고 고르게 숨을 쉬었다. 때때로 방 안에서 가벼운 운동을 할 때면 숨을 몰아쉬는 소리와 함께 소리 죽여 하나, 둘, 셋 하고 숫자를 세는 소리가 전해져 왔다. 가끔은 똑같이 숨을 몰아쉬더라도 숫자를 세는 소리 대신 약간은 억눌린 신음 소리가 새어 나올 때도 있었다.

여자는 이런 사소하고 세밀한 차이점에 집중했고 일일이 기억해두었다. 그래서 남자의 방에서 아무런 소리가 나지 않을 때에도 여자는 남자가 무엇을 하는지 언제나 알고 있었다.

그리고 남자와 교감하려는 열망에서 여자는 아무도 모르게 남자와 생활을 함께했다. 남자가 일어나는 시간에 일어나고, 남자가 아침을 먹는 시간에 식사를 했다. 인근 슈퍼마켓과 편의점에서 우연을 가장하고 마주친 적이 몇 번 있었으므로 남자가 무엇을 먹는지도 여자는 대충 알고 있었다. 그래서 여자는 식사를 할 때도 남자가 먹고 있으리라 짐작되는 것을 같이 먹었다. 남자가 집을 나서는 시각에 함께 집을 나섰고, 남자가 귀가하리라 예상되는 시각에 집에 돌아갔다. 집에 돌아와서 남자가 시청하는 텔레비전의 프로그램을 틀어놓았고, 남자가 식사하는 소리가 들리면 자신도 저녁밥을 차렸다. 남자의 방에서 자판 치는 소리가 들리면 여자도 컴퓨터를 켰고, 음악 소리가 들려올 때면 같은 음악을 들었다. 남자가 전화하는 소리가 들리면 벽에 귀를 대고 가만히 경청했다. 중요하다고 생각되는 내용은 메모지에 적어서 벽에 붙여놓았다. 남자의 삶과 여자의 삶을 이어주는 벽에는 그런 메모지가 몇 개나 붙어 있었다.

남자의 방에서 거친 숨소리가 들려올 때면 여자는 더 주의 깊게 귀를 기울였다. 남자는 방 안에서 팔굽혀펴기를 했다. (거친 숨소리가 들려오는 도중에 전화가 온 적이 있었다. 통화하면서 말한 내용으로 여자는 이 사실을 알고 있었다.) 팔굽혀펴기만은 여자가 따라 할 수가 없었다. 몇 번 시도해보았지만 도저히 할 수 없었다. 대신 인터넷에서 여자용 팔굽혀펴기 자세를 보았기 때문에 어색하기는 했지만 여자용으로 시도했다.

거친 숨소리가 팔굽혀펴기 때문이 아닐 때도 있었다. 그럴 때면 여자도 침대에 누워 벽 너머의 동향에 주의를 기울이며 자신의 몸을 만졌다. 남자에게 안겨본 적이 없었으므로 여자는 그것이 어떤 느낌일지 알 수 없었다. 그러나 남자의 숨소리와 신음 소리에 귀를 기울이며 자신의 몸을 만지는 순간은 조금은 슬프고 많이 부끄럽고, 그리고 행복했다. 그래서 여자는 남자에게 실제로 안긴다면 아마도 그런 느낌일 것이라 믿었다.

이렇게 여자는 오랫동안 청각을 통해 남자와 생활을 함께 했다. 다만 남자가 집 밖에 나가 있는 시간만은 떨어져 있어야 했다. 남자가 어떤 종류의 일을 하며 어느 직장에 다니는지도 여자는 알고 있었다. 그러나 알고 있는 것은 객관적인 정보의 편린일 뿐, 남자가 집을 나간 이후부터 다시 집에 들어올 때까지 하루의 대부분을 차지하는 긴 시간 동안 여자는 남자의 동선과 일상과 현실을 그저 추측만 할 수 있을 뿐이었다.

그리고 거주하는 건물의 복도에서 머리카락이 자라나기 시작했다. 이 때문에 거주자들은 모두 집 밖으로 나갈 수 없게 되었다. 여자는 드디어 남자와 벽 하나를 사이에 두고 24시간 함께 생활할 수 있게 되었다.

* * *

현관문 밖에서 머리카락이 사람을 불렀다. 벽 너머에서 남자가 살아가는 소리를 듣듯이, 여자는 문 너머에서 머리카락이 부르는 소리를 들을 수 있었다. 그 소리는 간절하게 심금을 울렸고, 그래서 여자는 문을 열지 않았지만 언제나 공감했다. 자신이 벽 너머에서 살아가는 남자의 마음을 갈구하듯이 머리카락은 사람의 애정과 관심과 공감을 갈구했고, 여자는 그 공통점을 이해했다.

그래서 현관문의 조그만 구멍을 통해 복도에서 뒤엉킨 채 자라나는 머리카락을 바라보면서, 그리고 창문 아래로 땅을 뒤덮은 채 가끔은 배고프다는 듯이 떨어지는 비둘기를 휘감고 갑각으로 덮힌 반갑지 않은 곤충 떼를 떨어내려는 듯 흔들리는 머리카락을 내려다보면서, 여자는 그 머리카락을 다 듬어주는 상상을 했다. 충분히 거품을 낸 샴푸로 감겨주고, 린스를 칠하고 마사지를 해서 윤기를 내주고, 제품이 전부 씻겨 나갈 만큼 깨끗하게 헹구어낸 후에, 젖은 머리카락을 블로킹해서 구획을 나누고—면적이 넓기 때문에 7회나 9회 블로킹으로는 턱도 없을 것이다. 복도를 뒤덮은 머리카락만 해도 블로킹에 한나절은 걸릴 것 같았다. 게다가 땅을 뒤덮은 저 아래쪽 머리카락은!—그리고 기준선을 잡은 뒤에 드디어 가위를 들고, 1~1.5센티미터 길이로 고르게 슬라이스한다.

사실은 면적이 상상을 초월할 정도로 너무나 넓기 때문에 기준선은 대체 어디로 잡아야 할 것이며 순서는 어떻게 정하고 무엇보다도 쳐낸 머리카락은 어디로 치워야 할지 알 수 없었다. 그러나 어떻게든 감아서 빗겨서 다듬어주고 나면 저 머리카락도 조금은 안정될지도 모른다고 여자는 생각했다. 지금처럼 마구 싹을 틔워서 되는 대로 자라나 있을 때처럼 아무에게나, 아무 것에게나 벌거벗은 마음을 전부 드러내놓고 관심과 사랑을 달라고 호소하면서 자기를 향해 발을 내디디는 부드러운 생명체라면 가리지 않고 휘감아 잡아먹어버리는 저 간절함이 어느 정도는 누그러질지도 모른다. 그러면 언젠가는 다시 나가서 땅을 밟고 걸어 다니며 깔끔하게 정리

되고 절제된 머리카락과 사람이 서로 이해하면서 함께 살아
갈 수 있는 날이 올지도 모른다. 남자가 먹는 음식을 먹고 남
자가 시청하는 텔레비전 프로그램을 시청하면서 가끔가끔
여자는 그런 생각을 했다. 그리고 어느 날 여자는 현실의 꿈
을 꾸었다.

 분무기 따위로는 감당할 수 없어서 샤워기를 들고 나와서
물을 뿌렸다. 꿈속이라서 그런지 욕실의 샤워기가 복도 전체
를 적실 만큼 길게 뽑혀 나왔다. 다음은 구획을 나누는 것이
었다. 복도가 길고 좁았기 때문에 가운데 블로킹은 포기하고
좌우 두 개씩으로 해야 했다. 머리카락은 생각보다 질기고 단
단했고, 길게 자라난 후로 한 번도 빗지 않았기 때문에 여자
가 들고나온 가느다란 빗은 금방 부러졌다. 복도의 머리카락
을 전부 빗어 블로킹을 해서 핀셋으로 고정시키기까지 참빗
을 일곱 개 정도나 부러뜨려야 했다. 복도 전체를 채울 정도
의 핀셋은 다 어디서 나온 것인지도 알 수 없었다. 그러나 블
로킹도 마쳤고 핀셋 고정도 끝냈으므로 여자는 자신의 집과
가까운 쪽 복도 끝에서부터 반대편 끝을 향해서 머리카락을
다듬기 시작했다.
 참빗과 샤워기를 들고 나왔을 때부터 머리카락은 여자를

휘감지 않았다. 오히려 다소곳이 여자가 돌보아주기를 기다리는 것 같았다. 다듬어서 잘라낸 조각들은 넘실거리는 머리카락 속으로 사라졌다. 마치 모내기라도 하는 것처럼 허리를 숙인 채로 길이를 맞추어 열심히 다듬다가 절반쯤 지점에서 여자는 뒤를 돌아보았다. 다듬어진 머리카락은 이제 복도를 휘감고 있는 것이 아니라 양탄자처럼 보기 좋게 복도에 깔려 있는 것 같았다. 여자는 만족하여 다시 하던 방향으로 작업을 계속했다. 이렇게 여자는 밤새 물을 뿌리고 빗고 잘라내며 머리카락을 달래고 돌보았다. 그리고 그동안 아무도 여자를 엿보지 않았고 그 어느 집에서도 문을 열지 않았다. 밤이 지나고 동이 터올 때까지 여자는 온전히 혼자서만 머리카락과 함께 있었다.

꿈에서 깨어났을 때는 새벽이었고, 여자는 녹초가 되어 있었다. 아주 오랜만에 처음으로 여자는 눈을 뜨자마자 남자를 생각하지도 않았고 벽에 귀를 대고 남자가 깨어났는지 확인하지도 않았다. 대신 현관으로 나가서 여자는 문의 조그만 구멍을 통해 밖을 내다보았다.

길고 무성한 잡초처럼 복도를 휘감고 있던 머리카락은 꿈속에서 그랬듯이 고르게 다듬어져 복도에 얌전히 깔려 있었다. 여자는 기뻐서 웃으며 문을 열었다. 머리카락이 여자를 향해 일어섰다. 여자는 쪼그리고 앉아서 머리카락을 향해 손을 내밀었다. 머리카락이 인사하듯이 손가락에 감겼다. 끌려 들어가 휘감기기 전에 여자는 손을 빼냈다. 그러나 그 짧은 순간 여자는 분명 애원과 갈구와 호소가 아니라 감사와 기쁨의 감정을 전해 받았다.

문을 닫고 들어와서 여자는 다시 벽에 귀를 대고 침대에 앉았다. 남자가 일어나는 기척이 들릴 때까지 기다렸다. 그리고 남자가 일어난 뒤에는 이전과 다름없이 낮의 생활을 이어갔다. 남자가 식사를 할 때 함께 밥을 먹었고, 남자가 시청하는 텔레비전 프로그램을 시청했고, 남자가 컴퓨터의 자판을 칠 때면 자신도 컴퓨터의 화면을 응시했다. 남자는 한두 번 전화통화를 하는 것 같았으나, 텔레비전 소리에 묻혀서 잘 들리지 않았다. 여자는 최대한 귀를 기울였지만 통화는 곧 끊겼다.

텔레비전 화면을 쳐다보면서, 혹은 무의미하게 컴퓨터 화면을 응시하면서, 혹은 침대에 앉아서 벽에 귀를 댄 채로, 여자는 남자의 머리카락을 생각했다. 자신의 조그만 손이 남자의 짙은 갈색 머리카락을 쓰다듬어주는 장면을 상상했다. 남자의 머리를 감겨준 후 빗으로 곱게 빗어주고 짧은 머리의 아래쪽에 삐져나온 머리카락을 가위로 살살 다듬어주는 광경을 떠올렸다. 그렇게 잘라낸 머리카락이 떨어져 발아래 융단처럼 곱게 깔린 검고 윤기 나는 머리카락 속으로 스며들고, 그 잘린 머리카락 조각들이 파고든 자리에서 남자의 것처럼 짙은 갈색을 띤 머리카락이 자라나서 양탄자처럼 땅 위에 곱게 깔린 머리카락 위에 누워 있는 남자와 자신을 휘감아 고치를 만드는 영상이 여자의 머릿속에서 피어올랐다. 짙은 갈색의 탄력 있고 단단한 고치는 곧 나머지 세상을 차단했고, 어둡고 조그맣고 조용하고 안온한 고치 안의 세계에는 남자와 여자 단둘만이 남았다. 고치 안에서는 남자도 여자만큼이나 쓸쓸하고 외로워졌고, 그래서 남자는 주위를 감싼 머리카락의 벽이 아닌 그 안의 유일한 인간인 여자에게서 온기와 위안을 찾았다. 여자는 기뻐서 웃었고, 그리하여 두 사람은 생의 마지막 순간 동안 짙은 갈색 머리카락의 고치 안에서 쓸쓸하고 다정하게 미소 지으며 함께 녹아 하나의 희끄무레한 뼈 덩어리가 되었다. 이런 장면을 생각할 때면 귀를 댄 벽의 차갑고 단단한 느낌마저도 온화하게 느껴졌고, 그래서 여자는 고치 안에 남자와 함께 있을 때처럼 쓸쓸하고 다정하게 웃었다.

그리고 밤이 오면 여자는 다시 현실의 꿈을 꾸었다. 자신이 사는 층의 복도는 이미 커트를 끝냈으므로 여자는 층계를 타고 내려가면서 물을 뿌리고 구획을 나누어 머리카락을 다듬었다. 층계참까지 포함해서 계단 부분의 머리카락을 정리하는 데만 하룻밤이 꼬박 걸렸고, 그 아래층 복도를 다듬는 데 또 하룻밤이 소요되었다. 마치 밭에 김이라도 매는 것처럼 허리를 숙인 채로 밤새 작업을 해야만 했으므로 아침에 눈을 뜨면 온몸이 쑤시고 허리가 아파서 침대에서 몸을 일으킬 수조차 없는 때도 있었다. 벽에 귀를 대고 남자의 생활을 확인하다가 그대로 다시 잠들어버리는 일도 있었다. 그러나 잠이 들면 복도로 나가서 머리카락을 다듬어야 했으므로 여자의 잠은 결코 편안하지 않았다.

그래도 여자는 불평 없이 일했다. 머리카락은 여자를 필요로 했고, 사실 여자가 아니라도 아무나 관심과 사랑과 공감을 줄 수 있는 사람이라면 누구에게든지 매달리려 했다. 그래도 머리카락은 분무기 대신 샤워기와 빗과 가위를 든 여자만은 휘감아서 고치 속에 가두려 하지 않았고, 힘들게 길이를 맞추어 다듬어주고 나면 언제나 손끝에 휘감기는 머리카락에서는 감사와 기쁨의 감정이 전해져 왔다. 그래서 여자는 매일밤 한 층 한 층 차근차근 내려가면서 무성하게 자라나 밀림처럼 휘감긴 머리카락을 고운 융단처럼 다듬었고, 보채는 어린아이를 달래듯이 머리카락을 달래면서 자신의 마음 또한 함께 잠재웠다. 언젠가 높디높은 이 건물의 모든 층을 뒤덮은 머리카락을 모두 다듬고 나면 여자는 거리로 나갈 수 있을 것이라 확신했고, 얼마가 걸릴지 몰라도 땅에 뒤엉킨 머리카락까지 한 구획씩 나누어 정리해서 다듬어주는 날도 올 것이라 생각했다. 어쩌면 그냥 다듬기만 하는 것이 아니라 펌을 해서 모양을 내주거나 조금 더 멋지게 색깔을 넣어줄 수 있을지도 몰랐다. 땅을 뒤덮은 머리카락이 잔디처럼 보드랍게 다듬어지고 구획별로, 건물별로 스타일과 색상이 멋지게 구분된다면, 갑각으로 싸인 곤충만이 기어 다니는 지저분한 이미지에서 벗어나 사람들도 더 이상 본능적으로 머리카락을 두려워하지 않게 될 것이었다. 펌을 하면, 화학약품을 사용해서 머리카락 본래의 특성과 모양과 촉감을 바꾸고 나면 대지를 휘감은 머리카락이 더 이상 사람을 향해 호소하고 갈구하고 뒤엉켜 고치를 만들어서 녹여 흡수하지 않게 되리라는 사실을 여자는 알고 있었다. 어떻게 해서 아는지는 알 수 없었지만 그냥 알았다. 화학약품에 길들고 나면 머리카락은 더 이상 살아 있는 머리카락이 아니라 그저 다소곳하게 거리에 깔린 양탄자로, 아무런 의지도 감정도 없는 단백질과 색소의 조합으로 변할 것이었다. 그렇게 되면 사람들과 동물들은 다시

금 거리로 나와서 생활할 수 있을 것이고, 여자도 이전처럼 집 밖으로 나와서 어쩌면 슈퍼마켓이나 편의점 혹은 그저 건물 문 앞에서 옆집 남자와 다시 마주칠 수 있을지도 모른다. 그러나 그렇게 되면 머리카락은 더 이상 여자를 향해 사랑과 관심과 공감을 구걸하며 애원하지도 않고, 다듬어진 후에 손가락에 어리광 부리듯 감기며 감사와 기쁨을 전해주지도 않을 것이다. 그리고 남자는 또다시 아침이면 여자의 청력이 미치지 못하는 집 밖의 먼 곳으로 떠났다가 여자가 통제할 수 없는 하루를 보내고 여자가 기다린다는 사실을 알지 못한 채 저녁 늦게, 혹은 밤에, 가끔은 다음 날 새벽에, 자신이 내키는 시각에 내키는 대로 풀어져서 집으로 돌아올 것이었다. 그러면 다시 여자는 벽에 귀를 대고 그 누구도 필요로 하지 않고 그 누구도 알아주지 않는 고독하고 무익한 생활을 이어가야만 할 것이었다…….

그래서 여자는 꿈속에서 애교 있게 일어서는 머리카락에 손가락을 감으며 그저 물을 축여 빗어주고 다듬기만 할 뿐 약은 대지 말아야겠다고 생각했다. 그러나 꿈이란 여자의 힘으로 완전히 통제할 수 있는 영역이 아니었다. 근 한 달이나 걸려서 드디어 1층으로 내려와 복도의 머리카락을 모두 물을 축여 빗어서 다듬어주기를 마친 후에 여자는 건물 밖으로 나가는 문을 열었으나 그 순간 문밖의 머리카락이 전부 일어나 자신을 휘감으려 덤벼드는 모습을 목격했다. 그와 함께 이제까지 얌전히 누워 있던 건물 안의 머리카락도 모두 일어나서 다듬어주기 전의 모습대로 벽을 타고 올라가며 천장까지 휘감고 여자를 붙잡아 고치를 만들어 빨아들이려고 으르렁거리기 시작했다. 혼비백산한 여자는 복도를 달려 엘리베이터 안으로 뛰어들어 숨었다. 방금 다듬어준 머리카락이 일어서서 엘리베이터 문을 붙잡아 열고 자신을 향해 달려들기 전에 버튼을 수없이 눌러서 엘리베이터 문을 닫은 후 두려움에 떨면서 꼭대기 층 자신의 집까지 올라갔다. 엘리베이터 문이 열렸을 때 여자는 이미 오래전에 다듬어주었고 그 뒤로도 집 밖으로 나올 때마다 애교를 부리며 발목에 감기던 머리카락이 모두 바늘처럼 곤두서서 자신을 향해 있는 모습을 보고 진저리를 쳤다. 이제는 다른 목적으로 발목에 휘감기는 머리카락을 뿌리쳐가면서 넘어질 듯 쓰러질 듯 집으로 뛰어가서 떨리는 손으로 문을 열고 안으로 들어선 여자는 일순간 살아났다는 안도감을 느꼈으나 그와 함께 곧 참을 수 없는 배신감에 휩싸였다. 한 달이나 잠도 못 자면서, 지끈거리는 허리와 쑤시는 팔다리를 참아가면서, 아무런 보상도 받지 못한 채 오로지 감정을 나누고 사랑과 기쁨과 감사의 기분을 전해 받는다는 그 한 가지에서 보람을 찾으며 끝도 없는 밭을 매듯이 한 층 한 층 다듬어 내려갔는데, 건물 문이 열리자마자 머리카락들은 마치 전혀 모르는 사람이라는 듯이, 아니, 마치 사람이 아니라 먹잇감을 보았다는 듯이, 전부 자신을 향해 덤벼들려 했던 것이다. 그래서 그녀는 눈물을 참으며 가지고 있는 롯드와 펌약을 전부 꺼내 가방에 넣었다. 현관문을 다시 열기 전에 아까 머리카락이 전부 고슴도치의 등 바늘처럼 곤두서서 자신을 향해 있던 모습이 떠올라 잠시 소름이 끼쳤지만 여자는 이를 악물고 누구를 위해서인지 모르게 문을 열고 그동안 일한 보람도 없이 이제는 천장까지 머리카락에 휘감겨 조명도 모두 꺼지고 한밤중의 밀림처럼 어둡고 위협적인 복도를 향해 발을 디뎠다.

여자가 눈을 뜬 것은 지독한 약 냄새 때문이었다. 지난밤에 꾸었던 꿈을 기억해내고 양손을 들어 피부가 모두 벗겨지고 일어나고 얼룩진 모습을 확인하고 여자는 처음에 그것이 자기 자신에게서 나는 냄새라고 확신했다. 그러나 그때 문밖과 창밖에서 오랜만에 들려오는 사람의 목소리에 놀라서 여자는 커튼을 걷고 창밖을 내려다보았다. 거리의 머리카락은 모습이 완연하게 달라져 있었다. 구불구불하게 모양이 잡혀 있었고, 어떤 부분은 아예 와인딩도 풀지 않았다. 그리고 그런 머리카락 위로 사람들이 드문드문 나와서 알 수 없다는 표정으로 사방을 둘러보고 있었다.

그래서 여자도 문을 열고 집 밖으로 나와 보았다. 꿈속에서가 아닌 대낮의 현실에서 그것은 참으로 오랜만이었다. 은근히 기대했으나 옆집 남자는 나오지 않았다. 혹은 이미 밖에 나가 있을지도 몰랐다. 그래서 여자는 엘리베이터를 한참 기다려서 또 한참이나 아래로 내려와서 양탄자처럼 곱게 풀이 죽어버린 잘 다듬어진 머리카락을 밟고 복도를 지나 건물 현관을 통해서 밖으로 나왔다.

코를 찌르는 펌약 냄새는 거리로 나오자 더더욱 진해졌다. 여자는 머리카락이 아직도 젖어 있다는 사실을 알았다. 밖으로 나온 사람들은 제각각 여기저기 가리키며 뭔가 외쳐대고 있었다. 여자도 그중 귀에 들려온 어떤 목소리를 따라 시선을 돌렸다.

건물 외벽을 뒤덮었던 머리카락들이 모두 사라지고 없었다. 펌약으로 길이 든 머리카락은 이제 생명력을 잃은 채 건물 외벽과 옥상에서 떨어지고 콘크리트와 아스팔트, 보도블록 사이의 대지에서 뿌리 뽑힌 채 땅의 표면에 의식을 잃고 쓰러져 있었다. 그와 함께 머리카락 위를 제 세상처럼 활보하

74

던 갑각으로 싸인 혐오스러운 곤충들도 함께 의식을 잃고 집단으로 쓰러져 있었다. 사람들은 더 이상 사랑과 공감을 갈구하지도, 휘감고 올라오거나 고치를 짓지도 않고 젖어 쓰러져 있는 머리카락을 발로 툭툭 건드려보았고, 개중 위생에 그다지 신경 쓰지 않는 대담한 사람들은 손으로 만져보기도 했다.

그런 사람들 중에서 여자는 남자의 모습을 발견했다. 남자는 그들이 사는 건물에서 조금 떨어진 곳에 서서 한쪽 주머니에 손을 넣은 채 다른 손으로는 전화기를 들고 열심히 통화를 하고 있었다. 반가워서 여자는 자기도 모르게 남자 쪽으로 가려고 했으나 쉽지 않았다. 길거리를 뒤덮은 젖은 머리카락이 걸리적거리는 데다 이제 밖에는 사람이 점점 많아지고 있었고, 그 사람들은 어딘가 갈 곳이 있어서 한 방향을 향해 예측 가능하게 움직이는 것이 아니라 제각각 서서 하늘을 쳐다보거나 건물을 쳐다보거나 놀란 표정으로 여기저기 두리번거리며 목적 없이 걸어 다니거나 아니면 눈에 띄는 사람 아무나 붙잡고 내용보다는 감탄사가 더 많은 대화를 시도했기 때문에 여자는 사람들을 피해 남자를 향해 가기가 점점 더 힘들어졌다.

그러다 한순간 남자가 여자 쪽을 돌아보았다. 시선이 마주쳤다. 여자는 자기도 모르게 웃음을 지으며 반갑게 고개를 움

직여 인사했다. 남자는 흠칫 놀랐고 아주 짧은 동안 어떻게
해야 할지 모르겠다는 표정을 지었으나 곧 어쩔 수 없다는
듯 목만 조금 움직여 인사하고는 돌아서서 전화 통화를 계속
했다. 그리고 돌아선 남자의 등은 곧 거리로 몰려나온 사람
들의 모습에 가려져버렸다. 여자는 남자에게 다가갈 수 없는
것이 아쉬웠지만 남자와 눈이 마주쳤고 제대로 인사를 했다
는 사실이 뛸 듯이 기뻤다. 머리카락에 펌을 해서 드디어 길
을 들이고 이제 거리로 나올 수 있게 한 것도 결코 헛된 노력
은 아니었다는 생각이 들었다. 이제는 남자와 집 밖에서 직
접 마주칠 수도 있을 것이고, 인사를 했으니 말을 걸어볼 수
도 있을 것이었다. 그리고 꿈속에서나마 이 머리카락에게 펌
을 해준 사람이 바로 자신이라는 사실을 남자가 알게 된다면
아마 남자의 태도도 달라질 것이라고 여자는 생각했다. 그런
생각을 하는 사이에 거리는 사람들로 가득 찼고, 그런 사람들
사이를 피해서 아주 오랜만에 처음으로 차가 다니기 시작했
다. 처음으로 길에 나온 차는 젖어서 풀어진 머리카락을 걷어
서 치우는 쓰레기차였다. 여자는 그것을 보고 이제까지 감겨
서 빗어서 다듬어준 노력과 시간과 무엇보다도 펌약이 너무
나 아깝다고 생각했지만 시 정부에서 보낸 청소 차량을 그런
이유로 막을 수는 없었다.

다음 날 아침에 여자는 옆집에서 여러 사람이 내는 시끄러운 소리가 나는 것을 듣고 복도로 나와보았다. 옆집의 문은 열려 있었고, 남자는 아마도 친구로 보이는 다른 사람과 함께 짐과 가구를 밖으로 내가는 중이었다.

눈이 마주쳐서 여자는 가볍게 인사를 했다. 남자는 인사를 받는 둥 마는 둥 현관에서 무거워 보이는 상자들을 끌어내어 엘리베이터 앞에 쌓았다.

"이사…… 하시나 봐요?"

여자가 한참이나 망설이다가 마침내 용기를 내어 모기만 한 목소리로 물었다.

"예."

남자가 엘리베이터의 층수 표시만 뚫어져라 들여다보면서, 여자 쪽은 보지 않은 채 짧게 대답했다. 엘리베이터가 도착하자 남자는 상자를 발로 밀어서 안을 가득 채우고 여자에게 내려가시냐고 물어보지도 않은 채 문을 닫고 사라져버렸다.

남자의 친구로 보이는 낯선 사람이 남자의 집이었던 곳에서 몇 가지 짐을 더 끌어냈다. 여자는 한참이나 복도에서 머뭇거리며 서 있었다. 엘리베이터가 몇 번 더 올라왔다가 내려갔지만 남자의 모습은 더 이상 보이지 않았다. 그래서 여자는 계속 망설이다가 마침내 마지막 짐과 함께 엘리베이터를 타고 1층으로 내려왔다.

남자는 건물 입구 앞에서 용달차에 짐을 싣고 있었다. 다 실은 뒤에 남자는 친구로 보이는 사람의 도움을 받으며 운행 도중에 짐칸에서 이삿짐이 떨어지지 않도록 줄로 단단히 묶었다. 여자는 반쯤은 그 줄을 묶는 남자의 손놀림에 매혹되고 반쯤은 절망에 빠져 뭐라고 말해야 할지 모르는 채로 그 광경을 조용히 지켜보았다.

줄을 다 묶은 뒤에 남자가 짐칸에서 가볍게 뛰어내렸다. 남자의 친구가 남자에게 용달차의 열쇠를 던져주었다. 남자가 받았다. 경쾌한 동작이었다. 남자와 남자의 친구가 차에 타기 전에 여자는 떨리는 목소리로 서둘러 물었다.

"저기, 어……, 어디로…… 가세요?"

그러나 남자와 친구는 대답하지 않고 그대로 차에 탔다. 차가 출발하기 전에 여자는 남자와 친구가 나누는 대화의 첫 토막을 들을 수 있었다.

"네가 말한 스토커야?"

"응, 그 미친년."

그리고 용달차는 말없이 떠나버렸다.

여자는 차의 뒷모습이 완전히 사라져서 전혀 보이지 않게 된 후에도 한참이나 그 자리에 그대로 서 있었다. 얼마나 서 있었는지는 알 수 없다. 건물에서 나오던 사람이 우연히 부딪쳐서 여자는 정신을 차렸다. 몽롱한 발걸음으로 비틀거리며 건물 안으로 들어와서 엘리베이터 앞에서도 한참이나 멍하니 서 있다가 위층으로 올라가는 사람에게서 눈총을 받고서야 열린 엘리베이터 문 안으로 걸어 들어가서 기계적으로 버튼을 눌렀다. 문이 열리자 엘리베이터에서 내렸다. 복도를 걸었다.

남자의 집이었던 곳은 아직도 문이 활짝 열려 있었다. 여자는 안으로 들어갔다. 자신의 집과 이어지는 벽에 귀를 대었다. 맞은편에서는 물론 아무런 소리도 나지 않았다. 여자는 벽에 귀를 댄 채로 천천히 무너지듯 주저앉았다.

꿈속에서 여자는 침대에 앉아 언제나 했듯이 벽에 한쪽 귀를 댄 채로 자신의 머리카락을 자르고 있었다. 규정대로 약 1센티미터에서 1.5센티미터 길이로 차분하게 슬라이스해나갔다. 뒷머리까지 완전히 고르게 자르기는 무척 힘들었다. 여자는 손짐작으로 대충 조금씩 잘라나갔다.

잘린 머리카락이 침대 위에 떨어졌다. 이불 위로, 매트리스 위로 떨어져서 머리카락은 폭신한 침대 속에 뿌리를 내리고 순식간에 자라났다. 그리고 머리카락은 여자의 주위를 감싸며 뻗어 올라서 고치를 만들었다.

머리카락이 여자를 불렀다. 여자의 애정과 관심과 공감을 갈구하며 호소했다.

여자는 기꺼이 머리카락의 고치 속으로 들어갔다.

고치 속은 따뜻했다. 머리카락이 여자를 절박하게 원했으므로 여자는 쓸쓸하지도 고독하지도 않았다. 다정한 고치 속에 몸을 웅크리고 안겨서 여자는 평온하게 미소 지었다.

여자가 완전히 녹아서 희끄무레하게 미소 짓는 덩어리만 남은 후에 머리카락은 고치를 풀었다. 그리고 벽을 넘어 창문을 타고 내려가서 남자의 흔적을 뒤쫓아 거리를 따라 천천히 퍼져나가기 시작했다.

가면

* 2012년 환상문학웹진 〈거울〉 게재
* 2022년 미국《Valancourt Book of World Horrors vol.2》수록(안톤 허 번역)

0.

  사거리의 교차로에 택시가 서 있다. 교차로 한복판은 약간 벗어났지만 마치 직진을 하다 만 것처럼 횡단보도 앞에 엉거주춤 서 있어서 우회전 차량에도 직진 차량에도 방해가 된다. 지나가는 차들은 이 택시 한 대 때문에 길이 막히니까 당연히 모두들 경적을 울리며 신경질을 낸다.

  사방에서 경적을 울려도 택시는 움직이지 않는다. 안에는 아무도 없다. 시동이 걸려 있고 비상등이 깜빡인다. 그러나 운전자의 모습은 보이지 않는다.

  시간이 지나도 운전자는 돌아오지 않는다.

1.

  시작은 소리였다. 그것은 밤중에 천장에서 들려왔다. 마치 누군가 위층에서 빗자루질을 하는 것 같았다. 슥슥슥. 가끔은 긁기도 했다. 끽끽끽. 드물게는 발걸음 비슷한 소리도 들렸다. 삐걱삐걱. 쿵쿵쿵.

위층은 옥상이다. 한밤중에 사람이 올라가서 빗자루질 같은 걸 하면서 돌아다닐 리가 없다.

부부는 그래서 웬만하면 무시하려 했다. 빌라에서 살아보는 것은 처음이었다. 아파트에 비하면 원래 방음이 잘 안 된다고 했다. 옆집에서 나는 소리인데 천장으로 착각한 것일 수도 있다. 물론 옆집이라 해도 한밤중에 빗자루질을 하는 것은 이상하다. 그러나 그건 그 집 사정이고. 이쪽 입장에서는 빗자루질 슥슥슥 하는 건 뭐 참아줄 수 있다. 진공청소기 윙윙윙 정도는 아니니까. 생활 소음은 언제나 있는 거고. 이웃끼리 좋은 게 좋은 거니까.

소리는 점점 커졌다. 쿵쿵쿵. 쾅쾅쾅. 끄이이이이이이이이익 슥삭슥삭 삐거덕 빠각.

옆집에 물어보았다. 이웃 사람은 소리에 대해서 아무것도 몰랐다. 밤에 혹시 청소하시냐는 말에 펄쩍 뛰었다. 새벽 일찍 일어나서 일 나가야 하니까 밤에는 다들 잠자기 바쁘지 누가 빗자루를 들고 시끄럽게 굴면서 돌아다니겠느냐는 것이다. 그런 소리를 들었다면 일단 자기가 못 견뎠을 것이라고

했다. 거짓말이나 변명을 하는 것 같지는 않았다.

밤을 기다렸다. 소리가 들려오기 시작하자 부부는 가만히 귀를 기울였다. 옆집이 아니다. 벽이 아니다. 천장이다. 분명히 위쪽에서 나는 소리다.

아침에 옥상 쪽으로 올라가보았다. 그러나 옥상으로 가는 길은 막혀 있었다. 철문을 닫아걸고 쇠사슬까지 감아놓았다.

건물주에게 전화했다. 옥상은 쓰지 않는다고 했다. 항상 잠가놓는다. 한밤중에 사람이 올라가서 빗자루질 같은 걸 할 리가 없다. 근처에 사는 애들이 밤에 몰래 올라가서 노는 것일지도 모른다는 말에도 집주인은 회의적이었다. 도대체 잠을 잘 수가 없다고 아내가 화를 내자 마지못해 한번 올라가보겠다고 했다.

올라가본 것 같지 않았다. 정체불명의 소리는 여전히 밤마다 지속되었다.

집주인에게 다시 전화했다. 이번에는 남편이 전화해서 당장 같이 옥상에 올라가자고 요구했다. 같이 올라가서 뭐가 어떻게 된 건지 내 눈으로 보고 저 소리를 못 내게 해야겠다고 언성을 높였다. 그제야 집주인은 좀 진지하게 받아들이는 눈치였다. 지금 당장은 곤란하고 나중에라도 사람을 보내겠다고 약속했다.

관리직원이 온 것은 저녁이 아니라 거의 밤중이 다 되었을 때였다. 건물 관리인이라면 나이 지긋한 아저씨일 거라고 일반적으로 생각하는데, 초인종을 누른 사람은 어린 남자애였다. 얼굴이 지나치게 하얗다. 낡아빠진 야구모자 밑으로 보이는 머리카락은 검은색이 아니라 어쩐지 투명해 보이는 옅은 갈색이었다. 문을 열고 남편이 나오자 소년의 표정 없는 하얀 얼굴이 긴장으로 딱딱하게 굳어졌다.

소년은 말을 더듬었다.

"지, 지, 지붕에서, 그, 저, 소, 소, 소리가, 드, 들리신다구요?"

남편은 소년을 위아래로 훑어보았다. 고등학교나 졸업했나? 이런 어린애가 왜 빌라 관리사무실에서 일하지? 집주인 손자인가?

"갑시다."

남편이 내뱉었다. 그다지 친절한 말투는 아니었지만 그래도 존댓말을 해준 것이 고마웠는지 소년은 두말없이 돌아서서 앞장섰다.

계단을 반 층 올라가서 철문으로 다가갔다. 커다란 맹꽁이 자물쇠에 열쇠를 꽂아서 돌렸다. 녹이 슬었는지 잘 돌아가지 않아서 손으로 열쇠와 자물쇠를 이리저리 비틀며 애를 써야 했다. 자물쇠를 열고 쇠사슬을 풀고 다시 철문에 열쇠를 꽂아 돌렸다.

소년이 오랫동안 각종 자물쇠와 열쇠와 씨름하는 동안 남편은 뒤에 서서 보고 있었다. 문은 쉽게 열리지 않았다. 소년이 안간힘을 쓰며 밀었다. 문고리를 잡고 씨름하는 소년의 오른손 손등, 엄지와 검지 사이에 조그만 별 모양 문신이 언뜻 눈에 띄었다.

그 순간 철문이 간신히 조금씩 물러나면서 정말로 내키지 않는다는 듯 길게 녹슬고 오래된 소리를 냈다.

녹슨 철문 밖은 밤의 어둠이었다. 남편이 앞으로 나서려 하자 소년이 주의를 주었다.

"바, 발밑에, 조, 조, 조심하세요."

남편은 대답하지 않았다. 철문을 밀어 열고 문밖으로 한 걸음 나아갔다. 힘껏 밀린 철문이 새된 비명을 질렀다.

"아, 저기, 그……."

소년이 뒤에서 뭐라고 말하려다가 일단은 손전등을 비추어 주었다.

건물주가 옥상에 대해 어째서 회의적인 태도를 보였는지 남편은 등 뒤에서 빛을 비춘 순간 이해할 수 있었다. 소년의 말대로 그곳은 옥상이 아니라 지붕이었다. 반대편 끝에 있는

환기탑까지 사람이 한 명 걸어갈 수 있을 정도로 좁은 길이
나 있을 뿐 양옆은 경사진 기와지붕이었다. 한밤중에 이런 곳
에서 정말로 빗자루질을 하는 사람이 있다면 미친 것이 틀림
없었다. 지붕에는 조명이 전혀 없었다. 어둠 속에서 자칫 발
을 헛디디면 그대로 5층 건물 아래로 곤두박질치기 딱 알맞
았다.

남편은 맥이 탁 풀렸다.

"내, 내일, 해, 해, 해 뜨고 나면, 다, 다시 와서, 좀 더 저, 점
검을 해볼게요."

등 뒤에서 소년이 중얼거렸다.

"호, 혹시 지, 지붕 밑으로, 고, 고, 고양이 같은 게, 드, 들어
갔을지도 모, 모르니까요……."

내려가자는 뜻이다. 그렇지 않아도 지붕 위에는 더 이상 볼
것이 없었다.

소년이 먼저 몸을 돌렸다. 따라서 돌아서려다가 남편은 흠
칫 걸음을 멈추었다. 내려가려는 소년을 불렀다.

"손전등."

"에?"

소년이 계단을 이미 반쯤 내려가다가 고개를 돌려 올려다
보았다.

"손전등 좀 줘봐요."

남편이 손을 내밀었다. 소년은 머뭇거렸다.

"아, 저기……."

"잠깐이면 돼요."

남편은 성큼성큼 걸어 내려가서 빼앗다시피 손전등을 받아 들었다.

"아…… 안 되는데……."

소년이 뒤에서 중얼거렸다. 남편은 무시하고 빨리빨리 걸어 올라갔다. 철문을 열어젖혔다. 지붕을 비추었다.

반대편 환기탑 앞에 사람이 서 있었다. 손전등 불빛 속에서 윤곽이 더 뚜렷하게 보였다. 밤바람에 치마와 머리카락이 휘날렸다.

남편은 한 걸음 앞으로 나아갔다. 말을 걸려다가 멈추었다. 어둡고, 밤이고, 지붕에는 난간 같은 것도 없다. 잘못해서 놀라게 했다가는 떨어질지도 모른다.

한밤중에 건물 지붕 위에 여자가 서 있는데 어째서 이상하다는 생각이 전혀 들지 않은 것인지는 알 수 없다. 어쨌든 말을 거는 대신 남편은 손전등을 조금 치켜들었다. 여자의 모습은 윤곽이 검은색으로 뚜렷하게 보였지만 이목구비라든가 다른 세부적인 형체는 전혀 알아볼 수 없었다. 이쪽에서 손전등을 비추는데 어째서 마치 역광을 받은 것처럼 까맣게 보이는지, 그 역시 생각해보면 이상한 일이지만 남편에게는 그런 점이 이상하다는 생각 또한 전혀 떠오르지 않았다.

아마 여자가 그런 여자였기 때문일 것이다.

손전등 불빛을 받고 여자는 이쪽을 돌아보았다. 혹은 그런 식으로 움직인 것 같았다. 남편은 여자를 불러보아야 할지 아니면 말을 걸지 않는 편이 안전할지 다시 한번 고민했다. 그때 여자가 이쪽으로 다가오기 시작했다.

걸음걸이는 느리고 조심스러웠다. 처음에 휘날리는 치마와 머리카락을 보았을 때는 머리가 길어서 당연히 젊은 여자일 것이라고 생각했다. 그런데 걸어오는 모습이나 가까워지는 형체의 윤곽을 보니 사실은 아주 나이가 많은 것 같다고 남편은 짐작했다.

여자는 천천히 힘겹게 걸어왔다. 어쨌든 조심해서 안전한 곳으로 오고 있으니 잘 달래서 데리고 내려가야겠다고 남편은 생각했다. 여자가 바로 앞까지 다가왔을 때 남편은 손을 뻗었다.

여자는 사라져버렸다.

남편은 당연히 어리둥절했다. 손전등으로 사방을 비추었다. 여자의 모습은 어디에도 보이지 않았다.

사람이 아래로 떨어졌다고 생각하고 남편은 공포에 질렸다. 머뭇거리며 뭔가 말하려고 더듬거리는 소년을 끌고 아래층으로 달려 내려갔다. 그러나 빌라 주위를 몇 번이나 빙빙 돌았지만 여자의 흔적은 전혀 발견할 수 없었다.

기다리다 못한 아내가 찾으러 나왔다. 빌라 뒤편에 멍하니 서 있는 남편을 발견했다. 남편이 자초지종을 말하자 아내는 몹시 못 미덥다는 표정을 지었다. 남편은 소년이 자신의 말을 뒷받침해줄 것을 기대했다. 아내는 아내대로 소년에게서 뭔가 좀 더 합리적인 이야기를 듣기를 원했다.

그러나 소년은 대단히 곤란한 표정으로 뭔가 알아들을 수 없는 단어들을 몇 개 우물거릴 뿐이었다. 남편과 아내가 각자 뭔가 더 말하려고 하자 소년은 시간이 늦었으니 내일 다시 오겠다고 매우 빠르게 중얼거리고는 남편의 손에서 손전등을 빼앗다시피 받아들고 가버렸다.

2.

여자는 집 안으로 들어왔다.

지붕을 살펴보고 돌아온 뒤부터 천장 위에서 나던 소리가 들리지 않았다. 부부는 만족했다. 그리고 일주일쯤 지난 뒤에 아내는 안방 벽 한쪽 모서리에 거무스름한 얼룩이 생긴 것을 눈치채었다. 모서리 아래쪽이라 각도나 위치상 언제나 그림자가 져 있는 곳이었기 때문에 잘 들여다보지 않으면 얼룩이 있는지조차 알 수 없었다.

그러므로 얼룩이 언제부터 생겨 있었는지는 불분명했다. 아내는 쪼그리고 앉아서 들여다보았다. 액체가 스며들어 생긴 얼룩이 아니라 벽지에 올올이 조그만 검은 가루 같은 게 묻어 있다. 걸레로 문질러보았다. 얼룩은 조금 퍼지면서 희미해졌다. 아내는 조금 더 세게 문질러보았다. 얼룩이 더 희미해져서 거의 보이지 않게 되었으므로 아내는 그것으로 만족했다.

그러나 얼룩은 다시 돌아왔다. 아내는 며칠 뒤에 같은 자리에 조금 더 진한 얼룩이 조금 더 크게 퍼져 있는 것을 알았다. 걸레로 문지르자 다시 희미해지는 것 같았다. 모서리가 만나는 곳이라서 걸레질을 하기가 쉽지 않았고, 벽 앞에 선 아내 자신의 그림자와 걸레를 든 손의 그림자 때문에 얼룩이 정확히 보이지 않기도 했다. 그래서 아내는 걸레로 문지르는 부위만큼 얼룩이 퍼지는 것을 알아채지 못했다.

다음 날 얼룩은 퍼진 만큼 커졌고 원래대로 진해졌다. 닦아내면 조금 희미해지는 것처럼 보였으나 그때뿐이었다. 닦은

만큼 퍼졌고, 조금씩 더 진해졌다.

그리고 밤마다 들리던 천장 위의 소리가 다시 돌아왔다.

소리를 들은 것도 아내였다. 남편은 밤에 일하러 나가야 했다. 밤에 침대에 누워서 눈을 감으면 이전에 들었던 스스슥, 스스슥 소리가 들려왔다.

이번에는 소리가 아주 작았다. 방에 혼자 있지 않았다면 아내는 눈치채지 못했을 것이다. 그러나 방 안은 조용했고, 밤에 한순간 조용해지면 조그만 소리도 크게 들릴 때가 있었다. 그래서 아내는 그 소리를 들었다.

아주 작은 빗자루로 바닥을 살살 쓰는 듯한 소리였다. 아내는 방 안에 벌레가 있다고 생각했다. 불을 켜고 방 안을 살펴보았으나 물론 아무것도 없었다. 다음 날 아내는 살충제를 사다가 방 안 구석구석에 뿌렸다.

소리는 완전히 사라지지 않았다. 작아지지도 커지지도 않았다. 잠을 자는 데 방해가 될 정도는 아니었으므로 아내는 더 이상 신경 쓰지 않았다.

그러므로 벽에 생겨난 얼룩과 밤에 나는 소리와 방 안에 떠도는 뭔가 타서 그을린 듯한 냄새를 연결 지어 생각하지도 못했다.

남편은 교대 시간이 바뀌어 저녁에 일을 나갔다. 밤새 운전을 하고 아침에 돌아와서 낮 동안에는 잠을 잤다. 대낮의 주택가는 때로 밤 시간보다 조용했다. 어른들은 직장에, 아이들은 학교에 가고 근방에는 노인과 주부들만 남는다. 물건을 파는 트럭이 와서 가격을 외쳐대거나 자식들을 모두 학교나 일터로 내보낸 어르신들이 모여서 한담을 나누는 시간이 되기 전의 한순간 골목에는 정적이 감돈다. 그럴 때 해가 비쳐 너무 밝으면 잘 수가 없었으므로 남편은 창문을 닫고 커튼을 쳤다. 그러면 방 안은 즉시 모든 색과 빛이 한 옥타브 낮아지면서 조용하고 평온한 그늘 속에 잠겼다.

그 절반쯤 가려진 방 안의 어스름 속에서 벽 모퉁이의 얼룩이 일어나 남편에게 다가왔다.

지붕 위에서 처음 보았을 때 남편은 젊은 여자라고 생각했다. 자신을 향해 걸어오는 모습을 보았을 때 나이 든 여자라고 생각했다. 침대 위로 올라왔을 때 남편은 어린 소녀라고 생각했다. 가볍고, 작고, 빨랐다. 스스슥.

언제나 첫 한 번이 가장 강렬하다. 마약을 해본 사람들은 그 첫 한 방의 기억을 잊지 못해 되풀이해서 약을 찾다가 재산과 가족과 직장과 모든 것을 잃은 후에도 점점 더 많은 약으로 첫 한 방의 느낌을 재현하려 노력하다가 결국 약물 과용으로 죽는다. 도박을 해본 사람도 마찬가지로 첫 대박을 터뜨렸을 때의 기분을 잊지 못하고 그 한 방을 찾아서 가진 모든 것을 털어 넣는다. 첫사랑의 추억이 평생을 가는 것도 정도가 약할 뿐 비슷한 이치다. 자극의 내용이 무엇이 됐든, 도파민이 처음으로 뇌 속에 흘러넘쳤을 때의 쾌감은 보통의 인간이 일상적으로 느낄 수 있는 모든 감각을 넘어선다. 그 첫 한 번의 쾌감을 겪어본 뒤에도 알면서 의식적으로 거부할 수 있을 만큼 금욕적인 사람은 통계적으로 얼마 되지 않는다. 그 쾌감을 좇아 가진 모든 것을 바치고 평생을 바치고 목숨을 바치는 것이 어찌 보면 평범한 사람의 당연한 반응인 것이다.

남편은 그렇게 걸려들었다. 그것이 무엇인지, 어린 소녀인지 나이 든 할머니인지, 사람인지 귀신인지, 무엇을 하려는지 생각도 하기 전에 여자는 이미 스슥 침대로 다가와서 남편 위에 올라타 있었다. 집 안에 그들을 방해할 사람은 아무도 없었다. 아내는 일하러 갔고 아이들은 학교와 유치원에 갔다. 커튼에 가려진 햇빛이 한쪽으로 기울어지다 사라질 때까지 검은 얼룩의 여자가 남편을 지배했다.

감당할 수 없는 고통과 마찬가지로, 감당할 수 없는 쾌락과 평생 마주치지 않고 살아가는 사람 또한 행운아다.

저녁에 일을 마친 아내가 집에 돌아왔을 때 남편은 눈을 뜬 채로 침대 위에 누워 있었다. 불러도 반응하지 않았기 때문에 아내는 남편을 건드려보았다. 그제야 남편은 눈을 몇 번 깜빡이고는 꿈에서 깬 것처럼 아내의 얼굴을 쳐다보았다. 아내가 식사를 차려주려 했으나 남편은 먹지 않았다. 아무 말도 없이 비틀거리며 옷을 주워 입고는 일하러 갔다.

일하는 내내 계속해서 남편은 꿈속을 헤매고 있었다. 그날 밤에 심각한 사고가 나지 않고 아무도 죽지 않은 것은 그저 운이었겠지만 남편을 위해서 그것이 행운이었는지 불운이었는지는 알 수 없다. 남편은 평소보다 일찍 일을 마치고 새벽녘에 집에 돌아왔다. 자다 깨어난 아내가 반겨도 본 척도 하지 않고 씻지도 않고 겉옷과 양말만 대충 서둘러 벗어던지고 창백하고 초점 없는 눈으로 침대로 기어들어 갔다. 어디 아프냐고 아내가 걱정스럽게 물었지만 남편은 대답하지 않았다. 잠을 좀 자면 나아질 것이라 생각한 아내는 굳이 방해하지 않았다.

남편은 아내와 아이들이 모두 각자의 일과를 위하여 집을 나갈 때까지 한두 시간 정도 단잠을 잤다. 가족이 모두 나가고 햇빛 속에 집 안이 조용해지는 시간이 돌아오자 벽 모서리의 검은 얼룩 속에서 여자가 되살아났다.

3.

여자가 누구인지, 어째서 자신에게 왔는지, 남편은 알지 못했다. 궁금하지 않았던 것은 아니지만 좀체 물어볼 만한 여유가 주어지지 않았고, 물어보아도 여자는 대답해주지 않았다.

남편은 다른 것을 전혀 하지 않게 되었다.

중독자가 무엇이 됐건 일을 하고 경제생활을 유지하는 단한 가지 이유는 중독의 대상을 계속 공급할 돈이 필요하기 때문이다. 마약중독자는 약을 사야 하고 알코올중독자는 술을 사야 하며 도박중독자는 판돈이 필요하다.

남편에게는 아무것도 필요하지 않았다. 침대에 가만히 누워 있으면 그의 중독은 알아서 스스로 다가왔다.

중독이란 그 중독의 대상이 주는 쾌감 이외에 삶의 다른 요소들에 대해서는 전혀 생각하지 않는 상태이다. 중독자에게 있어 존재의 모든 것은 그 중독의 대상에게만 집중된다.

그래서 남편은 언제나 침대에 누워 있었다.

부분적으로는 남편이 더 이상 일을 할 수 없게 되었기 때문이기도 했다. 꿈속을 헤매는 상태로 운전을 하면서 사고도 내지 않고 아무도 다치지 않는 날들이 언제까지나 지속되기를 기대할 수는 없다. 남편은 사고를 냈다. 다행히 사람은 다치지 않았다. 그러나 몹시 멍청한 사고였다. 회사 차고에서 차를 빼려다가 옆에 세워둔 택시를 들이받았다. 그러나 남편은 개의치 않고 오로지 자신이 모는 차를 빼서 거리로 나가려 했다. 그러기 위해 남편은 기이한 방향으로 전진과 후진을 되풀이했으며 그 과정에서 다른 차를 연달아 긁거나 들이받았다. 동료 기사들이 화를 내고 회사의 사무직원들이 무슨 일인지 알아보기 위해서 뛰어나왔다. 여러 가지 아름답지 못한 과정을 거쳐 차에서 끌려 내려왔을 때 남편은 누가 보아도 운전대를 잡아서는 안 되는 상태였다. 눈동자는 초점 없이 풀어졌고 양쪽 눈 밑에 짙은 그림자가 져 있었으며 입술이 약간 벌어져서 침이 흐르고 있었다. 이름을 부르면 돌아보기는 했으나 동작은 비정상적으로 느렸고 누가 뭐라고 물어도 아무런 대답도, 아무런 말도 하지 않았다.

회사 동료가 아내에게 전화했다. 아내는 깜짝 놀라 회사로 달려왔다. 남편의 상태를 보고 병원으로 데려갔다. 물론 병원은 아무 도움도 되지 않았다. 응급실에 앉아서 멍하니 천장을 쳐다보다가 남편은 집으로 가겠다고 고집을 부렸다. 의사를 보지도 못하고 응급실 침대 위에 앉아서 기다리고만 있었기 때문에 아내는 조금 더 기다려서 진찰을 받고 가자고 제안했다. 남편은 집에 가겠다고 고래고래 소리를 지르며 화를 내기 시작했다. 그래서 아내는 남편을 데리고 집으로 왔다.

집에 돌아와서 남편은 곧바로 침대에 누웠다. 아내에게는 나가라고 화를 냈다. 아내는 남편이 걱정되어 뭔가 먹을 것을 만들어주거나 따뜻한 것을 마시게 하려고 했다. 무얼 해주려 해도 남편은 점점 더 언성을 높이며 점점 더 격렬하게 화만 냈다. 그래서 마침내 아내는 그날 일을 쉬고 남편을 보살펴주려던 예정을 포기하고 다시 일하러 갔다. 그리고 남편이 집에 혼자 남은 뒤에 벽 속에서 검은 얼룩의 여자가 나타났다.

이렇게 해서 남편은 언제나 침대에 누워 있게 되었다. 그리고 남편이 언제나 침대에 누워 있게 되었으므로, 그러나 두 아이가 학교를 다니고 옷을 입고 밥을 먹어야 했으므로, 아내가 계속 일을 해야 했다. 아내가 더욱 긴 시간 동안 일을 해야 했다.

아이들이 학교와 유치원에 갔다가 집에 돌아오면 남편은 집 밖으로 아이들을 쫓아냈다. 처음에는 푼돈을 쥐여주고 달래서 밖으로 내보냈다. 시간이 지나면서 아이들에게 쥐여줄 돈이 더 이상 없었기 때문에 남편은 아이들을 맨손으로 내쫓았다. 어느 날 남편은 도어락의 비밀번호를 바꿔버리고 아이들이 집에 돌아왔으나 문을 열어주지 않았다.

갈 곳이 없어진 아이들은 골목을 헤매며 놀다가 배가 고프고 지치자 엄마가 일하는 곳으로 갔다. 아내는 아이들을 데리고 집으로 돌아왔다. 남편은 문을 열어주지 않았다. 초인종을 누르고 소리를 지르고 집 전화와 남편의 휴대전화로 전화했으나 남편은 아무런 반응도 보이지 않았다. 아내는 처음에는 화가 났으나 곧 남편이 집 안에서 심하게 아프거나 죽었을지도 모른다는 생각이 들자 공포에 질렸다. 아내는 집주인에게 연락했다. 집주인이 아무리 전화해도 받지 않았기 때문에 급한 대로 열쇠 수리공을 불렀다. 배불뚝이에 대머리가 벗겨진 열쇠 기술자는 빨리 오지 않았고 와서는 여러 가지로 불평이 많았다. 어쨌든 현관문을 뜯고 아내는 집 안으로 들어갔다.

남편은 침대에 누워 있었다. 정상적인 생활을 그만두고 검은 얼룩의 여자와 함께 지내는 동안 남편은 꼬챙이처럼 말랐다. 팔다리는 뼈와 힘줄의 윤곽이 피부 위로 가닥가닥 도드라져 보였고 얼굴은 뺨이 홀쭉하게 들어갔고 그에 비해 눈만 세 배쯤 커져 보였다. 남편은 그 커다란 눈으로 초점 없이 방 한구석을 쳐다보고 있었다.

아내는 남편을 데리고 병원에 가려 했다. 그러나 침대 밖으로 끌어내려 하자 남편은 몸부림을 치고 욕을 하면서 격렬하게 저항했다. 아내의 힘으로는 역부족이었다. 당장 주변에 딱히 도움을 청할 만한 사람도 없었다. 포기하고 남편을 내버려

둘 수밖에 없었다.

침대에 누워 있도록 내버려두는 한 남편은 얌전했다. 그러나 음식을 먹으려 하지도 않았고 말을 걸어도 대답하지 않았다. 그저 침대에 누운 채로 눈을 굴려 방 한구석을 가만히 쳐다볼 뿐이었다. 아내도 남편이 그토록 뚫어지게 쳐다보는 것이 무엇인지 같은 곳을 들여다보면서 알아내려 했으나 아무것도 볼 수 없었다.

아이들에게 저녁을 먹여 재운 뒤에 아내는 다시 한번 남편과 대화를 시도했다. 그러나 물론 벽돌 벽을 마주하고 앉아서 대화를 시도하는 것과 비슷한 결과를 얻을 뿐이었다. 절망한 아내는 움직이지 않는 남편 옆에 앉아서 말라비틀어져 차갑게 뼈만 남은 남편의 손을 잡고 울었다. 남편은 슬그머니 잡힌 손을 빼냈다. 그것이 그날 하루 종일 남편이 보인 유일한 움직임이었다.

아내는 울다 지쳐 잠이 들었다. 그리고 한밤중에 남편의 헐떡이는 소리와 신음 소리를 듣고 잠이 깨었다. 잠이 아직 덜 깬 채로 어둠 속에서 고개를 돌렸을 때 아내는 불그스름한 형체가 남편을 감싸고 있는 것을 보았다. 남편은 옷을 입지 않은 알몸이었고, 헐떡이는 소리나 신음 소리는 아내가 걱정했던 종류와는 전혀 달랐다.

상황을 깨닫고 아내는 저도 모르게 비명을 질렀다. 침대에서 튕겨 일어나 문 옆으로 달려갔다. 조명등 스위치를 올렸다. 손가락이 스위치를 누르기 전에 침대 쪽을 돌아보았다. 일 초가 채 안 되는 짧은 시간이었다.

아내가 돌아보았을 때 불그스름한 형체는 침대 발치에 서 있었다. 어두운 방 안에서 형체는 기묘하게 반투명한 핏빛으로 보였다. 형체는 한쪽 손을 뻗어 어딘가를 가리켰다. 그리고 말했다.

— 꺼내주세요.

귓가에 속삭이는 나지막하고 약간 목쉰 말소리를 아내는 분명하게 들었다.

불을 켰을 때 물론 형체는 사라지고 없었다.

아내는 알지 못했으나 벽 모서리의 검은 얼룩도 사라졌다. 그리고 정체불명의 여자는 다시 돌아오지 않았다.

4.

여자가 사라진 후에도 얼마 동안 남편은 침대에 누워서 여자를 기다렸다.

인간이 어째서 자기 파괴적인 행동에 집착하는 것인지 확실하게 설명할 방법은 없다. 어느 심리학자가 이런 실험을 했다. 생쥐를 넣는 우리 안에 조그만 레버를 설치했다. 그 레버를 건드리면 쥐가 전기 충격을 받게 되는 장치였다. 죽을 정도는 아니지만 그래도 상당한 고통을 느낄 수 있을 만한 전기 충격이었다. 그러나 물론 우리가 꽤 넓기 때문에 쥐가 마음만 먹으면 그 레버를 전혀 건드리지 않고 피해 다닐 수도 있었다.

그런 장치를 한 뒤에 우리 안에 쥐를 한 마리만 넣었다. 그리고 물과 먹을 것을 충분히 주었다. 쥐는 필요에 따라 먹고 마신 뒤에 우리 안을 탐험하기 시작했다. 그러다가 실수로 레버를 건드렸다. 전기 충격과 함께 찌르는 듯한 고통을 느낀다. 쥐는 찍찍 비명을 지른다. 그리고 예상대로 그 레버를 피해 다닌다.

우리 안에는 물과 먹을 것이 충분하다. 어느 모로 보나 편안한 환경이다. 그러나 그뿐이다. 동료도 없고 번식할 짝도 없고 갖고 놀 장난감도, 달리 할 일도 없다. 쥐는 물과 먹을 것과 텅 빈 공간 속에 혼자다.

그렇게 일정 시간이 지나자 쥐는 스스로 전기 충격 레버에 다가가서 한 번씩 건드리게 되었다.

평온무사하지만 지루한 것보다는, 아프더라도 가끔 가다 뭔가 충격적인 사건이 일어나는 편이 쥐로서는 더 흥미로웠던 것이다.

사람도 어떤 측면에서는 생쥐와 본질적으로 그다지 다르지 않다.

전혀 다른 상황과 전혀 다른 문맥에서 진행된 비슷한 실험이 또 있다. 생쥐를 넣은 우리 안에 똑같이 물과 먹을 것을 충분하게 주었다. 이번에는 번식할 짝과 함께 지낼 동료와 가지고 놀 장난감도 넣어주었다. 그리고 레버를 장치했다. 누르면 희석된 헤로인이 흘러나오는 레버다.

마약의 맛을 본 쥐들은 곧 모든 것을 중지했다. 번식도, 놀이도, 심지어는 기본적인 생존을 위해 먹이를 먹고 물을 마시는 것까지, 살아 있는 생물이 하는 정상적인 활동은 전부 그만두었다. 오로지 레버를 누르고 또 누르며 헤로인, 헤로인, 헤로인만 탐닉했다. 그리고 영양실조와 약물 과용으로 얼마 지나지 않아서 모두 죽었다.

남편이 처한 상황은 후자의 경우에 더 가까웠을 것이다.

그러나 때로는 실험실의 생쥐 쪽이 인간보다 더 팔자가 좋아 보이기도 한다.

택시 운전으로는 최소한의 생활비만 벌기도 힘들다. 요즘처럼 경기가 안 좋을 때는 아무도 택시를 타지 않는다. 연료비는 치솟는데 운임은 그대로다. 개인택시라면 경우가 좀 다를 수도 있지만 회사 소속의 법인 택시는 사납금 넣기조차 빠듯하다. 돈을 벌기는커녕 일자리를 유지하기 위해 자기 돈을 털어 사납금을 채워 넣어야 할 때도 있다. 벌써 언제부터인지도 모른다.

그리고 집주인이 전세금을 올렸다. 살던 아파트를 나와서 더 후미진 곳에 있는 더 작은 빌라로 이사 온 이유도 그 때문이었다. 그러나 빌라라고 해서 꼭 더 싼 것은 아니었다. 집을 빼줘야 하는 날짜는 점점 다가오는데, 부부가 가진 돈으로는 대체로 수도권 근방 어디에도 살 곳을 구할 수가 없었다.

그래서 부부는 다급한 김에 상당히 불리한 방식으로 계약을 했다. 전세 보증금을 낮추는 대신 일부를 월세로 주기로 한 것이다.

남편의 수입은 여전한데 매달 월세까지 내야 하니 더 작은 집으로 옮겼는데도 매달 나가는 돈은 오히려 더 늘었다. 그래서 아내는 가까운 커피숍에서 일하기 시작했다. 아내는 근 십년간 아이 둘을 낳아 기르고 집안 살림에 힘쓰며 열심히 살아왔으나 일자리를 구하려니 주부로서의 이력은 아무런 자격도 기술도 증명도 되지 않았다. 다행히도 커피숍 사장은 비슷한 연배의 기혼 여성이고 비슷한 나이의 아이도 있어서 첫눈에 마음이 맞았다. 일자리도 비교적 쉽게 구했고 사장이 근무시간도 최대한 편의에 맞게 조절해주었지만 아내가 느끼기에 시급이 터무니없이 적었다. 그래도 어쩔 수 없었다. 경력이 좀 쌓이면 시급은 차차 올려주겠다고 사장이 위로했지만 아내는 그 말을 그다지 믿지는 않았다.

아이들은 자란다. 필요한 돈은 점점 더 많아질 것이었다. 아내는 커피숍을 그만두고 식당 일을 알아볼까 궁리했다. 시급은 약간 더 많았지만 식당은 어디든지 일하는 시간이 너무 길었다. 아이들이 아직 어린 지금으로서는 무리였다.

그들은 아마도 더 작은 집으로 옮기고, 더 긴 시간 더 힘들게 몸이 부서져라 일하고, 아무리 몸부림쳐도 더 나아질 것이 없는 미래를 정면으로 마주 대하고 시시각각 싸워야 할 것이었다. 남편도 아내도, 더 작은데 더 돈이 많이 드는 변두리의 빌라로 이사 오면서 이 사실을 어렴풋이 깨닫고 있었다.

그리고 그렇게 이사한 부부의 새집은 보금자리가 아닌 함정이었다. 누군가 그들을 우리 속에 집어넣었다. 쾌락이 흘러나오는 레버가 의도적으로 그곳에 장치되어 있었다. 남편은 모르고 우연히 그 레버를 눌렀다. 그리고 알 수 없는 누군가가 의도한 대로 그 함정에 걸려든 것이다. 평범하고 안락한 보통의 생활이라는 것이 얼마나 깨지기 쉽고 연약한 것인지 그들은 전혀 모르고 있었다.

그러나 물론 아내의 입장에서는 상황을 이렇게 거시적으로 논평할 여유가 없었다.

남편의 몸을 짓누른 핏빛 형체를 목격하고 자신의 귓가에 속삭이는 나지막한 목소리를 들은 뒤에 아내는 당연히 공포에 질렸다. 이런 종류의 일에 대하여 관심도 없고 아는 바도 별로 없었던 아내는 동네 어귀에서 언뜻 보았던, 사찰 표시를 내걸었지만 엄밀히 말해 불교 사찰과는 별 상관이 없는 곳을 찾아갔다. 사찰이 아니면서 사찰 표시를 내걸고 영업하는, 승려가 아니면서 승복 비슷한 옷을 입은 사람은 아내가 들어오자마자 눈을 부라리며 나가라고 소리를 질렀다. 아내가 사정을 설명하려 했으나 승복 비슷한 옷을 입은 사람은 자리를 박차고 일어나 아내를 억지로 바깥으로 밀어내었다. 아내를 골목으로 내던지다시피 한 뒤에 철문을 쾅 닫기 직전에 승복 비슷한 옷을 입은 사람이 해준 유일한 조언은 지독한 것이 옮겨붙었으니 얼른 이사를 가라는 한마디였다.

아내는 이와 비슷한 영업장에 한 군데쯤 더 찾아가보고 이후 두세 군데 더 전화를 해보았으나 맨 처음 갔던 곳이 그나마 가장 진짜에 가깝다는 결론에 도달해야 했다. 다른 곳에서 유사한 직종에 종사하는 사람들은 아내의 설명을 진지하게 들어준 뒤에 (전화한 경우 정보이용료가 부과되었다) 적게는 수십만 원에서 많게는 수백만 원을 호가하는 비용을 들일 것을 권하였다. 부적, 굿, 제사, 기도, 정성—사용하는 용어는 여러 가지로 달랐으나 핵심은 모두 돈이었다.

아내에게는 물론 그런 돈이 없었다. 아내는 한층 더 깊은 절망에 빠져 처음에 찾아갔던 사찰 표시를 내건 영업장에 다시 찾아갔다. 승복 비슷한 옷을 입은 사람은 이번에는 철문을 열어주지도 않았다. 철문 안쪽에서 소리 지르는 목소리를 가만히 귀 기울여 듣고 해석한 바, '아이들을 생각해서라도 빨리 그 집을 떠나라' 혹은 그 비슷한 내용이라고 아내는 추측했다.

그리고 아내는 집으로 돌아왔다. 안방으로 가서 침대에 드러누운 남편을 쳐다보았다. 남편은 삐삐 말라서 뼈와 가죽만 남은 채로 밥도 먹지 않고 일도 하지 않고 병원에도 가지 않았다. 자신이 방에 들어와도 눈도 마주치지 않고 쳐다보지도 않았으며 심지어 아이들이 방에 들어오거나 나가도 마찬가지로 전혀 신경 쓰지 않았다. 남편이 삶의 모든 것을 걸고 기다리는 것은 오직 하나, 벽의 얼룩 속에서 나타났던 정체를 알 수 없는 불그스름한 형체뿐이었다. 남편이 차라리 다른 여자—살아 있는 현실의 여자와 현실적으로 바람이 났다면 훨씬 덜 무섭고 더 속이 편했을 것이라고 아내는 누워 있는 남편을 바라보며 생각했다. 승복 비슷한 옷을 입은 사람이 철문 안쪽에서 외쳤던 말이 점점 더 슬기로운 조언으로 여겨지기 시작했다.

그래서 아내는 짐을 챙겨 아이들을 데리고 친정으로 갔다.

가족이 떠나고 검은 얼룩의 여자도 사라진 뒤에 집은 진실로 텅 비었다.

남편은 그 빈 집의 침대 위에 혼자 남았다.

5.

남편은 텅 빈 집 안에서 며칠간 더 침대 위에 누워 있었다. 그리고 스스로 침대에서 기어 나왔다.

남편과 같은 상황에 처한 사람에게 이런 시점에서 선택지는 기본적으로 두 가지가 있다. 그 상황이 중독 때문이든, 쾌락 때문이든, 지루함 때문이든, 고통 때문이든, 절망에 빠졌든 함정에 빠졌든, 스스로 무덤을 파고 걸어 들어가는 것을 알았든 몰랐든—뭐가 어찌 됐든지 간에 세부사항을 전부 정리하고 앞으로 어떻게 해야 할지를 생각할 때 가능한 행동 노선은 오로지 두 가지다. 중독 이전의 자유로운 상태로 돌아가기 위해 노력하거나, 아니면 중독의 상태를 지속시키기 위해 노력하는 것이다. 한 개인의 근본적인 힘과 인간성이 시험에 처하는 것이 바로 이 부분이다.

남편은 주저 없이 중독의 상태를 선택했다.

'주저 없이'다.

시작은 함정이었지만, 그에게는 한 번 선택의 여지가 주어졌다. 그리고 그는 선택했다. 그러므로 이후의 전개는 많은 부분 자업자득이라고밖에 말할 수 없다.

그러나 어찌 보면 사람은 본래 그 정도로 약한 동물인지도 모른다. 그러니까 특별히 못날 것도 없지만 딱히 뛰어나게 훌륭할 것도 없는 보통의 사람이 이 남편과 같은 여러 곡절을 겪은 후 남편이 처한 것과 같은 특이한 상황에 처한다면 일반적으로 할 만한 보통의 행동을 남편은 했던 것인지도 모르겠다.

한 사람이 무슨 자격으로 다른 사람을 판단하겠는가.

검은 얼룩의 여자가 사라진 후에 남편은 참으로 오랜만에 절체절명의 배고픔과 목마름을 체감했다. 그리하여 생존의 필요를 어느 정도 달래고 난 뒤에 남편은 곧바로 검은 얼룩의 여자를 찾아다니기 시작했다.

물론 여자는 이미 집 안에 없었다. 여자가 언제나 나타나던 벽 모서리에 다가가 문질러도 보고 불러도 보고 소리쳐도 보았지만 여자는 나타나지 않았다. 그래서 남편은 여자를 처음 만났을 때처럼 지붕에 올라가야겠다고 생각했다. 그러나 물론 옥상으로 가는 철문은 잠겨 있었다. 그래서 남편은 집주인에게 전화했다.

이전과 마찬가지로 집주인은 몹시 짜증 난 목소리로 옥상은 사용하지 않으며 올라가봤자 그곳에는 아무것도 없고 무엇보다도 위험하기 때문에 입주자들이 마음대로 드나들게 해줄 수는 없다고 어린아이에게 말하는 것처럼 누누이 설명했다. 남편은 지난번에 통했던 핑계를 다시 끄집어내서 천장에서 소리가 난다고 주장했다. 남편이 언성을 높이자 집주인은 지난번처럼 몹시 귀찮아하면서 나중에 사람을 보내겠다고 했다. 남편은 전화를 끊기 전에 지난번에 보냈던 남자애를 다시 보내달라고 말했다.

"남자애? 무슨 애요?"

집주인이 의아하게 되물었다. 남편이 설명했다.

"그 왜, 고등학교 갓 졸업한 것같이 생긴 어린 남자애 있잖아요. 얼굴 하얗고, 말 더듬고…….”

“그런 애 보낸 적 없어요.”

집주인이 잘라 말했다.

“아니, 분명히 왔었는데, 모자 쓰고, 갈색 머리에 말을 심하게 더듬는…….”

집주인은 잠시 말이 없었다. 남편이 다시 뭔가 말하려 하는데 집주인이 가로막았다.

“얼굴이 하얗고, 머리가 갈색이고, 말을 심하게 더듬었다구요?”

“예. 아주 어린 남자애였는데…….”

남편의 말을 집주인이 또다시 가로막았다.

“그래서 그 남자애가 뭐라고 하던가요? 자기가 누구라고 그래요?”

“관리소 직원이라던데요.”

남편이 대답했다. 집주인이 빠르게 말했다.

“관리소가 어디 있어요. 빌라에는 원래 관리사무실이 없어요.”

남편은 순간적으로 목이 탁 막혔다.

집주인이 물었다.

“그래서, 그 관리소 직원이라는 남자애가 또 뭐라고 그래요? 혹시 집 안에 들어왔어요?"

"아뇨, 그런 건 아닌데……."

집주인의 목소리가 너무 심각했기 때문에 남편은 조금 겁을 먹었다.

"옥상 문을 열어주길래, 지붕으로 나갔었는데……."

"문을 열어줘요?"

집주인이 다급하게 물었다.

"그 남자애가? 문을 열어줬다고? 어떻게? 무슨 수로?"

"열쇠를 갖고 있던데요."

"열쇠?"

집주인이 말했다. 질문이라기보다는 비명에 더 가까웠다.

"무슨 열쇠? 옥상 철문 열쇠?"

"예, 그거하고 철문 체인에 걸어둔 자물쇠 여는 열쇠하고……."

"체인까지 열었다고?"

이제 집주인의 목소리는 비명이었다.

"가만있어봐요. 이거 신고해야겠는데. 옥상 열쇠까지 훔쳐서 버젓하게 드나들고……. 나 이거 지금 신고할 거니까, 경찰에서 조사하러 오면 잘 좀 얘기 좀 해줘요. 인상착의하고, 아까 거기, 말 더듬는다고, 그런 특징하고……. 도대체 어떤 새끼야……."

그리고 집주인은 마구 흥분하며 전화를 끊었다.

남편은 밖으로 나갔다. 계단을 반 층 올라갔다. 옥상으로
가는 철문 앞에 섰다.

철문에는 이전처럼 육중한 쇠사슬이 감겨 있었다. 남편은
쇠사슬을 살짝 당겨보았다. 당연한 얘기지만 사슬은 전혀 움
직이지 않았다. 쇠사슬에 매달린 자물쇠는 웬만한 남자 주먹
만큼 커 보였다.

남편은 철문 앞에 선 채로 전화기를 들여다보았다. 관리소
직원을 사칭한 어린 남자아이는 명함도 연락처도 남기지 않
았다. 당연히 이름도 모른다. 이제 와서는 정체를 전혀 알 수
없었다.

전화기를 주머니에 집어넣고 남편은 망연히 철문의 잠긴
문고리를 만지며 문 앞에 한없이 서 있었다.

6.

남편은 여자를 기다렸다.

아내를 기다린 것이 아니다. 아이들도 기다리지 않았다. 남
편은 검은 얼룩의 여자를 기다렸다.

이웃들에게 물어보았지만 뾰족한 답은 얻지 못했다. 답을 얻기보다는 미친 사람 취급을 더 많이 당했다. 집주인에게는 연락해봤자 아무 소용도 없었다. 관리소 직원을 사칭하고 옥상 열쇠까지 가지고 있었던 신원불명의 남자애 때문에 집주인은 신경이 바짝 곤두서 있었다.

경찰이 오기는 왔다. 그러나 맥빠진 대화를 몇 마디 나누는 것으로 남편이 관련된 조사는 끝나버렸다. 관리인을 사칭한 소년에 대해 더 자세한 정보는 아무 데서도 얻을 수 없었다. 남편 자신이 아는 것이 최대한의 정보였다.

그러나 남편은 중독되어 있었다. 그러므로 쉽게 물러설 수 없었다. 이웃들과 집주인에게서 원하는 것을 얻지 못했기 때문에 남편은 동리 주변을 탐문하고 다녔다. 역시 별다른 소득은 없었다.

근처 슈퍼마켓에서 몇 가지 물건을 사면서 남편은 나이 지긋한 슈퍼 여주인에게 빌라의 옥상에 대해서 물어보았다. 그때 소주 한 병과 새우깡 한 봉지를 들고 남편의 뒤에 서 있던 할아버지가 끼어들었다.

"거기 옥상에서 사람 죽었어."

"예?"

남편은 몸을 돌렸다. 할아버지는 남편을 똑바로 쳐다보지 않고 마치 그저 지나가는 말인 듯 아무렇지도 않게 이야기하려고 노력하는 티를 너무 내면서 말했다.

"거기 건물 옥상에서 사람 죽었다고. 원래 옛날에 다 쓰러져가는 연립주택이었는데 빌라 만들겠다고 뜯어고치다가 시체가 나왔어."

'시체'라는 말에 남편은 귀가 번쩍 띄었다.

"누구였는데요? 누가 죽었어요?"

할아버지는 자신이 보유한 과거의 정보 한 토막에 누군가 이 정도로 관심을 가져주어서 몹시 신이 난 모양이었다.

"몰라, 여자였대. 근데 다 타서 알아볼 수가 없었어. 경찰이 오고 아주 난리도 아니었다고."

여자.

여자다.

"그게 언젭니까?"

"글쎄. 한 오륙 년 됐나?"

슈퍼 아주머니가 거들었다.

"오륙 년이 뭐예요, 벌써 한 십 년 다 돼가는데."

"그런가?"

말하면서 할아버지는 남편이 사려고 계산대에 놓았던 물건들 옆에 소주와 새우깡을 슬쩍 밀어놓았다. 남편은 별말 없이 함께 계산했다. 슈퍼 앞 파라솔 그늘에 가린 테이블 밑에 자리를 잡고 앉은 할아버지 옆에서 좀 더 도움이 되는 정보를 얻으려 했으나 할아버지는 대체로 비슷한 이야기를 되풀이했다. 원래 연립주택이던 건물을 뜯어고쳐서, 한 층을 더 올려 빌라를 만들었는데, 그러다가 옥상에서 시체가 나왔고, 불에 타 있었고, 여자였고, 난리가 났고, 난리가 났다.

남편은 식사를 대신할 주전부리를 사가지고 집으로 돌아왔다. 과자를 씹으며 가장 손쉽게 인터넷을 찾아보았다. 동네 이름과 '살인사건' '불탄 시체' 등으로 검색했으나 마땅히 눈에 띄는 기사는 없었다. 빌라 이름에 '빌라' 대신 '연립주택'을 넣고 똑같이 '살인사건'이나 '시체' 등을 검색했으나 여전히 관련 있어 보이는 기사는 나타나지 않았다.

오래된 사건이다. 정확한 날짜나 내용을 알지 못하기 때문에 검색어를 잘못 집어넣었을 수도 있다. 혹은 할아버지나 슈퍼 아줌마가 잘못 알았을 수도 있다. 여러 가지 불명확한 가능성이 너무 많았다. 남편을 버티게 해주는 것은 오직 중독된 자의 집착뿐이었다.

그래서 남편은 터무니없이 긴 시간 동안 어처구니없이 많은 검색어를 입력하며 강박적으로 컴퓨터 앞에서 시간을 보낸 끝에 드디어 찾아냈다.

그다지 유명하지 않은 일간 신문에 조그맣게 실린 기사였다. ××동의 무슨무슨 연립주택(현재 빌라의 이름과는 전혀 달랐다) 공사 중에 옥상에서 여성의 시체가 발견되었다. 발견당시 시신은 얼굴을 포함하여 곳곳이 불에 타서 심하게 훼손되었고 흰색 비닐로 두텁게 감싸여 테이프로 밀봉된 상태였는데 공사 중이던 인부가 건축 자재인 줄 알고 뜯어보았다가 신고했다. 경찰은 지문 감식 결과 시신이 연립주택에 거주하던 누구 씨의 딸이며 얼마 전에 실종된 모 양임을 확인하고 유력한 용의자인 남자친구 모 군을 수배했다.

그것이 끝이었다. 모 군을 찾아냈는지, 정말로 모 군이 죽였는지, 왜 죽였는지, 아니라면 진범은 누구인지—그런 뒷이야기는 전혀 찾을 수 없었다. 이미 오래된 사건이었고, 비슷한 시기의 신문 기사에는 온통 축구 이야기뿐이었다.

7.

남편은 여자의 검은 얼룩이 있었던 벽 모서리로 갔다. 얼룩이 있던 자리 앞에 쪼그리고 앉았다.

"나한테 와."

남편이 벽을 향해 말했다.

"나한테 와. 내가 원한을 풀어줄게. 내가 해결해줄게. 내가
옆에 있어줄게."

아무도 대답하지 않았다.

검은 얼룩은 돌아오지 않았다. 벽은 그대로였다.

여자도 돌아오지 않았다.

8.

남편은 다시 일하기 시작했다.

생활을 정상으로 되돌리기 위해서가 아니었다. 여자를 기
다리려면 남편에게는 그 집이 필요했다. 그런데 그 집에서 계
속 지내려면 월세를 내야 했다. 그러므로 돈이 필요했다.

남편이 아는 종류의 일은 운전이었다. 그러나 지난번의 회
사에서는 좋지 않은 꼴을 보이고 쫓겨났다. 그곳으로 다시 돌
아갈 수는 없었다. 다른 곳은 이미 평판이 안 좋게 전해져 있
거나, 불경기라 사람을 뽑지 않거나, 뽑더라도 근무 조건이
아주 좋지 않았다.

남편으로서는 따질 계제가 아니었다. 월세를 낼 돈을 벌 수
만 있다면 아무래도 상관없었다. 남편은 말 그대로 아무 일자
리나 손에 잡히는 대로 무조건 수락했다.

근무시간은 길고 손님은 적었다. 남편은 하루의 대부분을 자동차의 운전석에서 보냈다. 집에 돌아가면 벽 모서리 앞에 웅크리고 있다가 잠이 들었다. 잠깐 그렇게 눈을 붙이고 일어나면 다시 월세를 벌러 나가기 전까지 대답 없는 벽에 대고 여자에게 돌아와달라고 간청했다.

아내가 몇 번 전화했다. 남편은 피했다. 전화를 받지 않거나 대충 얼버무리고 끊었다.

어렵게 쌓아 올려 이룩한 소중한 것들을 남편은 자기 발로 짓밟아 부수고 있었다. 그러나 그 자신은 무엇이 소중한지, 무엇을 망가뜨리는지 의식조차 하지 못했다. 남편의 머릿속을 지배하는 것은 여자였다. 집과, 벽 모서리와, 여자의 정체와 사건의 결말과, 그리고 지금 여자가 있는 곳, 여자를 찾을 수 있는 곳을 알아내는 것, 그리하여 궁극적으로는 여자가 주었던 쾌감에 다시 한번 빠져드는 것—그것이 남편이 원하는 전부였다.

연말이 다가오자 술 취한 손님이 늘었다. 차 안에 토하는 손님이 가장 골치 아팠다. 술에 취해서 횡설수설하거나, 횡설수설하면서 계속해서 전화를 하거나, 차에 탄 순간부터 내릴 때까지 고래고래 욕하며 소리를 지르거나, 소리를 지르는 줄 알았는데 알고 보니 노래를 하고 있거나, 그런 손님들이 많았다.

그리고 언제나 그렇듯이 색다른 손님도 있었다.

남자 손님이 혼자 탔다. 술 냄새는 풍기지 않았다. 그래서 남편은 일단 안도했다.

40대 정도로 보이는 남자 손님은 목적지를 말한 뒤에 한동안 조용했다. 남편도 굳이 모르는 사람과 수다를 즐길 기분은 아니었다. 묵묵히 차를 몰았다.

뒷자리의 남자 손님이 갑자기 입을 열었다.

"아는 친구가 말입니다."

"……예?"

남편이 되물었다. 남자가 차분하게 다시 말했다.

"아는 친구가 곤란한 사정이 생겼어요. 안 좋은 일에 엮인 모양이에요."

"예……."

모호한 이야기였기 때문에 남편도 모호하게 대꾸했다. 남자가 말을 이었다.

"그 친구가 그러더라구요. 얼굴을 마음대로 바꿀 수 있으면 좋겠다구요. 사람의 특징 중에서 제일 알아보기 쉬운 게 얼굴이니까, 필요할 때마다 얼굴을 싹 바꿀 수 있으면 아무 문제 없이 대낮에 거리를 활보하면서 남들처럼 살 수 있을 거라고……."

"그래요?"

엉뚱한 이야기라고 남편은 생각했다. 오래전에 보았던 서
양 영화를 떠올렸다. 범죄 조직을 소탕하기 위해서 경찰이 조
직의 두목으로 위장하여 얼굴을 완전히 바꾸고 잠입한다는
줄거리였다.

"그 왜, 영화도 있지 않습니까? 좀 오래된 영화인데…….."

마치 남편의 생각을 읽은 듯이 뒷자리에 탄 남자 손님이 말
했다.

"남의 얼굴하고 맞바꾼다는 내용이었는데, 제 친구가 그러
더라구요. 있는 얼굴을 그냥 뜯어고치는 것보다는 그렇게 남
의 얼굴하고 바꿔서 싹 갈아 끼우는 게 훨씬 쉬울 거라구요.
실제로 그렇게 할 수 있으면 정말 편할 것 같다고 하더군요."

"아, 예…….."

얼굴을 내놓고 대낮에 거리를 활보할 수 없을 정도라면 사
태가 심각한 모양인데, 그런 사람이 저따위 공상과학 영화 같
은 상상이나 하고 앉았다니 아직 혼이 덜 난 모양이라고 남
편은 속으로만 생각했다.

뒷자리의 남자 손님이 말을 이었다.

"하지만 그렇게 하려면 갈아 끼울 얼굴이 필요하지 않겠습
니까? 그래서 제가 물어봤죠, 바꿀 얼굴은 어디서 구하느냐

구요."

"그러게요. 어디서 구하죠?"

남편은 고객 서비스 차원에서 장단을 맞춰주었다. 차는 신
호에 걸려 멈추어 있었다. 좌회전 신호를 받아 꺾어서 들어가
면 바로 손님이 말한 목적지다.

뒷자리의 남자 손님이 부드럽게 말했다.

"친구가 그러더라구요. 사귀는 여자가, 수완이 좋고 사람을
워낙 잘 다루니까, 마음만 먹으면 얼굴 바꿀 사람쯤은 필요한
대로 구해다 줄 수 있을 거라구요."

신호가 바뀌었다. 손님의 말에 대답할 겨를이 없이 남편은
차를 몰아 좌회전을 해서 골목으로 들어갔다.

"저 앞에 표지판 있는 데까지 가주세요."

뒷자리의 남자 손님이 말했다. 그리고 지갑을 꺼내면서 덧
붙였다.

"친구가 그런 말 하는 걸 들으니까 참, 마음이 이상하더라
구요. 그 친구가 그 지경이 된 게, 사실은 그 사귀는 여자 때
문이거든요……."

"아, 예……."

남편은 표지판 앞에서 차를 세웠다. 뒷자리의 남자 손님은
현금으로 계산했다. 남편은 지폐를 내미는 손님의 오른손 엄

지와 검지 사이 손등에 조그만 별 모양의 문신이 있는 것을 보았다. 그러나 문신에 대해서 뭔가 말하기 전에, 남편이 뭐라고 입을 열기도 전에 손님은 지폐만 넘겨준 채로 거스름돈도 받지 않고 그대로 내려서 차 문을 탁 닫고 가버렸다.

손님이 내려서 가버린 후에도 남편은 그 엄지와 검지 사이 손등의 별 문신이 어째서인지 몹시 마음에 걸렸다. 그러나 정확히 뭐가 어째서 마음에 걸리는지 아무리 생각해도 알 수 없었다.

9.

일주일이 흐르고, 일주일이 더 흐르고, 또 일주일, 그렇게 또 몇 주……가 흘러갔다.

남편의 생활은 여전히 비슷했다. 달라진 점이 있다면 아내와 사이가 거의 파탄에 이르렀다는 것뿐이었다. 아내는 또다시 전화해서 아이들의 목소리를 들려준 뒤에 남편도 빌라를 떠나 가족과 합류할 것을 조심스럽게 제안했다. 남편은 불시에 고함을 지르며 화를 냈다. 아내는 이제 이유를 알고 있었다. 아직도 '그것'과 함께 지내는 거냐고, 그러다 죽을 거라고 아내도 마주 언성을 높였다. 남편은 죽어도 내가 죽으니까 너는 신경 쓰지 마라, 절대로 이 집에서는 한 발짝도 안 나갈 테니까 그런 줄 알라고 고래고래 소리친 뒤에 전화를 끊었다. 그것이 마지막 대화였다.

그러나 남편은 '그것'과 함께 지내고 있지 않았다. 검은 얼룩의 여자는 돌아오지 않았다. 남편은 점점 희망을 잃어가고 있었다.

그러다가 남편은 여자를 보았다.

제법 큰 사거리였다. 밤이었다. 남편은 손님을 내려준 후에 다시 시내 쪽으로 향하려고 가고 있었다. 직진 신호를 받고 차를 몰아 가다가 남편은 문득 고개를 돌려 오른쪽을 보았다.

어째서 갑자기 그곳을 보았는지는 알 수 없다. 불빛이 너무 환했기 때문일 것이다. 은행과 빵집 사이의 편의점이었다. 시간이 늦었기 때문에 은행은 오래전에 닫았다. 빵집도 문을 닫았다. 불이 꺼진 두 장소 사이에 껴서 편의점은 혼자 이상할 정도로 밝은 빛을 마치 보란 듯이 거리를 향해서 내뿜고 있었다.

남편은 그 밝은 편의점의 통유리 창문 안에 검은 얼룩의 여자가 서 있는 것을 보았다.

여자는 고개를 조금 숙이고 있었다. 그리고 천천히 한쪽 손을 들어 계산대의 직원 뒤에 있는 어느 장소를 가리켰다.

남편은 여자의 손이 움직이는 방향을 따라 홀린 듯이 쳐다보았다. 시선이 손끝을 따라 계산대의 직원에게 향했다. 편의점 안에서 여자를 마주 보고 서 있는 직원은 흰 얼굴에 갈색머리의 소년이었다.

남편은 차를 세웠다. 제대로 자리를 보고 주위를 살펴 주차나 정차를 할 겨를이 없었다. 시동조차 끄지 않았다. 그대로차가 멈추어 서자마자 달려 나가기 전에 비상등 버튼을 누른것이 그나마 최선의 상식적인 행동이었다. 그리고 남편은 몰던 택시를 버려두고 뛰쳐나가서 검은 얼룩의 여자와 흰 얼굴의 갈색 머리 소년이 있었던 편의점으로 달려 들어갔다.

10.

교차로에 세워진 택시는 주인 없이 꽤 오랫동안 그렇게 버려져 있었다. 당장 신고가 들어가지 않은 것은 아마도 교통의 흐름을 막고 있었지만 완전히 가로막은 것은 아니었기 때문일 것이다. 늦은 밤이고 서울 변두리라서 차량 통행이 점점적어질 무렵이기 때문이기도 했다.

마침내 새벽녘에야 지나가던 운전자가 길거리에 방치된 택시를 수상하게 여기고 신고했다. 견인차가 왔다. 택시 앞부분을 들어 올려 끌고 가기 시작했다.

얼마 가지 않았을 때 견인차 기사는 뒤에서 오는 차들이 모두 상향등을 번쩍이며 경적을 울려대는 것을 알았다. 그래서 견인차 기사는 차를 세우고 내려서 뭐가 문제인지 살펴보았다. 견인당하는 택시의 트렁크에서 짙은 색의 끈끈한 액체가 흘러나오고 있었다.

견인차 기사는 겁에 질려서 경찰에 신고했다.

11.

남편은 트렁크 속에 구겨져 박힌 시체로 발견되었다.

트렁크를 처음 열었을 때 대량의 피가 흘러나왔다. 시신은 등을 돌린 채 웅크린 자세였다. 절반쯤 피에 푹 잠기기는 했지만 일단은 옷도 제대로 입고 있었고 몸의 다른 부위에는 특별한 외상도 눈에 띄지 않았다.

트렁크에서 꺼내고 보니 시신은 얼굴이 사라지고 없었다. 뼈만 남기고 피부가 통째로, 마치 가면을 벗기듯이 깨끗하게 뜯겨 나갔다.

범인은 쉽사리 잡히지 않았다.

아내는 빌라로 돌아가지 않았다. 남편이 죽은 뒤에 계속 친정에서 지냈다. 결국은 다른 곳에 집을 구해서 아이들과 함께 떠났다. 빌라와는 완전히 인연을 끊었다.

검은 얼룩의 여자와 얼굴이 흰 소년에 대해서는 이후로 아무도 알지 못했다.

알 수 없었던 것인지도 모른다.

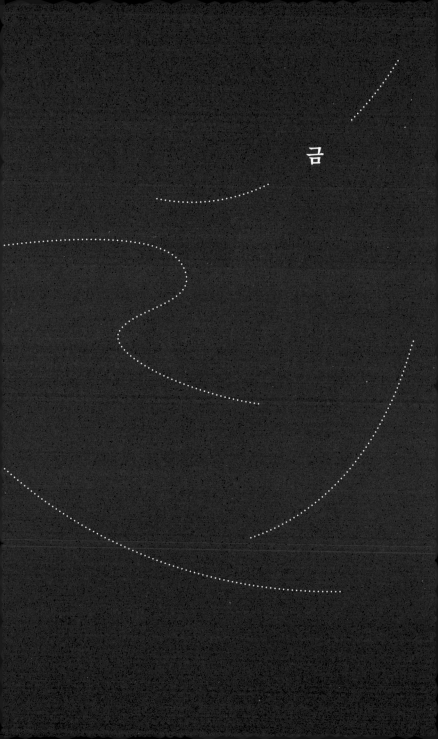

금

* 2011년 환상문학웹진 〈거울〉 게재
* 2013년 단편집 《씨앗》(온우주) 수록

이것은 미래에 다녀와서 신세를 망친 한 남자에 대한 이야기이다.

남자는 미래에서 별 신통한 것은 보지 못했다. 도착한 지 얼마 되지 않아 정신병원에 감금당했기 때문이다. 생각해보면 당연한 일이다. 남자는 돈도 없고 옷차림도 괴이하고 말도 수상하게 했으며 지나가는 사람들에게 이해할 수 없는 질문을 무작위로 해댔고 자기 자신에 대해서는 한마디도 제대로 설명하지 못했다. 게다가 신분을 조회하려 해도 아무런 자료도 찾을 수 없었다. 아무런 자료도 없다는 것은 즉 범죄 기록도 없다는 뜻이었고, 이것 하나만은 꽤나 다행한 일이었다. 그러나 주민들의 안전을 담당하는 여러 공식 기관에서 이리저리 담당자를 바꾸어가며 계속 질문을 받은 끝에 남자는 비밀스럽게 자신이 과거에서 왔다는 사실을 자백했고, 이러한 자백의 비논리성과, 평범한 주민 기록과 범죄 기록을 포함한 그 어떤 기록도 없다는 사실이 합쳐져서 남자가 논리적으로 안착할 수 있는 곳은 정신병원뿐이었던 것이다.

남자는 병원에서 삼 년을 지냈다. 그 삼 년 동안 남자는 원래 수집하려 했던 정보에는 접근할 수 없었으나 미래의 의료 기술에 대한 정보만은 직접적인 체험을 통하여 생생하고 풍부하게 얻을 수 있었다. 미래의 정신병원에서는 약물이나 수술 등의 치료법을 사용하지 않았다. 대신 뇌를 재구성했다. 남자가 도착한 미래의 세계에서는 뇌세포를 포함하여 인체의 모든 세포와 조직을 재생산할 수 있는 기술이 구축되어 있었으며 또한 뇌의 어느 부분이 어떤 기능을 담당하는지에 대한 연구가 거의 빈틈없이 완성되어 있었기 때문이다. 그래서 신체의 다른 부분에는 특별한 이상이 없는데 정신적인 병증만을 보이는 사람은 뇌를 검사하여 문제적인 부분에 새로운 세포를 주입하여 분열, 성장시켜 뇌의 나머지 부분과 융합시켰다. 한마디로 뇌를 다시 만드는 것이다. 정신과 의사가 하는 일은 이 뇌의 재생성 과정이 문제없이 이루어지는지 지켜보면서 환자가 새로운, 더 완벽한 뇌에 적응할 수 있도록 돕는 것이었다.

물론 남자의 뇌에는 아무런 이상도 없었다. 하긴 시간여행을 해서 미래로 갔으니 뇌에 아무런 이상이 없다고 100퍼센트 장담할 수는 없는 노릇이었지만 어쨌든 남자가 알고 있는 한 자신의 뇌는 멀쩡했다. 그러나 남자가 자신의 정체성에 대해서 아무것도 제대로 이야기하지 못했고 자신은 과거에서 왔다는 주장을 되풀이했기 때문에 병원에서는 남자에 대하여 해리성 기억장애와 망상증을 비롯하여 남자가 잘 이해하지 못하는 여러 가지 병명으로 상당히 화려한 진단을 내렸다. 그리하여 남자는 원하든 원하지 않든 치료를 받게 되었다.

그것은 신기한 경험이었다. 자신의 뇌가 새로 태어나 자라는 과정을 시작부터 완성까지 직접 겪게 되었던 것이다. 그 자체로 나쁜 경험은 아니었다고 남자는 지금도 생각한다. 어떤 측면에서는 상당히 기분 좋은 경험이기도 했다. 뇌가 새로 태어났기 때문에 남자는 모든 상황에서 더 명료하게 이해하고 더 빨리 판단할 수 있었으며 더 오랫동안 더 확실하게 기억할 수 있었다. 상상력이나 어휘력도 더 풍부해졌고 타인의 생각과 감정에 더 깊이 공감할 수 있게 되었다. 단 한 가지 색채 감각만은 아무래도 그다지 나아지지 않은 듯하여 여전히 초록색과 빨간색을 잘 구분할 수 없었다.(치료의 주된 방향이 그쪽이 아니었기 때문일 것이다.) 그러나 정신병원에 갇힌 처지라 운전을 하지 않았으므로 그런 건 그다지 큰 문제가 되지 않았다. 의사와 간호사들은 친절했으며, 그가 공격적이거나 반사회적인 성향을 보이지 않았기 때문에 그룹 치료 등의 사회화 과정에도 참여할 수 있도록 주선해주었다. 그래서 그는 자신처럼 뇌를 새로 생성시키는 중인 다른 미래의 정신병자들과 여러 가지로 접촉할 수 있었으며, 그것도 그 자체로 흥미로운 일이었다.

그러나 여기서 부정할 수 없는 한 가지 중대한 사실은 남자가 미래에서 지내는 동안 무척이나 외로웠다는 것이다.

시간여행이라는 임무는 남자에게 강요된 것이 아니었다. 남자는 스스로 자원했으며, 그 사실을 분명히 자각하고 있었다. 여러 가지 상황을 대비하여 훈련을 받은 것도 사실이었다. 자신이 대비하지 못한, 예측할 수도 상상할 수도 없는 다른 상황들이 수없이 벌어질 것이며 그러므로 쉽지 않은 과정이 될 것이라고 각오한 것도 사실이었다. 그러나 머릿속으로 생각하는 것과, 예측하지도 상상하지도 못했던 일들을 실제로 겪는 것은 (좋은 의미로든 나쁜 의미로든) 완전히 다른 법이다. 의사와 간호사들은 친절했고 치료의 과정도 그다지 고통스럽지 않았지만 그곳은 어디까지나 정신병원이었고 남자는 자유를 빼앗긴 채 갇혀 있었다. 그리고 정신병원 바깥은 미지의 세계, 남자가 속하지 않으며 이해하지 못하고 알지도 못하는 낯선 시공간이었다. 미래에 처음 발을 디뎠을 때부터 남자는 한 치 앞을 내다볼 수 없다는 것이 얼마나 두려운 일인지를 매 순간순간 뼈저리게 느꼈다. 그리고 그런 두려움 속에서도 도움을 청할 낯익은 얼굴은 없었다.

알 수 없는 재질로 만들어진 기묘한 침대와 의자 하나만이 놓인 자그마한 병실에서 남자에게 몸과 마음을 의지할 수 있는 유일한 친구가 되어준 것은 침대 옆의 흰 벽이었다. 남자가 떠나온 과거에도 사람들이 일하고 살아가는 건물에는 벽이 있었다. 미래의 정신병원에 끌려와 갇혀 지내게 된 후로 남자에게 유일하게 친숙하다고 느껴진 것도 벽이었다. 기묘하게 생긴 침대 위에 웅크리고 앉은 채 남자는 벽에 한껏 몸을 붙이고 과거에 두고 온 자신의 삶과 가족과 친구들에 대해 이야기했다. 정신과 의사들과는 달리 벽은 남자의 말에 반박하지도 않았고 심각한 얼굴로 컴퓨터에 뭔가 입력하지도 않았으며 간호사를 불러 치료실로 데려갈 것을 명령하지도 않았다. 벽은 침묵 속에 남자의 말을 아무런 비판 없이 들어주었고 대답 대신 무심한 냉기를 뿜어냈다. 그것 또한 과거 자신이 살던 시대에 언제나 보아왔던 희고 평범한 벽들과 같았기 때문에 남자는 오히려 안심할 수 있었다. 다시는 자신이 떠나온 시간으로 돌아갈 수 없을 것이며 다시는 가족과 친구와 소중한 사람들의 얼굴을 볼 수 없을 것이라는 공포와 절망이 손에 잡힐 듯이 다가올 때마다 남자는 벽에 몸을 붙이고 그 시간을 견뎠다. 그리고 확실히 말하건대 그런 시간들은 결코 짧지 않았다. 그 절망과 어둠은 남자가 눈을 뜨고 있는 매 순간마다 엄습해 왔으며, 잠이 들어 무방비해진 남자의 꿈 속을 지배하고 마음을 검고 무겁게 물들였다.

그렇게 이 년 남짓한 시간이 흘렀을 때 남자는 한 여자를 알게 되었다. 여자도 남자 자신처럼 병원에서 치료받고 있는 환자였다.

남자는 여자의 이름도 나이도 병명도 알지 못했다. 의사나 간호사들은 환자의 신상 보호를 위해 다른 환자에 대해서는 아무것도 이야기할 수 없었고 여자는 말을 하지 않았다. 남자는 미술 치료 시간에 여자를 처음 보았다. 여자는 화면 위에서 손가락으로 여러 가지 색깔을 택하여 하얀 전자 공간에 이런저런 모양들을 그리고 있었다. 처음에는 여자의 그런 모습이 너무나 무심하고 자연스러워 보였기 때문에, 정신병원의 미술 치료 시간이라는 정황과는 너무나 어울리지 않아서 남자의 눈길을 끌었다. 그리고 곧 남자는 여자가 그리고 있는 여러 가지 모양들을 알아보았다. 여자가 그리는 형체들은 미래의 세계에서는 이미 사라진 지 오래된 책과 연필, 펜 등의 필기도구였다.

그것을 알아본 순간 남자는 심장이 내려앉았다. 저 여자는 누구이며, 대체 어째서 내가 떠나온 시대에서나 볼 수 있었던 물건들을 그리고 있는 것인가.

그렇게 생각한 순간 여자는 고개를 들었다. 남자를 정면으로 쳐다보며 방긋 웃었다.

그리하여 그 모습, 그 순간은 남자의 새로 생성된 뇌 속에 영원히 선명한 이미지로 각인되었다.

남자는 가능한 한 자주 미술 치료를 신청했고, 미술 치료 시간이 아니라도 여자는 종종 눈에 띄었다. 그리고 남자가 여자를 발견하면 어째서인지 그 순간 바로 여자는 남자를 향해 고개를 돌리고 정면으로 쳐다보며 방긋 웃었다. 멋없이 흰 환자복과 아무렇게나 풀어헤친 머리에도 불구하고 여자는 아름다웠다. 그리고 매번 여자는 우표와, 플로피디스크와, 타자기와…… 그가 살던 시대에도 사라져가던 물건들은 물론, 그가 어린 시절 사진 속에서나 보았던 물건들을 화면 위에 그리고 있었다.

그래서 남자는 어느 날 여자 옆에 앉았다. 여자는 남자를 잠깐 돌아보고 언제나 그렇듯이 방긋 웃었다. 그리고 고개를 돌려 하던 작업을 계속했다.

이번에 여자는 붓을 그리고 있었다. 그와 관련하여 남자는 뭔가 대화의 시작이 될 만한 사교적인 문장을 생각해내려 했다. 그러나 불운하게도 새로 생성된 뇌조차 이런 상황에서는 그다지 큰 도움이 되지 않았다. 남자가 아무래도 입을 열지 못하고 끙끙대는 동안에 여자는 붓을 다 그리고 옆에 뭔가 남자가 알지 못하는 물체들을 그리기 시작했다.

여자에게 관심이 있기도 했지만 그 물체들이 무엇인지 궁금했기 때문에 남자는 들여다보았다. 그리고 화면 위를 자유롭게 움직이는 여자의 오른손 손목 안쪽에 나 있는 흉터를 보았다.

흉터는 짙은 갈색으로 가늘고 뚜렷했다. 하얀 피부 위에 길게 이어진 자국을 본 순간 남자는 흉터라고 생각한 것이 아니라 어쩐지 여자의 피부에 금이 갔다고 생각했다.

그때 여자가, 여전히 화면을 내려다보며, 손목에 금이 간 오른손을 무심하게 움직이며 말했다.

"언젠가는 집으로 돌아가게 될 거예요."

여자의 목소리는 나지막했지만 또렷했다. 말 한 마디 한 마디가 귀에 스며드는 것처럼 확실하게 들렸다.

남자는 뭐라고 대답해야 할지 알지 못했다. 원래는 여자가 붓 옆에 그리고 있는 물체가 무엇인지 물어볼 생각이었다. 그 생각은 여자의 흉터를 보았기 때문에 막혔다. 그리고 이제는 여자가 말을 했기 때문에 머릿속과 입속에서 여러 가지 생각과 문장들이 완전히 엉겨버렸다. 결과적으로 남자는 약간은 바보스러운 모습으로 입을 살짝 벌린 채 여자를 멍하니 쳐다보고 있었다.

여자는 고개를 돌려 남자를 바라보았다.

"하지만 다시 돌아오고 싶어지면 나를 기억하세요."

그리고 여자는 더 이상 말하지 않았다.

미술 치료 시간이 끝날 때까지 남자는 여자 곁에 앉아 있었다. 치료 시간이 끝나고 간호사들이 그림 파일들을 저장해서 치우기 시작할 무렵에 여자는 그림을 거의 완성했다. 남자는 책이 여러 권 꽂힌 나지막한 책장을 알아보았지만 그 위에 놓인 물병같이 생긴 길쭉한 물건은 무엇인지 완전히 파악하지 못했다. 그리고 여자는 가볍게 손가락으로 화면을 건드려 그림을 지워버렸다.

정신병원에서 풀려난 뒤에 남자는 쓰레기를 분류하여 재활용하는 공장에서 일했다.

그곳은 정부에서 운영하는 기관으로, 실제 수요에 의해 기능하는 곳이라기보다는 교도소나 정신병원에서 풀려난 뒤에 갈 곳이 없어진 사람들의 재활(과 감시)를 위한 기관에 더 가까웠다. 그러므로 함께 일하는 동료들은 그다지 유쾌한 인물들이 아닐 것이라고 남자는 처음에 생각했다. 그러나 남자 자신과 마찬가지로 그들 모두 뇌 재생 치료를 받은 사람들이었고, 대부분은 치료 후에 범죄적 성향 혹은 정신질환이 완전히 사라져 정상적인 상태로 변한 사람들이었다. 다만 치료 이전의 여러 가지 정황과 그들 스스로 저지른 행위, 그리고 그런 행위로 인해 뇌 치료를 받았다는 기록으로 인하여 사회의 다른 어느 곳에도 발을 붙이지 못하게 되었을 뿐이었다.

남자는 그런 사람들과 같은 기숙사에서 먹고 자며 같은 공장에서 일했다. 남자가 살던 과거에도 그곳을 떠나온 미래에도, 사람들은 여전히 상상도 할 수 없는 여러 가지 물건들을 생활 속에 사용했고, 그런 물건들이 망가지거나 수명이 다하면 쓰레기로 배출했다. 대부분의 쓰레기는 주거시설에서 기계가 자동 분류했지만, 서로 다른 재질이 섞인 물건이라든가 크기가 너무 작아서 기계로 분류할 수 없는 물건들도 많이 있었다. 그런 물건들이 공장으로 보내져 왔고, 남자는 아침 아홉 시부터 저녁 다섯 시까지, 중간에 식사 시간 한 시간을 제외한 하루에 일곱 시간씩 위생복으로 머리끝부터 발끝까지 감싼 채 모양과 재질에 따라서 쓰레기를 분류하여 재활용 공정으로 보내는 작업에 종사했다. 일은 단순했고, 임금은 많지 않았으나 모자라지도 않았으며, 일괄 지급되는 작업복과 기숙사와 구내식당 덕에 기본적인 의식주는 무료로 해결되었다.

그래서 저녁 다섯 시부터 다음 날 아침 아홉 시까지 남자는 자신의 기숙사 방에서 또다시 흰 벽에 기대앉아 있었다. 정신병원의 병실과 유사하게 남자의 기숙사 방은 좁았고, 공장에서 일하면서 이제는 무슨 재질인지 알게 된 재료로 만들어진 기묘한 모양의 침대와 의자가 있었다. 그 외에 책상도 있다는 사실만이 병실과 달랐으며, 어찌 보면 일종의 발전이었으나, 그뿐이었다. 시간이 지나면서 남자는 침대 위만이 아니라 가끔은 의자에도 앉게 되었지만, 그렇게 앉아서 벽에 기대어 가족과 친구들과 두고 온 소중한 사람들의 얼굴을 떠올리며 남자는 가끔 울었다.

임무는 실패했고, 그는 돌아갈 수 없었다. 다시는 돌아갈 수 없을 것이었다. 그가 떠나온 시대와 사람들은 이제 기억 속에서조차 희미해져버렸지만, 때로 그 기억은 너무나 견딜 수 없이 생생하게 돌아와 그를 괴롭히곤 했다. 일어나서 기숙사 방 문을 열면 자신이 떠나온 세상이 그곳에 펼쳐져 있을 것만 같았고, 그래서 밖으로 나가면 곧장 소중한 사람들을 향해 걸어갈 수 있을 것만 같았다. 그러나 그의 세상은 이 시대에는 이미 사라진 지 오래였으며, 소중한 사람들은 시간 속에 묻혀 이제는 후손들의 기억에서조차 잊혔을 것이었다. 머리로 이해하는 그런 사실과 가슴 속에 떠오르는 선명한 기억과의 괴리 사이에서 그의 마음은 수천 갈래로 찢어졌으며, 그럴 때 그가 할 수 있는 일은 아무것도 없었다. 무심하게 차가운 하얀 벽에 얼굴을 파묻고 무력한 눈물을 흘리는 것 외에는.

견디기 힘들 때면 그는 정신병원으로 여자를 만나러 갔다.
여자는 언제나 같은 모습으로 흰 환자복을 입고 책상 앞에 앉아 하얀 화면 위에 손가락으로 색색 가지 모양들을 그리고 있었다. 그가 찾아가도 여자는 더 이상 아무 말도 하지 않았다. 그래서 그는 면회 시간 내내 곁에 앉아서 여자가 손목에 어두운 갈색의 가느다란 금이 간 하얀 오른손을 움직여 그의 기억 속에만 존재하는 여러 가지 물건들을 그리는 모습을 조용히 지켜보았다. 가끔 여자는 그가 알 수 없는 물건들을 그렸지만, 물어보아도 대답해주지 않았으므로 남자는 얼마 지나지 않아서 포기했다. 말 없는 여자를 쳐다보면서 그저 머릿속으로만 여자가 그리는 물체들이 무엇인지 알아맞히는 것이 남자에게는 일종의 놀이가 되었다.
그리고 그것은 커다란 위안이었다…….

정신병원에서 삼 년을 지내고 남자는 쓰레기 재활용 공장에서 오 년간 일했다. 도합 팔 년이 지난 후에 남자는 과거로 돌아왔다.

정확히 어떻게 해서 귀환하게 되었는지는 남자 자신도 알지 못했다. 작업 중에 갑자기 반장이 찾으러 왔다. 반장을 따라 들어간 공장 사무실에는 검은 정장을 입은 공무원들이 와 있었다.(과거나 미래나 이런 일을 하는 사람들은 검은 정장을 입는구나, 라고 남자는 생각하며 어째서인지 속으로 조금 웃었다.) 검은 정장 공무원들의 명령에 따라 남자는 위생복을 벗고 평상복으로 갈아입고 공무원들이 시키는 대로 차에 탔다. 차는 공중으로 떠올라 꽤 오랜 시간을 날아서 남자가 알지 못하는 어떤 장소에 도착했다.

그곳에서 남자는 여러 가지 질문에 대답해야 했다. 대부분의 질문들은 정신병원에서 삼 년간 수천 번, 수만 번이나 들었던 질문들과 거의 같았다. 그러나 이번에 그런 질문을 하는 사람은 흰 가운을 입은 의사가 아니라 검은 정장을 입은 딱딱해 보이는 공무원이었으며, 공무원은 그에게 '당신이 과거에서 왔다는 사실을 알고 있다'라고 처음부터 못을 박았다. 그래서 그는 여러 가지 질문들에 정직하게 사실대로 최대한 명료하게 답변했다. 취조가 끝난 뒤에 그는 어떤 방으로 안내

되었고, 과거로 돌아가게 될 것이라는 말을 들었다. 남자 자신의 적응을 위하여 그가 떠나온 바로 그 순간이 아니라 그보다 약간 더 시간이 흐른 시점으로 돌아가게 될 것이라고, 역시나 검은 정장을 입은 딱딱한 얼굴의 공무원이 말했다.

남자는 정신을 잃었다. 미래에서 보낸 팔 년의 세월이 그렇게 사라졌다.

깨어났을 때는 병원이었다. 처음에 남자는 정신병원으로 돌아왔다고 생각했다. 그러나 그의 침대 곁에 앉아 있다가 눈이 마주치자 벌떡 일어난 사람은 이제 얼굴조차 가물가물해져버린 그의 직장 상사였다. 직장 상사는 그가 뭐라고 입을 열기도 전에 손짓으로 막고는 어딘가에 격렬하게 전화했다. 그리고 검은 정장을 입은 공무원들이 몰려왔다.

그렇게 그는 다시는 돌아오지 못할 것이라고 생각했던 자신의 세상으로 되돌아왔다. 미래를 떠나올 때와 마찬가지로 그는 차에 태워져 (차는 땅을 달렸다) 어딘가로 실려 갔으며 검은 정장을 입은 딱딱한 표정의 공무원들 앞에서 여러 가지 질문에 답해야 했다. 또한 흰 가운을 입은 여러 의사들에게 이런저런 검사도 받아야 했다. 그는 미래의 세상에 대하여 자신이 보고 듣고 겪고 알아낸 사실들을 가능한 한 자세히, 가능한 한 정확하게 이야기했다.

다만 여자에 대해서는 아무에게도 말하지 않았다.

그가 미래를 떠나 자신의 시대로 돌아오기 며칠 전 마지막으로 찾아갔을 때, 여자는 언제나 그렇듯이 그에게는 전혀 신경 쓰지 않고 그림을 그리고 있었다. 이전과 똑같이, 책이 여러 권 꽂혀 있는 나지막한 책장 위에 물병처럼 생긴 길쭉한 물체가 놓여 있는 그림이었다. 그리고 면회 시간이 끝나는 종이 울리자 여자는 그림을 사라지게 한 후에 갑자기 그를 쳐다보며 말했다.

"잘 가요."

그는 기뻤다. 그래서 대답했다.

"또 올게요."

다시 오지 못하리라는 사실을 그는 알지 못했다.

떠나온 시대로 돌아왔지만 그의 임무는 여전히 실패였다. 그는 본래 알아내려던 정보를 알아내지 못했다. 그러나 윗선에서는 일단 그가 살아서 무사히 돌아왔다는 사실과, 뭐가 됐든 정보를 제공했다는 것만으로 만족한 것 같았다. 얼마간 병원에서 머무르며 검사를 받고 휴식을 취한 뒤에 그는 이전의 직장에 복귀했다. 돌아왔다고 해서 영웅이 되지도 못했지만, 임무에 실패한 것 때문에 징계나 어떤 불이익을 받지도 않았다. 다만 시간여행과 그의 임무는 극비이므로 직장 안에서든 밖에서든 절대로 그 누구에게도 발설해서는 안 된다는 것이 조건이었다. 그 정도는 예상하고 있었으므로 남자는 별 저항 없이 수긍했다.

그리고 마치 아무 일도 일어나지 않았다는 듯이, 그는 이전의 생활로 돌아오게 되었다.

다만 그는 아무 일도 일어나지 않았다는 듯이 이전의 생활로 돌아갈 수 없었다.

그가 돌아왔을 때는 떠나간 시점으로부터 일 년이 지나 있었다. 공식적으로 그 일 년간 그는 해외에 파견을 나간 것으로 되어 있었다. 그는 어머니와 남동생과 함께 살던 집으로 돌아왔다. 그의 방은 떠날 때보다 조금 더 깨끗하게 청소된 채 그대로 있었다. 모든 것이 그대로 있었다. 그 자신만이 달라져 있었다.

처음 집으로 돌아왔을 때 그는 며칠 동안 방에서 나가지 못했다. 나가지 않은 것이 아니라 나가지 못했다.

그는 두려웠다. 무엇이 두려우냐고 누군가 물어보았다면 대답하지 못했겠지만 어쨌든 두려웠다. 그래서 그는 정신병원의 병실에서 했듯이, 그리고 이후에는 공장 기숙사의 자기

방에서 했듯이, 침대 위에 앉아서 벽에 몸을 기대고 사흘 밤
낮을 지냈다.

어머니는 방으로 음식을 갖다주면서 어째서 이전에 하지
않던 짓을 하느냐고 타박했다. 남동생은 호기심에 찬 얼굴로
그의 방을 계속 기웃거렸다. 한때는 이 모든 사람들을 몹시
그리워했기 때문에 그는 남동생을 반갑게 맞아들여 맥주를
마시며 이야기를 했다. 남동생은 주로 자신이 지난 일 년간
얼마나 힘들고 어렵게 살아왔는지를 토로하면서 "해외에 파
견" 나가 있었던 그의 생활은 화려하고 즐거웠을 것으로 전
제하고 자신을 즐겁게 해줄 여러 가지 에피소드들을 늘어놓
아주기를 기대했다. 그에게는 그렇게 이야기해줄 에피소드가
없었고, 없는 사실을 지어내서 남동생을 즐겁게 해줄 정신적
인 여력도 없었다.

결혼해서 멀리 다른 도시에서 살고 있는 여동생이 전화했
다. 어린 아기 때문에 만나러 올 수 없지만 여동생은 오빠가
해외에서 돌아온 것을 무척 반기는 목소리였다.

"고생 안 했어? 힘들었지?"

예상치 못하게 이런 말을 듣고 그는 하마터면 소리 내어 울
뻔했다.

이렇게 물어본 사람은 그의 주변에서 여동생이 유일했다.

부모와 남동생과 친구들과 직장 동료들은 모두 그가 해외에 이름만 좋은 "파견"을 나가서 아무 일도 하지 않고 정부에서 주는 돈으로 일 년간 신선놀음을 하다 왔다고 믿고 있었다. 그것은 다분히 의도적인 거짓 정보였기 때문에 그는 여기에 대하여 아무런 반박도 할 수 없었다.

그러나 여동생은 이렇게 물었다.

"집 나가면 고생인데…… 아프진 않았어?"

"응…… 괜찮았어."

그는 가까스로 대답했다.

"오빠 오니까 좋네, 전화도 할 수 있고."

여동생은 말했다.

전화를 끊은 뒤에 그는 전화기를 움켜잡고 침대 곁의 벽에 얼굴을 묻은 채 소리 없이 흐느꼈다.

그가 돌아온 뒤에 얼마 지나지 않아 아버지가 죽었다. 뇌졸중이었다. 아버지는 수술을 받은 뒤에 죽기 전까지 37일간 병원에 누워 있었다. 그 37일 동안 그는 매일 병원에 아버지를 만나러 갔다.

아버지와는 그다지 가깝지 않았다. 그와 그의 형제들이 자라나면서 아버지는 점점 가족들과 멀어졌고, 최근 몇 년간은 거의 집을 나가서 혼자 살고 있었다.

그러나 아버지는 어쨌든 아버지였다. 가족들과 멀어진 것은 그와 형제들이 모두 성인이 된 이후의 일이었으며, 그렇게 멀어진 이유 또한 한마디로 요약해 말할 수 있을 정도로 확실하거나 충격적인 것은 아니었다. 어린 시절 그가 기억하는 아버지는 특별히 자상하지는 않았지만 특별히 나쁠 것도 없는 보통의 아버지였다. 그래서 보통의 아들이 보통의 아버지를 사랑하듯이 그도 아버지를 사랑했다. 그러므로 아버지가 매일 조금씩 죽어가는 것을 지켜보는 그 37일간 그는 무척 괴로웠다.

어머니는 며칠에 한 번씩 내키지 않는 얼굴로 찾아와서 아버지의 몸을 씻겨주고 환자를 돌보는 데에 필요한 여러 가지 물건들을 채워놓고 갔다. 친척들, 아버지의 형제자매와 그들의 가족도 다들 한 번씩은 찾아왔다. 입원한 지 한 달이 지나고 의사가 가망이 없으니 준비를 하셔야겠다는 말을 하고 나서는 멀리 떨어진 도시에서 살던 여동생도 어린 아기를 업고 어렵게 병원에 찾아와 의식이 없는 아버지의 손을 잡고 울었다.

남동생만은 37일간 한 번도 병원에 오지 않았다. 아무도 그 사실을 지적하지 않았으며, 아무도 인식조차 하지 못하는 것 같았다. 남자 자신도 장례식이 끝나고 한참이 지난 후에야 깨달았다.

아버지는 새벽에 혼자서 운명했다. 병원에서 전화를 받고 그와 어머니와 남동생은 서둘러 집을 나섰다. 어머니는 운전을 하지 못했고, 남동생은 이런 상태로 운전을 할 수 없다고 선언했으며, 그는 초록색과 빨간색을 잘 구분하지 못했으므로, 셋은 택시를 탔다.

택시를 잡기는 쉽지 않았다. 아직 동이 다 트지도 않은 이른 새벽에 검은 옷을 입은 사람들을 첫 손님으로 태워주려는 기사는 없었다. 남동생과 그가 집 앞 큰길을 이리저리 뛰어다닌 끝에 간신히 한 대를 잡을 수 있었다.

그들을 태워준 택시 기사는 상당히 종교적인 사람이었다. 애초에 신새벽부터 상복 입은 사람들을 태워준 이유도 그것이 종교적인 의미의 선행이라 생각했기 때문인 것 같았다. 그가 앞에 타고 어머니와 남동생이 뒤에 타서 목적지를 말하자 택시 기사는 차를 몰면서 은혜와 은총, 감사에 대해서 이야기했다. 태워준 것은 사실 감사했지만, 상황이 상황이니만큼 그와 그의 어머니는 특별한 반응을 보이지 않았다.

기사의 종교와 관련해 잡담을 시작한 것은 남동생이었다.

남동생은 친구 누군가에게서 얻어들었다는 어떤 종교 단체의 역사에 대하여 말하기 시작했다. 우연인지 아니면 남동생이 알고 말한 것인지는 알 수 없지만 택시 기사는 바로 그 종교 단체에 속해 있는 것 같았다. 그가 듣기에도 얼토당토않은 남동생의 주장을 들으면서 택시 기사는 당연한 일이지만 점차 눈에 띄게 불쾌해하기 시작했다. 남동생의 이야기가 사실이 아니라고 택시 기사가 반박하자 남동생은 웃으면서 자기는 친구에게 분명히 들었다고 주장하며 의견을 굽히지 않았다. 택시 기사는 분명히 화가 나 있었지만, 그가 느낀바 남동생은 이 논박을 즐기고 있었다.

　택시 기사와 남동생의 논쟁은 병원에 도착할 때까지 이어졌다. 그는 남동생에게 입 닥치라고 소리 지르고 싶었으나 어머니를 고려하여 참았다. 아버지가 돌아가셨다는 연락을 받고 병원으로 가면서 도중에 별 관련도 없는 종교 단체에 대하여 택시 기사와 쓰잘데없는 논쟁을 즐기는 것은 남동생 나름대로의 방어 기제일 수도 있었다. 그러나 그게 사실이라면 그 자신으로서는 견딜 수 없이 괴상한 종류라고 남자는 생각했다.

　장례식은 괴로웠다. 그는 아버지를 '고인'이라고 지칭하는

것을 참을 수가 없었다. 바로 어제까지도 아버지는 살아 있었
고, 비록 병원에 누워 있었지만 분명 혈압도 있고 맥박도 뛰
었으며, 그는 모니터에 나타난 숫자들을 생생하게 기억하고
있었다. 그래서 누군가 아버지를 '고인'이라고 말할 때마다
그는 아버지가 아직도 병원에 입원해 있다고 생각하고 어디
서 재수 없게, 라고 벌컥 화를 내려다가 현실을 깨닫고 분노
를 눌러야 했다.

그의 남동생은 장례식을 치르기 위해 모인 친척들에게 허
리의 통증을 호소했다. 자신이 얼마나 오랫동안 요통으로 고
통받았는지, 병원을 몇 군데나 돌았지만 의사들이 아무도 병
의 원인을 밝혀내지 못해서 얼마나 힘들었는지, 심지어 수술
을 해야 한다는 말까지 듣고 얼마나 충격을 받고 마음고생이
심했는지 길게 늘어놓으며 남동생은 아버지의 장례식장에서
사촌들에게 좋은 의사를 알면 소개해달라고 부탁했다.

장례식을 마치고 집에 돌아온 뒤로 그는 남은 가족들과 자
기 자신 사이의 괴리를 더 확실하게 느끼기 시작했다.

남동생을 그다지도 괴롭혔다던 허리의 통증은 장례식이 끝
나고 시간이 지나자 흐지부지 사라졌다. 그리고 남동생은 멀
리 다른 도시로 시집간 여동생의 어린 아기에 대하여 지나친

관심을 보이기 시작했다. 만으로 두 살인 조카는 이제 곧 세 돌을 맞이할 예정이었다. 남동생은 그 생일잔치에 같이 가자고 그에게 권유했고, 그가 직장 때문에 갈 수 없다고 말하자 그럼 선물을 함께 사서 보내자고 끈질기게 졸랐다. 남동생은 전에 없이 여동생과 자주 통화했고, 아기의 사진을 핸드폰으로 여러 장 받아서 그에게도 보여주며 예쁘다고 칭찬을 거듭했다.

조카에 대해서라면 그는 이미 장례식장에서 여동생과 이야기했다. 여동생은 아버지 상을 치른 뒤에 아기의 생일이 시기적으로 너무 가까운 데다 백일도 아니고 첫돌도 아닌 세 살 생일 잔치라서 크게 할 생각은 전혀 없었다.

조카의 생일 선물 정도는 그도 보낼 계획이었다. 그러나 남동생과 어떤 식으로든 함께 뭔가를 하고 싶지는 않았다. 남동생이 예정도 없는 조카의 세 살 생일잔치에 갑자기 이토록 집착하는 이유를 그는 짐작할 수 있었다. 그가 아버지를 돌보았듯이, 자신도 가족 중의 누군가를 돌보고 있다고 생색을 내고 싶은 것이다. 그리고 여동생의 딸은 아버지와는 달리 남동생이 직접 책임져야 하는 대상이 아니었다. 조카는 어디까지나 조카였으므로, 그저 핸드폰 사진 같은 걸 보면서 예쁘다고 호들갑을 떨고, 뭣하면 돈을 좀 들여서 작은 물건이라도 보내주면 삼촌으로서 도리는 적당히 하게 되는 것이다. 죽어가는 아버지보다는 곧 세 살이 될 여자 아기가 훨씬 더 보기에도 귀엽고 대하기 편한 것도 사실이었다. 형이 병원에 있는 아버지를 돌보고 돌아가신 후에는 상주로서 장례식과 이후의 여러 가지를 책임졌듯이, 자신도 그에 상당하는 뭔가를 하고 있다고 남동생은 시위하고 싶은 것이다.

그것이 그의 해석이었다. 지나치게 비뚤어진 해석이었을 수도 있지만 병원에 다니던 37일 동안, 그리고 이후 장례식 등을 겪으면서 그는 여러 가지를 너그럽게 생각할 수 없는 상태가 되어 있었다. 그래서 그는 조카에 대한 남동생의 호들갑을 무시했다. 그의 입장에서는 내놓고 싸움을 하지 않기 위한 최선의 노력이었다. 그러자 어머니는 그가 동생에게 못되게 군다고 화를 냈다.

어린아이도 아니고 형제가 다 서른이 넘었는데 어째서 이날 이때까지 이런 말을 들어야 하는 것인지 그는 알 수 없었다. 같이 화를 내려는 그에게 어머니는 동생이 허리도 아프고 예민하니 부드럽게 대해줘야 한다고 타일렀다.

어째서인지는 알 수 없지만 이 말을 들은 순간 그는 남동생이 아버지가 입원해서 사망하기까지 37일간 한 번도 병원에 찾아오지 않았다는 사실을 뒤늦게 갑자기 깨달았다. 그리고 그와 함께 어머니와 남동생의 관계에 대해서 여러 가지를 같이 깨달을 수 있었다.

어머니에게 그의 남동생은 언제나 연약하고 예민하여 어머니의 손길을 필요로 하는 존재였으며 한마디로 눈에 넣어도 아프지 않은 자식이었다. 누군가 자신을 필요로 한다는 느낌, 누군가를 돌보아주고 있으며 그러므로 그 대상에게 절대적인 존재라는 느낌은 모든 사람에게 있어 자존감과 정서적 충족감의 원천이며 그러므로 상당히 중요한 감각이다. 그러나 남자의 어머니의 경우, 다분히 무뚝뚝하고 가정보다는 일을 우선시하는 성격이었던 아버지로 인하여 결혼한 성인 여성이 배우자이며 동반자인 남편에게서 얻어야 할 정서적 위안을 얻지 못했고, 그리하여 그 결핍된 부분을 어머니는 작은 아들을 보살피면서 채웠던 것이다. 어머니가 지나치게 오랫동안 지나치게 돌보아주고 지나친 애정을 퍼부은 끝에 그의 남동생은 신체적, 연령적으로 어른이 된 뒤에도 정서적으로나 실질적으로나 독립하지 못했고 아마도 독립할 수 없게 되었을 것이다. 어머니는 자신을 필요로 하는 남동생이 필요했고, 남동생은 자신을 돌보아주는 어머니가 필요했다. 그리하여 두 사람은 완벽하게 유기적으로 상호의존관계를 형성하고 있었다. 이 '상호의존'이라는 단어를 그는 우연히 인터넷에서 찾아냈는데 상당히 적절한 단어라고 여겼다.

남동생은 서른 살이 되기까지 특정한 직업 없이 이런저런 자격증 학원 등을 떠돌고 있었고 부정기적인 아르바이트를 가끔 할 뿐 어떤 식으로든 자신의 생활을 스스로 책임져본 적이 한 번도 없었다. 그가 미래에서 돌아온 지 얼마 되지 않았을 때 남동생은 갑자기 자신의 직업과 경력에 대해서 매우 걱정스러워하며 그의 방을 기웃거리면서 틈만 나면 직업 상담을 하고 싶어했다. 그는 고무적인 현상이라 여기고 상담에 응해주었는데, 맥주 일곱 깡통을 비우며 새벽 세 시까지 이어진 상담의 요점은 남동생이 그가 일하는 기관에 자리를 알아보고 싶으니 추천서를 써달라는 것이었다.

그가 일하는 기관에 취직하기 위해서 추천서는 아무런 소용이 없었다. 그는 시험을 치러서 합격하여 지금의 직장에서 일하게 되었으며 그 시험에 합격하기 위해서 대학 시절, 특히 후반 이 년간 상당한 시간과 노력을 들였다. 지금도 그 기관에서 일하기 위해서는 시험을 치러 합격해야 한다는 사실에는 변함이 없었다. 그러므로 그는 학원을 다니며 공부해보라고 조언했다.

다음 날 저녁 어머니는 그를 조용히 불러서는 어째서 동생을 도와주려 하지 않는지 물었다. 그가 자기 입장을 설명하기 전에 어머니는 동생이 '형이 자신을 싫어해서 도와주려 하지 않는다'라고 슬퍼했다는 점을 지적하며 동생에게 못되게 굴지 말라고 당부했다.

그는 의도적으로 못되게 군 적이 없었다. 동생과 대화한 내용을 가능한 한 간단하고 명료하게 요약해서 전달하며 그는 자신이 일하는 기관에 취업하려면 시험을 치러 합격하는 것이 유일한 방법이고 그렇게 합격하기 위해서 자신도 응당한 노력을 했음을 강조했다. 물론 한 번에 시험에 합격한 것은 남들보다 운이 좋은 경우였지만 그는 분명히 시간과 공을 들였고 애를 썼으며 그래서 정당하게 성과를 올렸던 것이다.

그러자 어머니는 한숨을 쉬었다.

"네가 너무 뭐든지 잘하니까, 걔가 항상 네 그늘에 가려서……."

이 말을 듣고 그는 더 이상의 대화가 불가능하다는 것을 알았다.

돌아가신 아버지를 포함하여 그의 부모가 이제까지 그가 '뭐든지 잘'하는 것에 대해 불만을 표했던 적은 한 번도 없었다. 오히려 한국의 보통 부모들이 대부분 그러하듯이 그가 무엇이든지 더 잘하고 최고로 잘하지 못한다는 사실을 언제나 지적하여 그에게 상처를 입혔다. 특히 아버지는 자수성가한 인물이었으며 자식들에게도 자기 힘으로 세상을 개척하기를 종용했고, 그래서 그가 대학을 졸업하자마자 지금 일하는 기관에 성공적으로 취업하자 무척 자랑스럽게 생각했다. 반대로 남동생에 대해서 아버지는 뭔가 책임 있게 행동해볼 것을 강조하는 입장이었고, 그래서 때로 마찰을 빚기도 했다.

딱히 아버지나 어머니를 위해서 노력한 것은 아니었지만 그는 모든 자식들이 그러하듯이 부모의 이런 가치관을 좋든 싫든 마음 깊이 받아들였다. 그리하여 자기 또래의 다른 사람들에 비해 특별히 눈에 띄게 성공했다고는 할 수 없더라도 최소한 아주 뒤떨어지지는 않은 삶을 일구어냈다. 이제 와서 단지 동생의 마음을 편하게 해주기 위해서 '너무 뭐든지 잘' 하지 않는 삶을 살 수는 없었다.

이런 종류의 대화는 한 예일 뿐이었다. 가족들과 얼굴을 마주칠 때마다 그로서는 받아들이기 힘든 어처구니없는 마찰이 빚어졌다. 아버지가 돌아가신 후에는 그가 점점 참을성이 없어지고 덜 너그러워졌기 때문에 어머니와 동생과의 갈등이 더 잦아지고 심해졌다.

그토록 그리워했던 사람들인데, 낯선 시공간에 홀로 떨어져서 그토록 외로워하며 그렇게 가슴이 찢어지도록 이 사람들을 그리워했는데, 막상 돌아오고 나니 어째서 상황이 이런 방향으로 흘러가는 것인지 그는 알 수 없었다. 알 수도 없었고 더 이상 견딜 수도 없었다. 그래서, 미래에서 배워 온 방식으로, 그는 상담 치료를 받으러 갔다.

결과부터 말하자면 상담 치료는 성공적이지 못했다. 첫 번째 찾아간 상담사는 그에게 치근덕거렸다. 두 번째 찾아간 상담사는 초등학생 딸을 둔 중년 여성이었는데 상담 시간 오십분 중 십 분 이상을 딸과 통화하는 데 사용했다. 자리에 앉아서 말을 꺼내려 하면 언제나 전화벨이 울렸고, 그러면 상담사는 전화를 받고는 "응, 그래, 피아노 연습했어? 그럼 숙제해야지" 혹은 "응, 그래, 숙제했어? 그럼 피아노 연습해야지" 등속의 대화를 이어갔으며, 그가 뭔가 불만을 표시하려 하면 전화기를 한쪽 귀에 댄 채 단호한 손짓으로 그를 제지했다. 그래서 그는 별다른 방법 없이 이런 대화에 귀를 기울이며 앉아 있을 수밖에 없었다.

그리고 통화가 끝나고 나면 상담사는 엄격한 표정으로 그를 쳐다보며 그가 생각하지 못했던 자신의 여러 가지 측면들을 비난했다.

"대인관계에 문제가 있는 이유는 본인이 다른 사람들을 대할 때 비판적으로 바라보기 때문이라고 느껴집니다."

상담사는 이렇게 말하며 그의 얼굴을 의미심장하게 들여다보았다.

"지금도 저를 쳐다보실 때 이렇게 저렇게 판단하고 있다는 게 느껴지거든요. 그래서 이렇게 눈을 마주치면 상당히 불편해요."

그는 상담사에 대해서 이렇게 저렇게 판단한 적이 없었다. 상담사가 그의 소중한 상담 시간을 딸과 통화하는 데 소비하지 않고 좀 더 내담자에게 집중했다면 아마 눈을 마주치더라도 덜 불편했을 것이라고 그는 생각했다.

그래서 그는 심리 치료를 포기하고 상담사 대신 정신과 의사를 찾아갔다. 의사는 그가 미래의 정신병원에서 겪었던 의사들과 비슷하게 흰 가운을 입고 친절하게 웃었으며 그의 이야기를 별다른 비판 없이 들어주었기 때문에 그는 안심했다. 그러나 두 번째 상담부터 정신과 의사는 그가 하는 말의 내용보다도 선택하는 어휘에 더 신경을 쓰기 시작했다.

"'미칠 것 같다'는 좀 과격한 표현이지 않습니까? 본인의 상태를 더 정확하게 표현할 다른 말도 많이 있을 텐데, '미칠 것 같다'는 좀 심하지요."

그가 정신과 의사를 찾아간 것은 언어 교정이 필요했기 때문이 아니었다. 단어 선택이 부적절하다고 두 번쯤 야단맞은 뒤에 그는 정신과 치료도 그만두었다.

이런 상담사 혹은 의사들이 어째서 자신을 야단치는 것인지 그는 이해할 수 없었다. 그는 어린아이가 아니라 다 자란 성인이었으며, 자기 자신에게 문제가 있다고 스스로 판단해서 인식했기 때문에 정당하게 치료비를 지불하고 도움을 받으러 간 것이었다. 전문가로서 환자에게 합당한 도움을 주는 것이 아니라 쳐다보는 눈빛이 마음에 들지 않는다느니 단어의 선택이 마음에 들지 않는다느니 하면서 환자가 자신의 취향에 맞지 않는다고 야단치는 것이 치료에 어떤 긍정적인 효과를 미칠 수 있는지 그는 알지 못했다.

그리고 처음으로 그는 미래에서 자신이 갇혀 있던 정신병원을 그리워했다. 자신이 그곳을 그리워하게 되리라고는 상상조차 해보지 못했다. 그러나 그는 그곳이 그리웠다.

그리웠지만, 갈 수 없었다. 그곳에 있을 때 다시는 과거로 돌아올 수 없으리라 생각하며 그리워했다. 이제 그는 다시는 돌아갈 수 없는 미래를 갈망하며 괴로워했다.

그의 어머니는 그가 상담 치료를 받는다는 사실을 알고 몹시 싫어했다. 상담소나 정신과는 '미친 사람들이나 가는 곳'이며 맏아들이 '그런 곳'을 드나든다는 것은 집안의 수치라고 여겼다. 그래서 상담소도 아닌 본격적인 정신과를 가기로 결정했을 때 그는 어머니에게 말하지 않았다. 그러나 어머니는 청소를 한다거나 과일 등속의 간식을 가져다준다는 명목으로 마음 내킬 때마다 그의 방에 드나들었고, 그러다가 그의 책상 위에서 정신과용 심리 검사 용지를 발견했다.

어머니는 불같이 화를 냈다. 상담소도 아닌 정신과 치료를 받으러 다니는 것은 의료 기록을 남김으로써 자신이 '금치산자'임을 만방에 공표하는 짓이며 동시에 가족들에게도 돌이킬 수 없이 망신스러운 행위라고 펄펄 뛰었다. 그리고 어머니는 눈물을 흘리며 그가 어째서 이제까지 하지 않던 행동을 하면서 어머니를 이토록 괴롭히는지 물었다.

어머니가 짜증을 내거나 신경질을 부리는 것이 아니라 눈물을 흘리며 진지하게 물었기 때문에 그는 자신이 바라던 상황은 아니지만 어쨌든 솔직한 대화의 가능성이 있다고 여겼다. 그리하여 정신과에 치료받으러 다니는 것이 어머니를 괴롭히기 위해 일부러 하는 짓이 아니라는 사실을 이해시키고 더불어 다른 여러 상황에 대한 자신의 입장도 해명하기 위해 그는 아버지의 죽음을 언급했다.

"네 아버지는 때가 돼서 가신 거야."

어머니는 혼란스럽다는 표정으로 대답했다.

"남들도 다 살다 보면 겪는 일인데 왜 그걸 가지고 정신과까지 가야 되니?"

이후의 대화를 그는 잘 기억하지 못한다. 한 가지만은 분명했다. 어머니는 이해하지 못했다. 어머니에게 있어 아버지는 지나치게 오래 지속된 괴로운 결혼생활 동안 여러 가지로 실망만 안겨준 사람이었고 최근 몇 년간은 그나마 어머니의 일상적인 생활 반경에서 아예 멀어져버린 인물이었다. 마찬가지로 어머니의 자식인 그와 그의 형제들에게도 특별히 살가운 아버지는 아니었으며 어머니에게서 멀어짐과 동시에 자식들에게서도 멀어졌다. 그러므로 아버지의 죽음 때문에 그가 입은 상처나 충격은 어머니가 보기에는 갑작스럽고 이해할 수 없는 일탈 행동 정도로 느껴졌던 것이다.

한편 그의 입장에서 볼 때 그는 팔 년간 낯선 시간과 공간에 홀로 남겨진 채 좁은 방 안에 갇혀 가족과 친구들을 그리워했다. 그중 가족이라는 항목에는 아버지도 당연히 포함되었다. 가슴이 찢어지도록 그리워한 끝에 간신히 돌아왔지만 얼마 되지 않아 아버지는 죽었다. 돌이킬 수 없이, 다시는 돌아올 수 없는 곳으로 떠났다. 이제는 아무리 그리워해도 다시는 만날 수 없다.

그러나 미래에서 팔 년을 지내고 돌아와서 맞이한 혈육의 죽음이라는 것이 어떤 의미인지, 그에게 얼마나 큰 상처를 남겼는지, 그가 아닌 다른 사람들은 아무도 알 수 없었다. 그를 제외한 다른 모든 사람에게 시간은 고작 일 년이 지났을 뿐이었고, 그 일 년간 사람들도, 그들의 삶도 그다지 크게 바뀌지 않았다. 어머니와 아버지는 그 일 년간 서로 언제나 그랬듯이 데면데면하고 냉담하게 살아왔다. 그의 남동생과 아버지의 관계도 마찬가지였으며, 여동생은 멀리 시집가서 아기를 돌보는 데 바빴고, 꼭 결혼생활이나 아기 때문이 아니더라도 역시나 여동생에게도 아주 따뜻한 아버지는 아니었던 것이다. 그가 겪었던 극단적인 외로움, 절박한 그리움, 두려움과 절망은 겪어보지 않은 사람은 절대로 알 수 없는 종류의 감정이었으며, 보통의 삶을 살아가는 대다수의 정상적인 사람들은 평생 겪을 필요가 없는 감정이기도 했다. 그러나 그는 거기에 대해서 이야기할 수 없었다. 이야기할 수 있었다 해도 아마 아무도 이해하지 못했을 것이었다.

이 모든 것을 차치하더라도, 아버지는 그의 아버지였고 그는 아버지의 아들이었다. 상황이야 어찌 되었든 아들이 아버지의 죽음을 애도하는 것은 천륜이었고 아무도 부정할 수 없는 그의 권리였다. 어머니의 기분을 맞추어주기 위해서 아버지의 죽음을 슬퍼하지 않을 수는 없었다.

그는 고민했다. 깊이 고민한 끝에 결정을 내렸다. 그는 방을 구해서 집을 나왔다.

그가 구한 방은 희고 좁고 길쭉했다. 방을 구할 당시에는 의식하지 못했으나 나중에 그 방에서 살면서 깨달은 바, 미래에서 그가 살았던 정신병원 병실 혹은 쓰레기 공장의 기숙사 방과 상당히 비슷했다.

그러나 이런 것은 나중에야 깨달은 사실이었다. 방을 구할 당시에 그가 그 방을 선택한 이유는 하얀 벽 위쪽, 천장 가까운 곳에 길고 가느다랗게 세로로 금이 가 있었기 때문이었다.

"벽에 금이 갔네요."

그가 이렇게 말하자 방을 보여주던 부동산의 여자 사장님은 몹시 당황해했다.

"어머, 그런가요? 전에는 몰랐는데……."

부동산 사장님은 벽으로 다가가서 팔을 뻗어 금을 만져보았다.

"그냥 표면에 난 금인 것 같은데요……. 그러니까 건물 구조 자체에 문제가 있는 건 아니구요, 정 불안하시면 집주인한테 말씀드려서 수리를……."

"아뇨, 그냥 두세요."

그가 말했다. 그리고 그 방을 계약했다.

그가 '직장 가까운 곳에 방을 구하겠다'고 말을 꺼내자 어머니는 어처구니없다는 표정으로 그를 쳐다보았다. 여러 가지 협박과 회유에도 그가 뜻을 굽히지 않고 이미 계약을 마쳤으며 다음 주에 이사하겠다고 선언하자 어머니는 증오에 가득 찬 얼굴로 내뱉었다.

"너는 가족을 버렸어."

사실 그의 입장에서는 자기 자신이 가족에게서 버림받았다고 느꼈지만 그는 굳이 그런 말을 하지 않았다. 더 이상 설명하거나 설득할 여지가 남지 않았으므로 그는 가능한 한 빨리 짐을 챙겨서 조용히 집을 나왔다.

이사한 방에서 짐을 풀고 가구를 새로 들이고 살림살이를 정리하느라 그는 한동안 바빴고 그래서 여러 가지를 생각하지 않고 지낼 수 있었다. 짐 정리가 어느 정도 끝난 뒤에 그는 방에 누워서 벽의 금을 올려다보았다. 하얀 벽에 난 가느다란 금은 짙고 깊은 갈색이었다. 그 금을 처음 본 순간부터 그는 정신병원의 여자와 그녀의 하얀 손목을 떠올렸다.

그는 그녀가 진심으로 그리웠다.

기억과 실제의 경계가 어디에서 시작되고 어디서 끝나는지 그는 벽의 금을 쳐다보며 생각하곤 했다. 미래의 정신병원에 있었을 때, 혹은 쓰레기 공장의 기숙사에서 살았을 때, 그는 손만 뻗으면 닿을 것 같았던 지금 현재의 시간을, 가족과 친구와 동료들을 그리워하며 괴로워했다. 이제 미래의 정신병원 병실과 기숙사 방, 그곳에서 만났던 사람들, 그리고 여자의 얼굴은 그의 머릿속에 똑같이 선명하게 남아 있었고, 오랫동안 살았던 부모님의 집이 아닌 새로운 환경으로 옮겨온 지금, 또다시 문만 열면 그 시간과 그 사람들이 문밖에 그대로 존재할 것 같은 느낌이, 그런 확신이 그를 휩쌌다. 그러나 그가 그리워하는 미래의 시간들, 그 사람들은 아직 존재하지 않았으며, 그러므로 과거의 시간과 사람들과는 달리 돌아가서 다시 만나게 될 가망이 아예 없었다. 현재의 시간 속에서는 세상 전체에서 오로지 그의 머릿속에만 남아 있는 기억이었고, 그에게만 생생했던 현실이었다. 저쪽에 있었을 때는 이쪽을 그리워했듯이, 이쪽으로 돌아와서 그는 저쪽을 그리워했고, 그리하여 마음은 다시 갈래갈래 찢어졌다.

이번에도 그가 의존할 곳은 벽뿐이었다. 그러나 그 벽은 무심하게 하얗지만은 않았다. 여자의 손목에 있었던 것과 똑같은 짙은 갈색 금이 새겨져 있었기 때문이다. 그래서 그는, 쓰레기 공장에서 일할 때 정신병원으로 여자를 찾아가 위안을 얻었듯이, 방에 누워 천장 아래 벽에 난 금을 쳐다보면서 조금은 위안을 얻었다.

이사한 방에서 지낸 지 한 달이 조금 넘었을 때 그는 직장에서 대대적인 감사와 인사이동이 있을 것이라는 소문을 들었다.

그가 일하는 곳을 포함한 전체 부서의 장이 새로 바뀐 지 얼마 되지 않았다. 새로운 상사는 미래로 시간여행을 다녀왔던 그의 임무에 대해서 알고 있었으며 그 임무 자체뿐 아니라 특히 그가 소기의 목적을 이루지 못했다는 사실을 몹시 탐탁지 않게 여겼다. 그도, 그의 동료들도 이런 점을 알고 있었으며, 그래서 부임한 지 얼마 되지 않은 새 상사가 대규모의 감사와 인사이동을 실시한다는 것이 어떤 의미를 내포하는지도 충분히 짐작하고 있었다. 정부 기관의 성격상 큰 실수를 저지르지 않는 한 쫓겨나는 일은 없겠지만 한직으로 떨어져서 오랫동안, 혹은 평생, 주변부만 맴돌게 되는 상황은 충분히 가능했다. 혹은 본래 목적했던 군사 관계의 정보를 전혀 수집하지 못했다는 사실이 얼마나 '큰 실수'일지 그는 이리저리 궁리해보았으나 답은 나오지 않았다.

쫓겨나기 전에 떠나야 하는 것일까, 라는 생각이 희미하게 마음속에서 싹트기 시작했다.

그는 지금의 직장을 싫어하지 않았고 성실하게 일했다. 그러나 직장에 대한 자부심이나 일과 동료들에 대한 감정적인 애착 등은 미래의 정신병원에서 삼 년을 지내고 다시 쓰레기 재활용 공장에서 오 년간 일하는 동안 거의 희석되어 사라졌다. 그는 직장에서 사람들이 쓰레기를 쓰레기통에 버리지 않거나 재활용 쓰레기를 분리하지 않고 일반 쓰레기와 함께 아무 쓰레기통에나 함부로 집어넣는 것이 몹시 거슬렸으며 자신이 이런 사소한 사실들을 거슬려 한다는 점을 혼자 속으로만 재미있어했다. 다시 쓰레기 재활용 공장에서 평생 일해야 한다면 어떤 기분일지 알 수 없었지만 지금의 직장에서 쫓겨난다면 그다지 큰 충격은 받지 않을 것이라고 그는 생각했고, 그것은 그저 오만이 아니라 어느 정도는 사실이었다.

다만 직장을 그만두면 모처럼 구한 방의 월세를 낼 수 없게 된다. 어머니와 남동생이 있는 집으로 다시 돌아간다는 것은 생각도 하기 싫었다. 무엇보다도 그는 하얀 벽에 짙은 갈색의 가느다란 금이 있는 이 방을 떠나고 싶지 않았다.

그러나 다른 한편으로는, 자취방 벽에 간 금에 마음을 의지해서 인생의 여러 문제들을 견뎌야 하는 삶이라고 생각하면…… 정신병원의 병실이나 쓰레기 재활용 공장의 기숙사

방에 갇혀 있을 때보다 그다지 나아진 것이 없다는 기분이 들기도 했다.

어쨌든 감사와 인사이동은 소문만 돌 뿐 실제로는 아직 아무 일도 일어나지 않았다. 그래서 그는 아침에 눈을 뜨면 벽의 금을 쳐다보고, 밤에 자기 전에 다시 한번 벽의 금을 쳐다보았다. 출근길에 만원 버스에서 흔들리면서, 혹은 직장의 자기 자리에 앉아서 재활용 쓰레기를 분류하는 것과 그다지 다르지 않은 일거리를 처리하면서도 그는 때때로 여자의 하얀 손목과 자취방 하얀 벽의 갈색 금을 떠올리며 마음에 위안으로 삼았다.

길고 골치 아팠던 감사가 끝나고 공식적인 인사이동 발표가 나기 전에 그가 일하는 부서에서 팀 회식이 있었다. 쫓겨나갈 사람들을 위한 암묵적인 송별회라고 하는 편이 옳았을 것이다. 팀장의 취향에 따라 삼겹살에 마늘을 곁들여 구워 먹고 그는 술에 거나하게 취해 자취방으로 돌아왔다. 다음 날 간신히 눈을 떠서 정신을 차리고 그는 전날 입었던 옷에서 고기 냄새와 여러 역겨운 냄새들이 심하게 풍기는 것을 알았다. 자취방은 좁았고 베란다가 따로 없었으므로 그는 일단 창문을 열고 옷에는 탈취제를 뿌려서 옷걸이에 걸어두었다.

탈취제를 제자리에 내려놓고 해장을 위해 라면을 끓여 먹은 후에 그는 다시 방바닥에 큰 대 자로 뻗었다. 아무 생각 없이 하얀 벽 위쪽의 갈색 금을 쳐다보다가 그는 문득 깨달았다.

금이 간 하얀 벽 아래 그는 조립식 책장을 사서 책을 꽂아두었다. 조립식 책장은 상자형으로 이루어져 여러 가지 모양으로 구성할 수 있었으므로 그는 나지막하고 길게 정리했다. 그리고 그 위에 여러 가지 잡동사니와 함께 방금 사용했던 탈취제 병을 놓아두었다.

정신병원에서 여자가 되풀이해 그렸던 그림이 바로 그것이었다. 아무래도 정체를 알 수 없던, 물병처럼 생긴 길쭉한 물체는 의류용 탈취제 병이었다.

그는 일어섰다. 책장으로 다가갔다. 책장과 탈취제와 천장 아래 흰 벽에 세로로 난 갈색 금을 쳐다보았다. 손을 뻗어 갈색 금을 만져보았다.

이 모든 것이 어떤 의미인지 그는 알 수 없었다.

그리고 여자가 나타났다.

"그곳이 그리운가요?"

여자가 물었다.

그는 잠시 생각했다. 그리고 고개를 끄덕였다.

여자는 그의 얼굴을 주의 깊게 쳐다보았다.

"지금 떠나면, 이번엔 정말로 다시는 돌아올 수 없어요."

여자가 천천히 말했다.

그는 다시 고개를 끄덕였다.

미래에서 그는 팔 년을 잃었고, 돌아왔을 때는 이전의 삶을 모두 잃었다. 그는 이미 이곳에 속하지 않았다.

하지만 그렇게 생각하면, 그는 그 어디에도, 어느 시간과 장소에도 속하지 않았다.

그래서 그는 물었다.

"같이 있어줄 거예요?"

여자는 고개를 끄덕였다.

그것으로 충분할 거라고, 그는 생각했다. ……아마도.

그래서 여자가 손을 내밀었을 때, 그는 그 손을 잡았다.

여자의 손목에는 이전에 보았던 가느다란 짙은 갈색 금이 있었다. 그는 그 금을 손가락으로 어루만졌다.

"보고 싶었어요."

그가 말했다. 여자는 웃었다.

흰 벽의 갈색 금이 조금씩 길어지고 깊어졌다. 금이 바닥까지 내려오며 벽이 양쪽으로 벌어졌다. 그는 여자의 손을 잡고 시간과 공간의 균열을 통과해 미지의 세계로 발을 내디뎠다. 상처투성이의 불완전한 현재로 그는 다시 돌아오지 않았다.

그는 그 어떤 시공간에도 속하지 않았으므로, 그 어떤 시공간도 그에게 속하지 않았다. 주어진 육신의 시간이 끝날 때까지 그는 언제 어디서나 다른 곳을 그리워하며 살아갈 것이었다. 그러나 마음을 기댈 흰 벽 대신 이제 그의 곁에는 손목에 금이 간 여자가 있었다.

그에게는 그것으로 충분할 것이다. ……아마도.

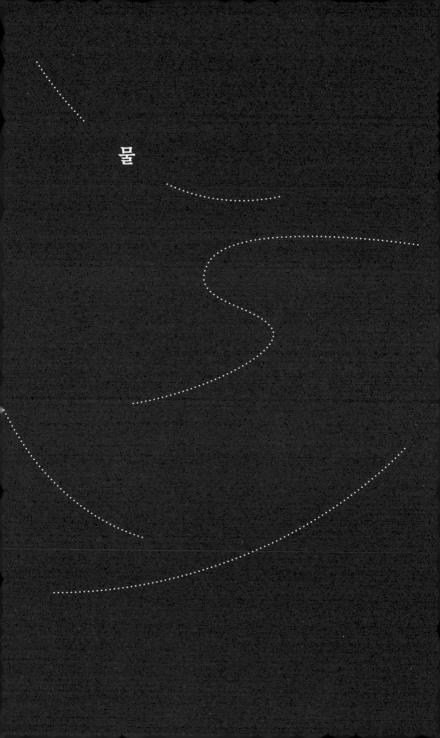

물

* 2018년 온라인 소설 플랫폼 〈브릿G〉 게재

여자가 무슨 짓을 저질렀고 어떤 혐의로 체포되었는지 그는 알지 못했다. 그런 세부사항은 기밀이었고 그의 계급은 그렇게까지 높지 않았다. 그가 아는 것은 여자를 정해진 지점까지 데려가서 정해진 사람들에게 넘겨주어야 한다는 사실뿐이었다. 그 여행에는 사흘이 걸릴 예정이었다. 그 사흘 동안 여자를 먹이고 재우고 탈주하거나 죽지 않도록 감시하는 것이 그가 맡은 일이었다.

그 일은 쉽지 않을 예정이었다. 그는 여자를 차에 태운 순간 깨달았다. 여자의 몸에서 물이 나오고 있었다. 셔츠가 젖으면서 옷이 몸에 달라붙었다. 다리 사이가 젖어서 바지의 가랑이 부분에 거무스름한 얼룩이 점차 넓게 퍼져나갔다.

그는 소리를 질렀다. 여자는 반응하지 않았다. 그는 차에서 내려서 뒷좌석의 문을 열고 여자에게 내리라고 말했다. 여자는 반응하지 않았다. 그는 여자를 끌어냈다. 여자는 여전히 반응하지 않았다. 뒷좌석에 묻은 얼룩을 할 수 있는 한 닦

아내고 여자의 옷을 갈아입히느라 출발이 늦어졌다. 여자의 옷을 그가 갈아입힐 수는 없었으므로 그는 다른 차량에 있던 여성 동료를 찾아 부탁해야 했다. 그리고 여성 동료와 함께 그는 서 안으로 여자를 다시 데리고 들어가야 했다. 상황을 알게 된 그의 동료들은 킥킥 웃거나 소리 내어 웃거나 혹은 얼굴을 찡그리며 고개를 돌렸다.

여자는 저항하지도 말하지도 움직이지도 않았다. 그저 그를 쳐다볼 뿐이었다. 그는 옷을 갈아입고 나온 여자를 거칠게 끌어당겨 차 안에 밀어 넣었다. 여자는 양손을 뒤로 돌려 수갑을 찬 채 몸을 굽혀 고분고분 차 안으로 들어갔다. 그는 룸미러를 조절하여 뒷좌석의 여자를 바라보았다.

"야."

여자는 대답하지 않았다.

"너 또 싸면 죽여버린다."

여자는 대답하지 않았다.

"가는 길에 사고 치면 길가에 버리고 갈 거다."

여자는 여전히 대답하지 않았다. 거울 속 그의 눈을 그저 들여다볼 뿐이었다.

이번에는 아무 일도 일어나지 않는 것을 확인하고 그는 차를 출발시켰다. 그의 차량 앞과 뒤에서 다른 방탄 차량들이 출발했다. 행렬이 움직이기 시작했다.

미치광이를 호송하는 작업은 이번이 처음이었다. 무슨 일에나 처음은 있는 법이지만 하여간 고약하게 됐다고 그는 생각했다. 방탄 차량들의 행진이 고속도로에 진입할 때까지 그는 계속 화를 내고 있었다.

그 때문에 그는 룸미러에 비친 여자의 얼굴을 자세히 관찰하지 않았다. 그러므로 그는 여자의 눈빛이 평온하고 표정은 담담하며 여자가 그를 주의 깊게 관찰하고 있다는 사실을 알지 못했다.

가는 길에 여자는 내내 한마디도 하지 않았다. 침묵 속에서 운전하다가 그는 라디오를 틀었다. 진행자가 너무 시끄럽고 내용은 재미없어서 라디오를 껐다. 음악을 틀었다. 콧노래를 흥얼거리며 운전해 가다가 그는 문득 여자가 룸미러에 비친 자신을 보고 있다는 사실을 깨달았다. 그가 마주 쳐다보았으나 여자는 시선을 돌리지 않았다.

"뭐야?"

여자는 대답하지 않았다. 그가 다시 물었다.

"뭐 할 말 있어?"

여자는 대답하지 않았다. 표정 없는 얼굴로 거울 속에 비친 그의 얼굴을, 더 정확히는 얼굴 윗부분을 가만히 보고 있을 뿐이었다.

그 시선은 차분했다. 그는 여자가 어딘지 이상하다고 생각했다. 그러나 미치광이는 원래 이상한 법이다. 그는 더 이상 말을 걸거나 여자의 수작에 말려들지 말아야겠다고 결심했다. 일부러 시선을 돌려 전방을 주시하면서 그는 오디오에서 흘러나오는 노래를 조금 더 큰 소리로 따라 했다.

물론 그는 경계를 늦추지 않았다. 여자가 움직이거나 돌발적인 행동을 하면 즉시 반응할 생각이었다. 그러나 여자는 움직이지도 말을 하지도 않았다. 잠들거나 다른 곳을 쳐다보지도 않았다. 식사를 해야 한다는 명령을 전달받고 그가 앞의 차량들을 따라 고속도로에서 빠져나와 지정된 음식점 앞에 차를 세울 때까지 여자는 거울 속에 비친 그의 눈과 이마를 몇 시간이고 가만히 말없이 관찰하고 있었다.

그는 차를 세우고 내려서 뒷좌석의 문을 열었다.
"내려."
여자는 움직이지 않았다. 그는 여자를 차에 태울 때처럼 끌어당겨서 차에서 끄집어냈다. 앞과 뒤에서 함께 진행하던 차량에서 내린 사람들이 지켜보는 가운데 그는 여자를 뒤로 돌려세우고 수갑을 한쪽만 풀었다. 여자의 양손을 다시 앞으로 돌려서 풀었던 수갑을 채웠다.

"가자."

여자는 대답하지 않았다. 그는 여자를 밀었다. 여자는 그가 미는 방향으로 고분고분 말없이 걷기 시작했다. 여자가 걷기 시작하는 것을 확인하고 검은 옷을 입은 사람들이 천천히 함께 걸었다.

음식점 안으로 들어가 정해진 자리에 앉을 때까지 여자는 마치 음식점에 생전 처음 와본 것처럼 두리번거렸다. 주문한 음식이 나왔을 때 여자는 먹지 않았다. 수갑을 찬 손 한쪽을 들어 손가락으로 음식을 건드려볼 뿐이었다.

"먹어."

그가 말했다. 여자가 그를 잠시 바라보았다. 그리고 마치 그 말을 알아듣지 못한 것처럼 다시 음식을 들여다보며 손가락으로 찔렀다.

"자."

그가 여자의 손에 숟가락을 쥐여주었다.

"먹으라고."

여자는 마치 숟가락도 생전 처음 보는 것처럼 가만히 들여다보았다. 그리고 숟가락을 놓았다. 숟가락이 바닥에 쨍, 소리를 내며 떨어졌다.

그는 얼굴을 찡그렸다. 여자가 천천히 몸을 숙여 바닥으로 손을 뻗었다. 그는 숟가락을 새로 가져다 달라고 말하기 위해 종업원을 부르려 했다. 그러나 여자는 숟가락을 집어 들었다가 다시 떨어뜨렸다. 또다시 숟가락이 바닥에 부딪치며 쨍, 하는 소리를 냈다. 여자는 다시 한번 천천히 숟가락을 집어 들었다가 떨어뜨렸다.

"장난하지 마!"

그가 말했다.

여자가 바닥을 향해서 숙였던 몸을 일으켰다. 그를 쳐다보았다.

"음식을 먹으라고!"

여자는 대답하지 않았다. 천천히 일어섰다.

음식점 안에 있던 검은 옷 입은 사람들의 시선이 일시에 여자 쪽으로 향했다. 그의 손이 반사적으로 허리춤을 향해 움직였다.

여자는 천천히 일어나서 천천히 방향을 돌렸다. 여자가 화장실 표시가 있는 쪽으로 돌아선 것을 보고 그는 안심했다. 그는 여성 동료에게 신호했다. 그는 여자가 화장실 쪽으로 마치 공중에 떠 있는 것처럼 기묘하게 가볍고 느린 걸음으로 굼실굼실 걸어가는 것을 방치했다. 그의 신호를 받은 여성 동료가 여자의 뒤를 따라 화장실로 함께 들어갔다.

그는 음식을 먹으면서 화장실 쪽을 주시하고 있었다. 여성 동료가 잠시 후에 화장실에서 혼자 나왔다. 그가 쳐다보고 있다가 눈이 마주치자 여성 동료가 재빨리 그에게 손짓했다. 그는 즉시 일어서서 화장실로 달려갔다.

여자는 화장실 바닥에 쪼그리고 앉아 울고 있었다. 수갑을 찬 손으로 얼굴을 가리고 있어 보이지 않았으나 어깨가 심하게 들썩였다.

"왜 저래요?"

그가 여성 동료에게 물었다. 동료는 고개를 저었다.

"나도 몰라. 화장실에 들어갔다 나와서 멍하니 서 있길래 손 씻으라고 물을 틀어줬더니 갑자기 저래."

"좀 달래봐요."

"네 죄수잖아. 알아서 해."

그리고 동료는 그와 여자를 화장실에 남겨두고서 나가버렸다.

그는 곤란해졌다. 여자 옆으로 다가갔다. 여자는 피하지 않았다. 우느라 그가 곁에 다가왔다는 사실을 모르는 것 같았다. 그는 몸을 숙여 손끝으로 조심스럽게 여자의 어깨를 건드렸다.

"야."

그가 말했다.

"왜 그래? 일어나."

여자가 화들짝 놀라며 고개를 들고 그를 바라보았다.

"무슨 일이야?"

그가 다시 물었다.

여자가 벌떡 일어나 벽 쪽으로 뒷걸음질 쳤다. 그도 따라서 서둘러 일어났다. 여자는 라디에이터가 설치되어 있을 뿐 그 외에 아무것도 없는 벽 쪽으로 움직이고 있었다. 출구는 그가 몸으로 막고 있었다. 그는 화장실 창문의 방향을 주시하며 여자가 창 쪽으로 움직이지 못하도록 살짝 몸의 방향을 돌렸다.

"왜 그러냐고? 무슨 일 있어?"

그가 물었다.

여자는 대답하지 않고 고개를 숙였다. 양쪽 손목에 채워진 수갑을 내려다보았다. 그리고 다시 울기 시작했다.

"나가자."

그가 말했다. 그리고 여자의 어깨를 건드리려고 했다. 여자 가 깜짝 놀라며 고개를 들어 그를 노려보았다. 그는 손을 내 렸다.

"알았어. 알았으니까 나가자고."

그가 문을 가리켰다. 여자는 온몸을 떨며 흐느껴 울면서 화장실 밖으로 걸어 나갔다.

식사는 그렇게 끝났다.

그가 차의 뒷좌석 문을 열고 여자를 다시 밀어 넣으려 했을 때 여자는 몸을 돌려 그의 손을 피했다.

"건드리지 말아요."

그는 대답 대신 손을 내리고 뒷좌석 문을 붙잡고 기다렸다. 여자는 스스로 차에 탔다. 그는 운전석으로 가서 차에 타고 시동을 걸었다.

행렬이 출발했다.

여자는 여전히 울고 있었다. 흐느끼는 소리가 가늘게 들렸다. 창문 쪽으로 얼굴을 돌린 채 웅크리고 앉아서 여자는 이따금씩 수갑을 찬 손을 들어 올려 얼굴을 문질렀다. 룸미러에 비치는 여자의 어깨가 조용히 들썩이는 것을 그는 가만히 관찰했다.

"난 죄수가 아니에요."

여자가 갑자기 말했다. 그는 황급히 룸미러에서 시선을 돌려 전방의 도로를 바라보았다.

"정신이 이상한 것도 아니에요."

여자가 수갑을 찬 양팔을 들어 다시 얼굴로 흘러내린 눈물을 닦아내며 말했다.

그는 대답하지 않았다. 여자는 표정도 행동도 눈빛도 차가 출발했을 때와는 완전히 다른 사람 같았다. 여자가 범죄 성향을 가진 정신이상자인지 아니면 그냥 범죄자인지 그는 자세히 알지 못했으나 저 정도 연기력이라면 정신이상을 이유로 무죄판결도 받을 수 있겠다고 그는 속으로 감탄했다.

"이렇게 될 줄 알고 있었어요. 알고는 있었지만……."

여자가 다시 말했다.

"그냥 아는 것과 실제로 겪는 건……."

여자는 흐느끼기 시작했다.

"견디기 힘들어…… 이건…… 너무 지나쳐……."

그리고 여자는 소리 내어 울었다.

그는 대답하지 않았다. 음악을 틀었다. 여자의 울음소리가 음악 소리에 묻혔다.

해가 지기 시작했다. 그는 석양을 바라보며 앞서가는 방탄 차량을 따라 마치 끝이 없는 것만 같은 고속도로를 달렸다. 한참 달리다 뒷좌석이 조용해서 룸미러로 흘끗 훔쳐보니 여자는 웅크린 그대로 창에 기댄 채 잠들어 있었다.

호텔은 크지 않았다. 그와 그의 동료들은 한 층을 전부 빌렸고 그는 지정된 층이 어디인지, 여자를 어느 방에 숙박시켜야 하는지 이미 알고 있었다.

주차장에 차를 세우고 나서 그는 시동을 끄고 차에서 내렸다. 뒷좌석의 여자를 아마 깨워야 할 것이라고 생각했다. 그러나 차 문을 열었을 때 여자는 똑바로 앉아서 그를 가만히 보고 있었다.

"내려."

그가 말했다.

여자는 움직이지 않았다. 여자는 더 이상 울지 않았다. 이전처럼 평온하고 담담한 얼굴에 차분하지만 관찰하는 듯한 시선으로 그를 주의 깊게 쳐다보고 있었다.

그는 짜증이 나기 시작했다. 서럽게 눈물을 흘리며 결백을 주장하고 괴로움을 토로하는 연기를 펼친 이 미치광이 여자에게 짜증이 났고 그 연기에 속아 넘어간 자기 자신에게 더욱 짜증이 났다.

"내리라니까!"

그는 여자의 어깨를 잡아서 거칠게 차에서 끄집어냈다. 여자는 앉아 있던 자세 그대로 차에서 끌려 나와 주차장 바닥에 얼굴을 부딪치며 넘어졌다. 차량 옆에 서 있던 그의 동료들이 고개를 돌려 다른 곳을 쳐다보았다.

그는 당황하여 여자를 일으켜 앉혔다. 여자의 코에서 피가 뚝뚝 떨어졌다. 여자는 여전히 말도 하지 않고 비명을 지르거나 얼굴을 찡그리지도 않았다. 무표정하고 담담하게 여자는 수갑을 찬 손을 들어 엄지손가락으로 코를 만졌다. 피 묻은 손가락을 가만히 들여다보았다. 그는 웅크려 앉은 여자를 두고 조수석으로 가서 차 문을 열고 구급상자를 꺼냈다.

그가 다시 여자를 향해 돌아섰을 때 여자의 얼굴에는 핏자국이 전혀 남아 있지 않았다.

그는 여자의 어깨를 잡고 얼굴을 들여다보았다. 여자의 수갑 찬 손도 들여다보았다. 여자의 오른쪽 이마와 콧등에 조금 발그스름하게 두드러져 보이는 부분이 있었으나 피의 흔적은 없었다. 주차장 바닥에도 뚝뚝 떨어져 흘렀던 피가 전혀 남아 있지 않았다.

그는 더욱 당황하여 여자와 차량 앞을 지키고 선 동료들을 번갈아 바라보았다. 아무도 그에게 설명해주지 않았고 그의 곤혹스럽고 당황한 감정을 인지해주지도 않았다. 여자도 동료들도 그저 무표정하게 그를 바라보고 있을 뿐이었다.

그는 여자를 일으켜 세웠다. 구급상자를 앞좌석에 던져 넣고 차 문을 닫았다. 그리고 여자의 팔을 끌고 호텔 입구로 들

어갔다. 지정된 층으로 향하는 엘리베이터 안에서 그는 반들
반들한 금속 벽면에 비친 여자의 얼굴을 몰래 다시 한번 관
찰했다. 여자의 옷에도 얼굴에도 그 어디에도 핏자국은 남아
있지 않았다. 여성 동료와 함께 여자를 방에 들여보내면서 그
는 수갑을 푸는 동안 여자의 얼굴을 다시 한번 관찰했다. 여
자도 그를 마주 관찰했다. 그는 그가 무엇을 찾으려 하는지
여자가 알고 있다고 생각했다. 그러나 그 느낌을 증명할 방법
은 없었다.

그의 방은 여자가 묵고 있는 방의 바로 옆방이었다. 씻고
침대에 누워서 그는 동료들이 보는 앞에서 죄수에게 폭력을
휘둘러 코피를 쏟게 한 것으로 인해 업무평가에서 얼마나 감
점이 될지 생각했다. 아니, 코피를 쏟게 한 것은 사실이 아니
다. 그러니까 코피를 쏟은 것은 사실인데 코피를 쏟았다는 증
거는 남아 있지 않았다.

여자의 피는 어디로 갔을까? 동료들도 그 상황을 목격했을
까? 물론 동료들에게 물어볼 수는 없다. 그와 마찬가지로 자
세한 사항은 아무것도 알지 못하거나, 알더라도 그에게 말해
줄 수 없을 것이다.

그는 자신이 착각했을 가능성에 대해 생각해보았다. 어쩌

면 여자는 그냥 주차장 바닥으로 쓰러지는 연기를 한 것인지
도 모른다. 코피는 그가 잘못 본 것일지도 모른다.

……그러나 그는 잘못 보지 않았다. 여자는 코피를 쏟았고,
엄지손가락으로 자신의 피를 찍어 가만히 들여다보았다. 마
치 피를 평생 처음 본 사람처럼, 그렇게 여자는 자신의 피를
관찰했다. 그리고 그는 잠시 돌아섰을 뿐이었다. 그런데 잠깐
등을 돌렸다가 다시 돌아보니 흘러 떨어지던 피는 마치 처음
부터 없었던 것처럼 사라졌다…….

욕실에서 소리가 들렸다. 그는 몸을 일으켰다. 베개 밑에
넣었던 총을 집어 들었다. 욕실 쪽으로 천천히 다가갔다.

욕실 문 앞에 섰다. 아무 소리도 들리지 않았다. 그는 잠깐
기다리다가 욕실 문을 열기 위해 총을 들지 않은 손을 문고
리 쪽으로 뻗었다.

문고리가 움직였다.

그는 양손으로 총을 잡고 발사할 준비를 했다.

문고리가 다시 움직였다. 달각달각 흔들렸다.

그는 속으로 숫자를 세었다. 하나, 둘에서 문고리를 돌리고
발로 차서 욕실 문을 열고 뛰어들었다.

"손 들어! 움직이지 마!"

불이 켜지지 않은 욕실의 어스름 안에서 희끄무레한 여자

의 형체가 그를 바라보았다. 여자는 흠뻑 젖어 있었다. 치켜
든 양팔이 녹아 흐르는 것처럼 불분명한 형태를 띠었고 팔꿈
치 앞쪽부터 손까지는 보이지 않았다.

그는 여자와 여자의 팔을 다시 들여다보았다. "녹아 흐르는
것처럼"이 아니었다. 여자의 양팔은 녹아 흐르고 있었다. 여
자가 바닥으로 뚝뚝 흘러 떨어지는 양팔을 그에게 뻗었다. 여
자의 얼굴도 녹아서 흘러내리기 시작했다.

그는 여자에게서 눈을 떼지 않은 채 그대로 총을 겨누고 한
쪽 손만 조심스럽게 총에서 떼어 팔을 뒤로 돌렸다. 총을 겨
누고 녹아 흐르는 여자를 지켜보면서 손으로 벽을 더듬어 스
위치를 찾았다.

손에 볼록하고 딱딱한 것이 닿았다. 그는 스위치를 올렸다.
욕실 안에 불이 들어왔다.

여자는 없었다. 욕실 안에서 그는 거울을 향해 총을 겨누고
혼자 서 있었다.

그는 잠시 그대로 얼어붙은 듯 거울을 바라보며 정지해 있
었다. 다음 순간 그는 총을 든 채로 옆방으로 뛰어갔다. 방문
을 두들겼다. 여성 동료가 긴장한 얼굴로 낮에 입었던 옷을
그대로 입은 채 뛰쳐나왔다.

"무슨 일이야?"

"여자, 어딨어요?"

그가 동료가 질문을 끝내기도 전에 물었다.

"샤워하는데, 왜?"

"샤워"라는 말에 그는 이성을 잃었다. 동료를 밀어젖히고 방 안으로 뛰어들었다. 욕실 문을 있는 힘껏 열어젖혔다.

여자는 욕실 안에 서 있었다. 흠뻑 젖은 채 머리에 덮은 수건을 양팔로 잡고 그를 쳐다보았다. 여자는 옷을 전혀 입지 않은 상태였다.

"뭐 하는 거야!"

여성 동료가 쫓아와서 황급히 그를 밀어내고 욕실 문을 닫았다.

"돌았어? 나가!"

그가 변명할 틈을 주지 않고 여성 동료는 그를 방에서 밀어내고 문을 닫았다. 철컥, 하고 자물쇠 잠기는 소리가 났다.

그는 한 손에 총을 든 채로 복도에 멍하니 서 있었다. 한참 서 있다가 어디선가 엘리베이터 벨이 울리는 높고 명료한 소리에 정신을 차렸다. 그는 천천히 방으로 돌아왔다.

욕실로 갔다. 욕실의 불은 여전히 켜져 있었다.

욕실에는 아무도 없었다. 아무런 흔적도 없었다. 욕실은 깨끗했다.

그는 몸을 숙였다. 바닥에 손을 댔다. 욕실 바닥은 습기의 흔적조차 없이 건조했다.

그는 욕조에 다가갔다. 욕조 안쪽은 여전히 젖어 있었고 샤워 커튼도 그가 샤워를 마치고 나온 뒤로 아직 물기가 마르지 않아 축축했다.

그는 아까 샤워를 마친 뒤에 물이 뚝뚝 떨어지는 몸으로 욕실 바닥에 잠시 서 있었던 것을 기억했다. 거울을 보고, 생각을 하고, 로션을 발랐다. 그가 욕실에서 나왔을 때는 욕실 바닥에 그가 흘린 물방울과 그의 발자국 모양대로 찍힌 물기가 남아 있었다.

여자가 흘린 피가 없어졌고, 그가 흘린 물이 사라졌다. 없어졌다는 것은 증거가 될 수 없지만, 두 가지가 관련되지 않을 수는 없었다.

그는 무슨 관련이 어떻게 있을지 생각하며, 그러나 명확한 결론에는 도달하지 못한 채로, 한 손에 총을 든 채 한참 동안 욕실에 혼자 서 있었다.

밤에 여자가 그에게 왔다. 여전히 흠뻑 젖어 있었고, 여전히 나체였다. 그가 고개를 돌렸을 때 여자는 침대 옆에 서 있었다. 그리고 여자가 이불을 젖히고 침대로 올라와 그의 몸

위로 올라탔다.

"무슨……."

그가 입을 열기 전에 여자가 그의 얼굴 위로 몸을 숙였다. 흠뻑 젖은 손가락을 그의 입안에 넣었다. 여자의 손가락에서 배어 나온 물기가 그의 혀에 닿았다.

그것은 기묘한 감촉이었다. 여자의 손가락에서 물기가 흘러나와 그의 혀에 닿았을 때 그가 느낀 것은 짭짤한 땀의 맛도, 수도관의 쇠와 정수과정의 화학약품이 느껴지는 수돗물의 맛도, 약간 달착지근한 생수의 맛도 아니었다.

그가 느낀 것은 일종의 황홀경이었다. 여자의 손가락에서 배어 나온 물기는 그의 혀를 통과하여 그의 뇌에 직접 침투했다. 그는 3차원의 공간에 고체로 존재하는 인간의 존재 방식이 아닌 전혀 다른 차원에서 전혀 다른 형태로 존재하는 생명체들의 세계를 보았다. 그러한 생명체의 존재를 느꼈다. 아주 잠깐, 찰나의 순간이었지만, 그는 인간이 상상도 할 수 없는 전혀 다른 방식으로 존재하는 생명체가 된다는 것이 어떤 의미인지를 온몸으로 감각하고 이해했다…….

……그리고 그는 전화기가 진동하는 소리에 잠이 깼다.

"뭐야?"

그가 전화기를 더듬어 찾아서 반사적으로 통화 버튼을 누르고 갈라진 목소리로 말했다.

전화기 너머의 목소리가 그에게 옆방에서 숙박하며 죄수를 지키던 여성 동료의 죽음을 알렸다.

침입의 증거도 격투의 흔적도 없었다. 방문은 안으로 잠겨 있었다. 동료는 자신의 침대 위에서 옷을 다 갖춰 입고 눈을 크게 뜨고 천장을 바라보는 모습으로 숨이 멎어 있었다. 동료의 몸에는 눈에 띄는 상처도 없었고 동료는 평소에 건강했으며 알려진 지병도 없었다.

구급차가 다녀가고 나서 그는 자신의 짐을 챙긴 뒤에 여자의 방으로 가서 동료가 남긴 유품도 챙겼다. 사망한 여성 동료와 같은 차량으로 이동하던 다른 동료에게 유품을 넘겨주고 그는 여자를 차에 태웠다. 마치 아무 일도 없었다는 듯이 호송 행렬이 다시 출발했다.

"죽일 생각은 아니었어요."

고속도로를 타고 달리던 중에 여자가 평온한 목소리로 담담하게 말했다.

"뭐라고?"

그가 되물었다. 잘 듣지 못해서 되물은 것은 아니었다. 여자가 다시 무감정하게 말했다.

"죽일 생각은 아니었어요."

그는 차를 갓길에 세우고 여자를 차에서 끌어 내려 주먹으로 치고 발로 차고 싶은 충동을 느꼈다. 그가 운전하고 있는 도중에 여자가 자백한 것조차 계획적일 것이라 생각했다. 어쨌든 지금 여기서 그가 급정거를 하면 뒤에 따라오던 차량들이 줄줄이 추돌하게 된다.

"그럼 왜 죽였어?"

그는 여자를 흉내 내어 평온하고 담담하게 물었다. 양손은 운전대를 꺾어버릴 듯이 꽉 쥐고 있었다.

"어떻게 된 거야?"

"당신한테 보여줬던 것을 보여줬을 뿐이에요."

여자가 대답했다.

그는 한없이 넓은 공간을 기억했다. 그곳은 사실 3차원의 공간이 아니었으나 인간인 그가 표현할 수 있는 언어에는 한계가 있었다. 그곳은 무한한 가능성이었고 모든 것과의 합일이었으며 그곳에서 그는 수천만, 수백만 개의 입자로 쪼개짐과 동시에 우주 전체만큼 커져서 세계를 뒤덮었다. 환희라고도 공포라고도 말할 수 없는, 인간이 느낄 수 있는 가장 섬세하고 넓은 감각과 가장 깊고 강렬한 정서의 언어를 모두 동원한다 해도 결단코 표현할 수 없는 그곳은 그저 무한이었고 자유였다. 찰나의 순간, 아주 짧은 수만 분의 일 초였지만 그처럼 광막한 자유 그 자체로서 존재했다는 기억이 그는 그저 경이로운 꿈일 뿐이라 생각했다.

"모든 인간이 그런 경험을 견딜 수 있는 건 아니에요."

여자가 말했다.

마약이다. 그는 결론지었다. 여자는 마약 사범이다. 여성 동료에게 약을 먹여 죽이고 그의 방에 숨어들어 와 같은 방법으로 살해하려 했으나 실패한 것이다.

"나는 마, 약, 사, 범, 이 아니에요."

여자가 마치 그의 생각을 읽은 것처럼 말했다. '마약 사범'이라는 단어가 낯선지 여자는 한 음절씩 끊어서 발음했다.

"그럼 뭐야?"

그가 물었다.

"당신들의 언어로, 나는 물이에요."

여자가 대답했다.

"그리고 나를 이곳으로 데려온 인간들이 곧 당신을 추적해 올 거예요."

"그래?"

그가 물었다.

"그래서 그게 누군데?"

여자는 입을 다물었다. 잠시 후에 여자가 손가락을 세워 불명확하게 뒤쪽 위 방향을 가리켰다.

"그들의 수분이 우리 뒤에 있어요."

그는 여자가 하는 말을 완전히 알아듣지 못했다. 그러나 완전히 이해해야만 하는 것은 아니었다.

"너의 카르텔이 쫓아올 가능성을 우리가 몰라서 이렇게 가는 게 아니야. 그것도 다 계산에 넣어서 호송하고 있어."

여자는 대답하지 않았다. 그가 다시 화를 냈다.

"네 친구들이 쫓아올 거라고 얘기해봤자⋯⋯."

그가 말을 마치기 전에 무전기가 명령했다.

— 대체 경로를 택한다. 호송대 모두 2번으로. 반복한다. 2번 경로로 이동한다.

그가 무전기에 반사적으로 대답했다.

"2번. 알았다. 3호차 2번으로 이동한다."

— 1호차 2번으로 이동한다.

— 4호차 2번으로 이동한다.

무전기가 차례차례 호송대 차량들의 이동을 알렸다. 그는 앞서가는 차량을 따라 대체 경로로 접어들기 위해 고속도로의 출구로 나아갔다.

뒤에서 폭발음이 들렸다.

— 5호차 공격당했다. 반복한다. 5호차 전복. 5호차 전복.

— 사상자는?

— 하나 더 온다! 피해!

그리고 바로 앞차가 폭발하면서 전복되었다. 그는 제동을
걸면서 불꽃의 덩어리를 피해서 운전대를 급격하게 돌렸다.
차체가 오른쪽으로 100도 정도 돌면서 기울어졌다. 뒤따라오
던 차량이 미처 피하지 못하고 그가 운전하던 차량의 옆면에
충돌했다. 에어백이 펼쳐지면서 그의 얼굴을 뒤덮었다.

그는 기침을 하고 숨을 몰아쉬면서 에어백을 헤치고 고개
를 들었다. 눈앞이 흐리고 머리가 몽롱했으나 뒷좌석에 있는
죄수의 생사를 확인해야 했다. 그는 운전석과 조수석 사이의
틈으로 몸을 최대한 돌려 뒷좌석을 바라보았다. 차체에 총알
이 박히는 소리가 들렸다. 마치 먼 곳에서 들려오는 소리 같
았다.

여자는 뒷좌석에 쓰러진 채 멍한 눈으로 그를 쳐다보고 있
었다. 여자의 이마와 입술에서 솟아 나온 피가 흘러내리다가
여자의 피부 속으로 흔적 없이 흡수되었다. 그가 지켜보는 앞
에서 여자의 양손 손목이 녹기 시작했다. 수갑 한쪽이 여자의
녹은 손목을 통과하여 금속이 부딪치는 소리를 내면서 떨어

졌다. 여자의 옷과 뒷좌석 시트에 넓고 어두운 물 얼룩이 퍼져나갔다.

"정신 차려."

그가 말했다. 자기 자신에게 하는 말이기도 했다.

여자는 초점 없는 눈으로 그의 왼쪽 관자놀이 뒤를 바라보고 있었다.

"정신 차려!"

그가 소리쳤다. 여자의 눈동자가 그를 정면으로 바라보았다. 옷과 시트에 퍼져나가던 물 자국이 급격히 줄어들어 작아지다가 순식간에 사라졌다. 녹아내리던 손목이 다시 형체를 갖추고 굳어졌다. 여자가 살짝 얼굴을 찡그리며 녹아 흐르던 손목 속에 파묻히려는 수갑을 꺼내 바닥에 내던졌다.

"괜찮아? 다쳤어?"

그가 물었다. 여자가 손목을 문지르며 고개를 저었다.

그는 차의 상태를 점검했다. 시동은 꺼져 있었고 다시 걸리지 않았다. 다시 한번 차체에 총알이 박히는 소리가 들렸다. 총알이 날아와 창문에 맞았다.

"숙여!"

그가 소리쳤다.

여자는 무표정한 얼굴로 그를 바라볼 뿐 몸을 숙이지 않았다. 숙인다는 말이 무슨 뜻인지, 어째서 숙여야 하는지 모르는 것 같았다.

"숙이라고!"

그는 운전석 등받이를 뒤로 젖히고 뒷좌석으로 이동했다. 여자를 안고 몸으로 차 바닥 쪽으로 눌렀다.

여자의 몸은 차가웠다. 그는 여자의 몸에 닿은 가슴과 옆구리 부분이 축축해지는 것을 느꼈다. 여자의 팔이 그의 손안에서 다시 녹아 흘렀다.

그는 여자가 대체 누구인지—무엇인지—묻고 싶었다. 그러나 지금은 그럴 때가 아니었다. 고장 난 차 안에서 언제까지나 버틸 수는 없다. 창문이 깨지면 끝이다. 그 전에 밖으로 나가서 안전한 곳으로 이동해야 했다.

— 이대로 있어요.

여자가 다시 한번 그의 생각을 읽은 것처럼 말했다.

— 나를 믿어요.

그리고 그는 여자와 함께 녹기 시작했다.

여자를 추격하던 일당이 그와 여자가 타고 있는 차량의 문을 열었다. 그들은 아무것도 발견하지 못했다. 차 바닥에 고여 있는 물웅덩이에 그들은 신경 쓰지 않았다.

본래의 형체로 돌아온 뒤에도 그는 한동안 숨을 제대로 쉴 수 없었다. 녹아내리는—존재의 근원이 변화하는—침습하는—침투당하는 것은 낯선 경험이었다. 인간의 형체 안에 고정되어 평생 살아온 그의 사고와 감각이 이해하기에는 크게 무리한 체험이었다.

바깥이 조용해진 뒤에 그는 손에 총을 단단히 쥐고 차 문을 열고 여자와 함께 조심스럽게 밖으로 나왔다. 4호차에 타고 있던 동료들은 모두 살해당했다. 그는 4호차 운전석에 올라 시동을 걸어보았다. 차가 조금 고민하는 듯한 소리를 냈으나 시동이 걸렸다. 그는 여자를 뒷좌석에 태우고 차를 몰아 도주하기 시작했다. 자신이 무엇으로부터 도주하는지는 그 자신도 알지 못했다.

그는 고속도로 출구의 모텔들이 모여 있는 지역에서 허름하고 눈에 띄지 않는 곳을 찾아 방을 빌렸다. 여자는 그가 몸을 씻고 허벅다리의 찢어진 상처를 꿰매고 에어백에 얻어맞은 가슴의 타박상과 몸 여기저기 생긴 찰과상을 살펴보고 나올 때까지 기다렸다. 그런 뒤에 여자는 욕실에 들어갔다.

물소리가 들렸다.

물소리가 그쳤다.

그는 욕실에 다가갔다. 문을 두드리려다 그는 망설였다. 여자는 원한다면 녹을 수 있었다. 녹아서 흘러가버릴 수 있었다. 그가 막을 방법은 없었다.

그는 문을 두드렸다.

"괜찮아요?"

그가 물었다.

여자가 문을 열었다. 이전처럼 온몸이 흠뻑 젖었고 옷을 전혀 입지 않았다. 그는 당황하여 황급히 돌아섰다.

"미안해요."

"이 신체는 내 것이 아니에요."

여자가 말했다.

"내가 원해서 이 세계로 온 것은 아니지만, 인간에게 신체가 제한적이고 절대적인 자원이라는 걸 이해하고 나는 이 신체를 살리기 위해서 노력하고 있어요."

"옷 입고 말해요."

그가 돌아선 채로 중얼거렸다.

등 뒤에서 욕실 문이 닫혔다. 그는 안도의 한숨을 쉬었다.

"시간이 별로 없어요."

여자가 말했다.

"인간의 신체는 절반 이상이 물로 이루어져 있어요. 이 신체는 이미 52퍼센트 정도 나예요. 계속해서 나에게 침투당하면 이 신체는 다시는 본래의 존재로 돌아가지 못할 거예요."

"누가 당신을 쫓는 거죠? 왜 죽으려고 합니까?"

그가 물었다. 여자는 한동안 생각했다.

"이 신체의 주인은, 과학자―연구자―학자―예요. 그녀가 소속된 회사에서 발사한 탐사선이 외계 행성에서―다른 우주에서―물을―수분―얼음을 발견했어요. 지구의 물과 성분이 같은지―외계 행성에 생명체가 있을 가능성이 있는지―분석―연구―검토―고찰하기 위해서 실험실―연구실로―가져왔어요."

여자는 마치 군데군데 내용이 지워진 책을 읽는 것처럼 더듬거리며 말했다. 그가 물었다.

"그게 당신인가요?"

여자는 고개를 끄덕였다.

"나의 과학자―연구자―학자는 내가 살아 있는 생물이라는 걸 알고 기뻐했어요. 외계의 지적 생명체와 교류가 가능하다는 사실을 증명하기 위해서 자신의 신체를 나에게 빌려주었어요. 그녀의 의도는 학―자―적이었고 나는 나의 과학자―연구자를 존경―존중해요."

그는 이해했다. 그러나 질문에 대한 답변을 얻지 못했다. 그래서 그는 다시 물었다.

"당신을 쫓아오는 건 누구죠? 왜 죽이려고 합니까?"

"죽이려는 게 아니에요."

여자가 말했다.

"나의 과학자―연구자는 나에게 침투당하고 나의 세계를 경험한 뒤에 자신의 동료―연구자―학자―들에게도 그 세계를 보여주려고 했어요. 그들의 신체는 나를 견디지 못했고 연―구―자들이 사―망했기 때문에 회사에서 나의 존재를 알게 되었어요. 회사는 나를 무기―로 개발―하고 싶어해요."

여자는 자신이 잘 알지 못하는 단어들을 마치 기계가 관련 없는 단어들을 발음하듯이 말했다.

"당신의 정부―기관―에서 나를 넘기라고 요청―했을 때 나의 과학자는 그편이 안전할 거라고 생각했어요. 탐사선이 싣고 온 나의 용량을 전체―전부―다 흡수했을 때 인간의 신체에 어떤 변화가 일어날지 모르니 대응할 준비를 하고 자신을―나와 자신을―안전한 곳으로 이동시켜서 연―구를 계속할 수 있게 해달라고 했어요."

"회사에선 그걸 원하지 않는군요."

그가 고개를 끄덕였다.

"그녀의 회사에서는 나에 대한 지—적—재—산—권을 가지고 있다고 했어요. 권—리를 가지고 있으니 개—발을 할 수 있다고 했어요."

여자가 말했다.

"그녀는 동등한 지적 생물체에 대한 재—산—권 따위는 없다고 해요. 우주 안에서 함께 생각하고 함께 살아가는 동료 생물을 다른 생물이 소유할 권—리 같은 건 없다고."

여자가 중얼거렸다.

"그녀는 나의 친—구예요."

여자가 그를 똑바로 쳐다보았다.

"그녀가 완전히 내가 되어버리기 전에, 다시는 자기 자신으로 돌아갈 수 없게 되어버리기 전에 그녀를 구해야 해요."

"내가 어떻게 하면 됩니까?"

그가 물었다.

"나도 몰라요."

여자가 말했다. 여자의 담담하고 무표정하던 얼굴이 처음으로 떨렸다.

"하지만 그녀가 알 거예요. 그녀에게 연구—실험—분석—할 기회를 주면 알아낼 거예요. 그녀는 이전의 자신으로

돌아가고 나는 자유로워질 수 있는 방법을 그녀가 알아낼 거
예요."

그는 고개를 끄덕였다.

결정해야 할 때가 왔다.

그는 본부에 연락했다. 자신의 현재 위치를 알리고 지원을
요청했다.

"증발하고 싶어요."

여자가 말했다. 그는 깜짝 놀랐으나 곧 여자가 문자 그대로
의 증발을 원한다는 사실을 깨달았다.

"증발해서 대기 중에 섞이면, 이 행성의 대기권으로 더 높
이 올라가서 관찰할 수도 있고…… 아니면 다른 지역으로 이
동해서, 다른 탐사선을 이용해서 이동할 방법을 알아볼 수도
있어요."

여자가 말했다. 그리고 조금 뒤에 덧붙였다.

"증발해서 기체가 되면…… 자유로워져요."

그는 증발의 체험을 이해할 수 없었다. 그래서 그는 자신이
이해할 수 있는 것에 대해 물었다.

"자유로워지는 걸 원합니까?"

그가 물었다.

여자는 고개를 끄덕였다.

"인간의 신체는 흥미로워요. 하지만 이런 형태의 신체는 구—속이고 제—약이에요. 고—통이에요."

여자는 몸을 떨었다.

"나는 고—통에 익숙하지 못해요."

"차가 공격받았을 때 말입니까?"

그가 물었다. 여자의 시선이 다시 초점을 잃고 그의 왼쪽 관자놀이 너머 어딘가의 공간을 향했다.

"그것은 충—격이었어요."

"미안해요."

그가 말했다.

"그런 일을 겪게 해서 미안해요."

그것은 진심이었다. 그가 맡은 일 중에는 여자를 보호하는 것도 포함되어 있었다. 목적지에 도착해서 여자의 신병을 안전하게 인계할 때까지 이런 일이 일어나지 않게 하는 것이 그의 업무였다. 그는 업무를 제대로 수행하지 못했다.

그는 여자를 죄수 혹은 미치광이로 오해한 것에 대해서도, 그 때문에 폭력을 사용한 것에 대해서도 미안한 마음이 들었다. 그러나 그때는 알 수 없었다. 직접 체험하지 않았다면 아마 영원히 믿지 않았을 것이라고 그는 생각했다.

"다시 돌아가고 싶어요."

여자가 말했다.

"내 고—향으로, 신체의 제약도 물리적 한계도 없는 자유의 공간으로."

"그렇게 될 겁니다."

그가 위로했다.

새벽에 그는 문 두드리는 소리에 선잠에서 깨어났다. 여자가 언제나 그렇듯 표정 없는 얼굴로 그를 쳐다보았다. 다시 문 두드리는 소리가 들렸다. 그는 벌떡 일어나 한 손에 총을 들고 다른 한 손으로 문을 조금만 열었다. 문밖에서 검은 정장을 입은 사람이 그의 이름과 계급을 말했다. 그는 문을 열었다. 검은 옷을 입은 사람들이 방 안으로 들어왔다.

검은 정장의 남자가 여자를 가리켰다. 그는 고개를 끄덕였다. 여자가 일어섰다. 여자가 무언가 말하기 전에 검은 정장의 남자가 여자에게 다가가서 목에 주사기를 찔러 넣었다. 여자가 쓰러졌다. 검은 정장의 남자가 여자를 재빨리 받쳐 안았다.

"지금 뭘……!"

주사기를 본 순간 그는 소리치며 여자에게 다가가려 했다.

그러나 뒤에 서 있던 다른 검은 옷의 남자가 그의 어깨에 주사기를 꽂았다. 그는 의식을 잃었다.

깨어났을 때 그는 창문 없는 방에 있었다. 검은 옷의 남자가 그의 뺨을 가볍게 두드리며 말했다.

"이봐. 일어나."

그는 눈을 떴다. 몸을 일으키려 했으나 그는 의자에 묶여 있었다.

그는 사방을 둘러보았다. 여기가 어디인지, 그들이 누구인지 물어보아도 말해주지 않을 것이라 생각했다. 혹은 물어보지 않아도 말해줄 것이었다. 그래서 그는 말했다.

"이거 당장 풀어. 정부 요원을 납치 감금하는 건 형법상의 범죄다."

"맞아. 그런 법이 있다더군."

검은 옷의 남자가 심드렁하게 말했다.

"여기서 며칠만 편하게 있어. 네 몸에서 약이 좀 빠지고 나면 너네쪽 사람들한테 보내줄게."

그리고 남자는 뒤쪽에 있는 탁자를 가리켰다.

"그때까진 밥이나 먹고 좀 쉬어."

검은 옷의 남자는 이렇게 말하고 일어서서 문 쪽으로 걸어

가기 시작했다.

"야, 풀어주고 가!"

그가 외쳤다.

"손발이 묶인 채로 밥을 어떻게 먹으라는 거야!"

검은 옷의 남자가 웃었다.

"그 정도는 알아서 해."

그리고 검은 옷의 남자는 나가버렸다.

그는 의자를 쓰러뜨렸다. 그리고 의자와 함께 바닥에서 오랫동안 몸부림쳤다. 그의 손과 발을 묶은 끈은 플라스틱이었다. 그의 완력만으로 끊어내기는 거의 불가능했고 몸부림칠 때마다 손목과 발목에 플라스틱 끈이 파고들었다. 의자를 쓰러뜨리고, 바닥에서 몸부림쳐 굼벵이와 같은 속도로 이동하고, 이동해서 탁자를 쳐서 쓰러뜨리고, 탁자 위의 물건들 중에서 플라스틱 끈을 끊을 만한 물건을 찾아다니고, 다행히 접시가 탁자에서 떨어지면서 쪼개져서 그 파편으로 손목의 끈을 문지르고, 영겁의 세월처럼 느껴지는 시간이 지난 뒤에 간신히 한쪽 손목이 풀려나고, 그리하여 다른 쪽 손목의 끈을 끊어내고, 다리를 묶은 플라스틱 끈을 끊고 완전히 자유로워지기까지 대체 얼마나 시간이 걸렸는지 그는 짐작도 할 수 없었다. 팔다리가 자유로워진 뒤에 그는 문득 허기를 느껴 바닥에 떨어진 빵조각을 집어 입에 넣고 씹으면서 일어섰다. 문은 당연히 잠겨 있었다. 그는 여자라면 녹아서 문 밑으로 빠져나갈 수 있을 것이라고 생각하며 아쉬워하다가 혼자서 헛웃음을 지었다.

문을 열 수 있을 만한 도구는 아무리 궁리해도 찾아낼 수 없었다. 그래서 그는 문 옆에 서서 기다렸다. 그를 깨웠던 검은 옷의 남자가 한참 뒤에 다시 들어왔다. 그는 남자의 목울대를 치고 발을 걸어 넘어뜨린 후에 등에 타고 앉아 뒤에서 목을 졸랐다. 남자가 의식을 잃은 뒤에 그는 남자의 몸을 뒤져 키카드와 자동차 열쇠를 발견했다. 그는 방문을 열고 밖으로 나왔다.

복도는 푸르스름했다. 그는 어디로 가야 할지 알지 못했다. 여자가 그녀의 회사에서 자신을 연구 개발하려 한다고 말했으므로 그는 연구실이나 실험실처럼 보이는 곳을 찾기 시작했다.

자신이 갇혀 있던 층을 다 돌았으나 푸른 복도가 이어질 뿐 아무것도 찾지 못했다. 그는 층의 끝에서 비상문을 발견했다. 비상문에는 잠금장치가 달려 있었다. 검은 옷의 남자에게서 찾아낸 키카드로 문을 열고 그는 비상계단으로 들어섰다. 내려가는 계단은 없고 올라가는 계단뿐이었다. 그는 올라갔다.

위층에서도 그는 아무것도 찾지 못했다. 한 층 더 올라갔을 때 그는 비상문을 연 순간 흰 가운을 입은 사람들과 마주쳤다. 그는 자연스럽게 웃으며 인사하고 지나쳤다. 그러나 다섯 걸음도 가기 전에 뒤에서 흰 가운의 사람들이 소리치기 시작했다.

그는 달렸다. 비상벨 소리가 울리기 시작했다. 그는 더 속도를 내서 달렸다. 아무 문이나 키카드를 대보았으나 열리지 않았다. 그는 도망치다가 키카드를 대고 열리는 문으로 들어갔다.

문이 닫히고 자동으로 잠겼다. 안은 복도처럼 푸르스름했다. 벽에 커다란 철문이 달려 있었다. 그는 문을 열어보았다.

여자는 완전히 얼어 있었다. 주사기가 꽂혔을 때와 똑같이 눈을 감고 잠든 듯한 얼굴은 성에와 얼음으로 덮여 있었다. 그는 손가락 끝으로 건드려보았다. 여자의 몸은 딱딱했다.

그녀의 몸을 녹이면, 여자—물—만이라도 살려낼 수 있을지 모른다는 생각이 잠시 그의 머릿속을 스쳤다. 그러나 그는 방법을 알지 못했다. 완전히 얼어붙은 여자의 몸을 그가 혼자서 운반해서 탈출할 수 있는 현실적인 방법은 당장 떠오르지 않았다.

그리고 그는 여자의 얼어붙은 시체 옆에 작은 통이 있는 것을 보았다. 그것은 밀폐된 보온병처럼 생긴 통이었다.

이유를 모르면서 그는 그 통을 집어 들었다. 냉동고의 문을 닫았다. 복도로 나왔다. 그리고 달리기 시작했다.

흰 가운의 사람들을 물리치고 도주하는 것은 어렵지 않았다. 검은 옷의 남자들을 피해서 도주하기는 훨씬 어려웠다. 그는 밀폐된 병으로 때리고 발로 차고 검은 옷의 남자에게서 빼앗은 차 열쇠로 찌르며 달렸다.

주차장에는 차들이 많이 있었다. 그는 주차된 차들 사이에 숨어서 자동차 열쇠를 치켜들고 문 열림 버튼을 눌렀다. 삑삑하고 차 문이 열리는 소리가 들리자 그를 쫓던 검은 옷의 사람들이 소리가 나는 쪽으로 향했다. 그는 보온병을 들고 달려서 주차장 뒤쪽으로 돌아 나왔다. 그리고 그는 달렸다.

허름한 모텔방에서 그는 욕조에 더운물을 받아 얼어붙은 보온병을 넣고 녹였다. 뚜껑을 돌릴 수 있을 정도로 보온병이 녹은 뒤에 그는 조심스럽게 보온병을 꺼내 수건으로 잘 닦았다. 그리고 그는 보온병을 방으로 가져와서 뚜껑을 돌렸다.

안에는 평범한 물처럼 보이는 액체가 들어 있었다. 그는 내용물을 방 안에 있는 커피포트에 따랐다.

"뜨겁게 끓이면 당신이 괴로울지도 모르지만, 물을 빨리 증발시키는 다른 방법을 내가 몰라요."

커피포트에 스위치를 넣기 전에 그가 말했다.

"당신이 꼭 고향에 돌아갔으면 좋겠어요."

그리고 그는 커피포트의 스위치를 넣었다.

물은 놀랄 만큼 빨리 끓었다. 그리고 끓기 시작하자 물은 순식간에 줄어들기 시작했다. 그는 서둘러 창문을 열었다.

그는 커피포트에서 나온 수증기가 창밖으로 사라지는 것을 바라보았다. 커피포트에 남은 물의 마지막 한 방울까지 증발한 뒤에, 창문을 닫기 전에 그는 크게 숨을 들이마셨다.

여자—물—외계인—뭐라고 불러도 좋았다. 그가 처음으로 접촉한 다른 존재의 흔적이 공기 중에 조금이라도 남아 있다면, 그는 그 흔적을 빨아들여 함께 존재하고 싶었다. 여자가 보여주었던 그 광막하고 자유로운 세계의 기억을 그는 조금이라도 더 오래 자기 안에 느끼고 간직하고 싶었다.

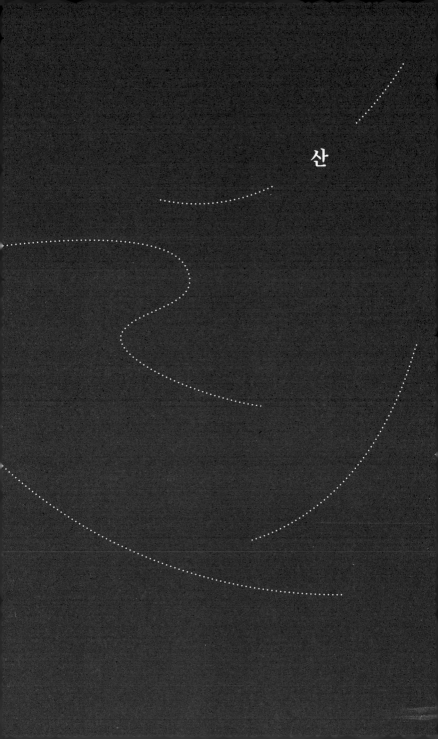

산

* 2011년 환상문학웹진 〈거울〉 게재

백 년에 한 번 산은 거대한 안개 속에 잠겼다. 그 안개 속에서 두 거인이 춤추듯이 칼을 휘둘렀다. 산 아래 마을에 사는 사람들은 한때 모두들 그 이야기를 알고 있었다.

……이제는 잊혀버린 이야기다.

백 년에 한 번 짙은 안개가 찾아오면 그 안에서 어렴풋이 소리를 들을 수 있었다―칼과 칼이 부딪치는 소리, 땅을 울리는 낮고 굵은 남자 목소리, 하늘을 찌르는 높고 날카로운 여자의 목소리. 두 거인은 백 년에 한 번 만나 백 일 밤낮으로 싸웠고, 그렇게 백 년이 백 번 지나 맺혔던 것이 모두 풀리면 비로소 함께 천상으로 올라갈 수 있다고 했다. 마을의 노인들은 모두 그 이야기를 알고 있었다. 모두 그 이야기를 알고 이야기를 존중하며 후대에 전해주던 그런 때가 있었다.

남자와 여자가 안개 속의 거인이 아닌 땅에 사는 인간이었던 것은 그보다 더 오래전의 일이었다. 부족이 국가를 이루고 족장이 왕으로 추대되기 시작할 무렵, 역사가 시작될 무렵부터 양쪽 부족의 사람들은 칼을 쓸 줄 알았다. 굳은 쇠를 달구어 날카롭게 벼려서 허공을 가르고 적을 베는 법을 연마하면서 두 개의 국가로 발전해가던 두 부족은 한 해에 한 번 추수를 마친 후에 자기들 사이에서 가장 날랜 칼을 선별하여 대결을 벌였다.

남자의 칼은 둥글고 넓으나 느리게 베었고, 여자의 칼은 짧고 좁으며 날카롭게 찔렀다. 여자의 칼날이 남자의 몸 중앙을 향해 곧바로 들어오면 남자의 칼은 여유롭게 곡선을 그리며 그 날을 흘렸고, 그러면 여자는 순간 칼이 엉킨 것 같았다가도 재빠르게 손목만 돌려 남자의 날 밑에 눌린 칼을 빼낸 후에 즉시 남자의 미간을 향해 칼끝을 겨누었다. 남자는 그 칼날을 밀어내면서 둥글게 굽이치며 흘러가는 강물처럼 넓고도 부드럽게 칼을 움직이며 여자를 공격해 들어갔고, 여자의 칼은 빠르고 세차게 위아래로 직선을 그으며 남자의 칼을 한순간에 쳐내고 남자의 가슴을 노렸다. 그렇게 두 검객은 수없이 상대의 머리를, 목을, 가슴을, 명치를, 손목과 허벅지를 겨누었으나 결코 베거나 찌르지 않았고, 설령 우연히 칼날이 살갗을 스치는 일이 있더라도 그 상처는 깊지 않았다. 남자의 칼에 밀려 여자가 쓰러지거나 여자의 칼끝에 놀라 남자가 넘어지면 그때마다 부족의 사람들은 환호하며 술잔을 들어 원없이 마시고 고기와 과실을 마음껏 먹었다. 그리고 그들은 쓰러진 사람과 넘어진 사람을 일으켜 세워 웃으며 어울려 노래하였고 풍성한 햇살과 서늘한 바람과 빛나는 달빛 아래 살아 있는 모든 것, 앞으로 살아갈 모든 것과 함께 춤을 추었다.

이처럼 한 해에 한 번 마주치는 남자와 여자의 칼은 서로의 목숨을 거두려는 칼, 빼앗는 칼이 아니었으므로 두 검객에게 매년 가을걷이의 겨룸은 이기는 자와 지는 자를 가르는 싸움이라기보다 칼로 추는 춤이었고 칼을 통한 이야기였다. 남자와 여자는 각자 자신의 부족에서 가장 날래고 강했으므로 두 검객은 해마다 만났고 해마다 칼을 겨루었다. 칼날과 칼날을 부딪쳐 지난 한 해의 회포를 풀면서 두 사람은 상대의 눈을 읽는 법, 칼을 타는 법, 거리를 재는 법, 들어오는 법과 나가는 법, 상대의 칼을 받아주며 유연하게 물러서는 법과 굳세게 자신의 칼을 내는 법을 새삼 다시 익혔다.

백인백색百人百色, 누구나 각자의 성격이 있듯이 칼을 쥐는 자라면 누구에게나 각자의 칼이 있다. 어쩌면 그 칼날을 겨누어 합을 맞추어본 상대야말로 열 길 물속보다 깊이 가려진 한 길 사람 속을 가장 잘 이해할 수 있는 것인지도 모른다. 두 검객에게 있어 칼날이 맞닿았다가 떨어지고 다시 부딪치는 그 찰나에는 남녀의 정과 벗으로서의 사귐과 동료의 의를 모두 아우른, 혹은 그 모든 것보다 훨씬 더 깊은 무언가가 있었다. 그리고 그 무언가가 이끄는 대로 남자와 여자가 백 년의 가약을 맺었더라면, 이제 막 두 개의 국가로 성장해나가려는 두 개의 부족은 이후 하나의 강력한 왕국으로 번성하여 백 년이 백 번 흐르도록 주변 수백 리의 땅과 바다를 지배하는 천하의 주인으로 자리 잡았을지도 모른다…….

…… 인간이 그토록 어리석지 않았더라면.

남자의 국왕이자 족장은 여자의 나라가 차지한 비옥한 평야와 그 평야가 생산하는 곡식을 탐내었다. 여자의 부족이자 국가를 이끌어가는 장로들은 남자의 나라가 차지한 산의 나무와 그 산이 품고 있는 철과 광물을 탐내었다. 더 많은 부를 가져다줄 더 많은 곡식과 더 많은 칼을 생산할 더 많은 광물을 노리던 두 국가는 결국 서로 가진 것을 나누기보다 상대의 것을 빼앗기를 원하였고 그 탐욕을 위한 싸움을 시작하며 여자의 장수이자 아버지는 오랑캐와 손을 잡는 어리석음을 범하였다. 전장으로 향하는 길에 남자는 이 전쟁의 원인과 목적에 관하여 자신이 전해 들은 바를 결코 믿으려 하지 않았다. 그러나 피와 살육의 산야를 눈으로 보았을 때 그는 탄식하지 않을 수 없었다. 그리고 그곳에서 말을 타고 무장을 갖춘 채 침략자의 선두에 선 것은 바로 여자였다. 그녀는 이제

까지 그러하였듯이 서로 나누고 함께 나아가기 위한 칼이 아
닌—죽이기 위한 칼을

　그에게 겨누고 있었다.

　남자의 둥글고 부드럽고 느린 칼은 분노와 배신감을 담아
빠르고 강하게 허공을 갈랐다. 남자는 여자의 투구에 가려진
눈물을 보지 못했다. 여자의 날카롭고 가벼운 칼은 남자를 상
하게 하기를 원하지 않았으므로 어쩔 수 없는 순간에만 무겁
고 둔하게 남자의 칼날을 막아내었다. 그러나 여자가 자신이
처한 상황을 알릴 기회를 얻기 전에, 칼을 내리고 투구를 벗
어 젖은 눈을 드러내고 입을 열기 전에—남자의 등 뒤에서
칼을 꽂은 것은 오랑캐의 장수였다. 남자는 쓰러졌고, 그의
피가 한때 풍성했던 산야를 적셨다.

　그리고 여자의 비명 소리가 하늘을 찢었다…….

　전쟁이 끝난 후 남자의 부족은 나라를 잃었다. 그러나 그
산과 숲을 품은 드넓은 대지는 온전히 여자의 부족에게 돌아
가지 못하였다. 그중 북쪽으로 펼쳐진 가장 풍요로운 고원은
오랑캐의 차지가 되었으며, 여자 또한 장수인 아버지의 명에
의해 검객의 무장을 풀고 화려한 비단옷을 입은 채 억지로
칼을 놓은 손을 오랑캐의 우두머리에게 맡겨야만 하는 몸이

되었다. 감옥과도 같은 꽃가마에 갇혀 친숙한 고향의 평야를, 해마다 가을이 되면 찾아갔던 산천을, 이제는 남자의 피가 흩뿌린 한 서린 능선을 뒤로하며 여자는 울었다. 그리고 오랑캐의 땅에 돌이킬 수 없이 발을 디디기 전에, 고국의 마지막 산을 넘기 전에, 빼앗겨버린 남자의 나라가 당한 것과 똑같은 수치를 당하기 전에—여자는 치마폭에 숨겨두었던 짧고 좁으며 날카로운 칼, 평생을 함께해온 칼, 일 년에 한 번 추수한 뒤의 풍요와 활기와 즐거움을 남자와 함께 나누었던 그 칼을 눈물 가득한 가슴에 스스로 꽂았다.

그렇게 남자와 여자의 피가 흩뿌려진 산에서 두 검객은 백 년에 한 번 전쟁의 그날이 돌아오면 안개 속의 거인이 되어 다시 만났다. 그날이 돌아오면 앞이 보이지 않는 짙은 안개 속에 칼날과 칼날이 부딪치는 소리, 땅을 울리는 남자의 낮고 깊은 목소리, 하늘을 흔드는 여자의 높고 날카로운 목소리가 백 일 밤낮으로 들려왔다.

두 거인 중에서 누가 이겼는지는 알 수 없다. 그러나 애초에 그것은 더 이상 이기거나 지는 자를 가르는 겨룸이 아니었는지도 모른다. 피 위에 슬픈 피를 뿌리면서, 땅에 매였던 생을 떠나면서 그들은 원^怨도 한도 내려놓았던 것인지도 모른다. 그리하여 칼을 쥐는 자, 타인의 목숨을 다루는 자가 항

224

용져야만 하는 책임과 의무에서 벗어나 백 년에 한 번 이 세상 것이 아닌 안개를 두르고, 두 남녀는 가장 아름다운 시절에 그러하였듯이 다시 한번 칼날과 칼날을 마주 대며, 칼날과 칼날을 섞어 춤추며, 못다 한 이야기를 영원토록 계속하려 했던 것인지도 모른다.

* * *

시간이 흘렀다.

빼앗긴 남자의 나라도, 빼앗은 여자의 나라도 꽃처럼 피어났다가 꽃이 지듯이 사라졌다. 그리고 같은 땅 위에 남자의 부족과 여자의 나라의 피를 이어받은 사람들이 서로 돕기도 하고 다투기도 하고 죽이기도 했다. 이러한 사람들의 피를 먹고 또 다른 부족들이, 또 다른 나라들이 꽃처럼 피어났다 시들었다.

세월이 흐르고 국호가 바뀌고 왕이 바뀌고 연호가 바뀌어도 산 아래 마을에는 사람들이 살았다. 백 년에 한 번 짙은 안개와 함께 나타나는 산 위의 두 거인 이야기는 마을 사람들 사이에 전설로 전해져 내렸다.

칼을 쓰는 두 거인의 산 아래에 사는 마을 사람들이라 해서 특별히 무예에 뛰어난 것은 아니었다. 그 시절 대부분의 사람들이 그러했듯이 산 아래 마을 사람들도 농사를 지었고, 그러나 그중 손재주가 뛰어난 누군가는 생활에 필요한 물건들을 만들었으며, 또 그중 재리財利에 밝은 누군가는 그 물건들을 사고팔았다. 때때로 칼만큼이나 길고 무거운 막대를 잘 다루는 사람이 나타나기도 했고, 가끔은 송아지를 들어 올릴 만큼 힘센 사람이 태어나기도 했으며, 호미나 낫의 가볍고 짧고 휘어진 날을 곧은 단검의 날만큼이나 능숙하게 다루는 사람이 간혹 마을 사람들의 찬탄을 받기도 했지만 그뿐이었다. 여자의 나라와 남자의 나라가 존재했던 것은 이미 오래전의 일이었다. 이제 부족이 아닌 한 왕국의 평범한 백성이 된 마을 사람들은 칼을 알지 못하는 삶을 살았으며 그런 삶에 만족했다.

그리고 안개 속의 남자와 여자는 정해진 날이 되면 여전히 백 년에 한 번 그 산에 나타났다. 산에 짙은 안개가 모여들기 시작하면 마을 사람들은 약속이나 한 것처럼 서로서로 산에 오르지 말 것을 당부했다. 약초 캐는 노인도, 나물 캐는 아낙네도 바구니를 내려놓고 싸리울 안으로 도로 들어왔다. 그리고 툇마루에 앉아 안개 낀 산기슭을 바라만 보았다. 마을 어른들은 머루 따러 가는 계집아이들과 나무 베러 가는 사내아이들이 보이면 이들을 말리며 동리를 벗어나지 못하도록, 집으로 돌아가도록 단속했다.

밤이 되면 안개는 더욱 무거워지고 그 안에서 들려오는 칼날 부딪치는 소리, 굵고 낮은 남자의 목소리와 높고 날카로운 여자의 목소리가 더욱 선명하게 마을의 조용한 밤공기를 울렸다. 아이들은 겁에 질려 이불 속으로 파고들었고, 그러면 어머니와 할머니들은 아이들을 품에 안고 조용조용 목소리를 낮추어 오래전 같은 땅에서 살았던 사람들의 웃음과 눈물과 춤과 노래와 전쟁과 피와 죽음에 대하여 이야기해주었다. 그 이야기 속에서 두 검객의 칼은 창이 되기도 하고 활이 되기도 했으며 두 거인은 형제가 되기도 하고 오랜 벗이 되기도 하였다. 그러나 소중한 사람이 쓰러지는 모습을 지켜보며 피눈물을 흩뿌리다 뒤따라 저승길을 택하는 결말만은 누구나 정확하게 알고 있었다. 그리고 이런 이야기를 들으며 아이들은 땅 위에 예나 지금이나 사람들이 살았고, 현재의 시간을 함께 살아가는 사람들이 그러하듯이 오래전의 사람들에게도 그들 나름의 기쁨과 슬픔이 있었고 삶과 죽음이 있었으며 세상 모든 것은 그렇게 엮이고 겹치어 함께 살아가는 존재들의 이야기로 형형색색 물들 때에야 비로소 의미를 가지게 된다는 것을 배웠다.

* * *

백 년의 안개가 열 번째 되돌아오던 해의 일이다. 한 소녀가 낮의 안개를 뚫고 몰래 산에 올라 두 검객이 겨루는 모습을 지켜보았다.

소녀는 궁금했다. 그리고 답답했다. 유일한 놀이터였던 마을 뒷산에 오르지 못하게 된 지 벌써 석 달이 흘렀다. 그 석 달 동안 소녀는 안개가 걷히고 마을을 울리는 그 무시무시한 쇠 부딪는 소리와 고함치는 남녀의 비명과도 같은 목소리가 들리지 않게 되는 날이 오늘일까 내일일까 기다렸지만 한 밤을 자고 두 밤을 자고 세 밤을 자고…… 일어나 보아도 안개는 그대로 산을 가리고 밤이면 산을 울리는 소리는 더욱더 무시무시하게 들려왔다. 백 날, 어른들은 백 날이라고 했지만 소녀에게 그것은 너무도 이해할 수 없이 큰 숫자였고 긴 시간이었다. 그래서 소녀는 햇빛이 비교적 맑고 안개 속의 무시무시한 소리가 비교적 덜 들려오던 어느 날 어른들의 눈을 피해 집을 살짝 빠져나와 산기슭으로 향하는 동구 밖 오솔길을 내달렸던 것이다.

산허리까지 올라가는 동안은 아무 일도 일어나지 않았다.

안개가 짙어서 앞이 잘 보이지 않았지만, 걸음마 하던 아주 어린 시절부터 소녀에게는 이 산이 고향이자 놀이터였고 그래서 산세를 자기 손바닥처럼 훤히 알고 있었다. 숨을 쉴 때마다 안개와 습기가 흘러들어 와 가슴이 답답했지만 어차피 목적지가 있어 가는 걸음은 아니었으므로 힘에 겨우면 멈추어 쉬면 되었다. 그렇게 소녀는 쉬엄쉬엄 발짐작으로 길을 찾으며 쇠 부딪는 소리와 사람의 고함 소리가 들려오는 쪽을 향해서 조금씩 조금씩 산을 올라갔다.

안개는 올라갈수록 짙어져서 이제는 허공을 메운 물방울이 아니라 마치 두껍고 거대한 한 폭의 천이 되어 소녀의 얼굴을 가리는 듯, 그 습기의 무게는 굵은 동아줄이 되어 목과 가슴을 조이는 듯하였다. 힘에 겨워 더 이상 움직일 수 없었고, 움직일 수 없으니 소녀는 더럭 겁이 났다. 산 밑에는 안개로 덮이지 않은 마을이 있었고, 부모와 할머니가 기다리는 집이 있었다. 지난 석 달 동안 그토록 지루했던 그곳이 소녀에게 갑자기 더할 수 없이 그립고 소중하게 느껴졌고, 그래서 소녀는 숨을 가다듬은 후 한시라도 빨리 산을 내려가 집으로 돌아가기로 결심했다.

그렇게 소녀가 몸을 돌렸을 때, 안개 속에서 남자의 고함 소리와 함께 칼날이 바람을 가르는 소리가 바로 뒤에서 들려왔다.

그리고 소녀는 아주 커다란 것이 등에 부딪쳤다고 느꼈다.

소녀가 비틀거리며 산을 내려와 동리 어귀에 들어섰을 때
는 이미 해가 뉘엿뉘엿 서쪽으로 지고 있었다. 소녀는 온몸
이 피투성이가 된 채 싸리울 안에 들어서자마자 쓰러졌다. 애
태우던 어머니가 비명을 지르며 소녀를 껴안았다. 찢어진 옷
을 벗기고 피를 닦아냈으나 소녀의 몸에는 나뭇가지와 풀 잎
사귀에 조금 긁힌 팔다리의 상처 외에 아무런 이상도 없었다.
소녀는 그길로 병석에 누워 물 한 모금 넘기지 못하고 열흘
밤낮으로 앓았다.

무남독녀 외동딸이 숨이 넘어가게 생겼다고 여긴 부모는
조급해졌다. 용하다는 의원이 이웃 마을에 살고 있었으나 의
원을 청하기 위해 안개에 뒤덮인 산을 넘어 이웃 마을로 가
려는 사람은 아무도 없었다. 보다 못해 소녀의 아버지가 직접
나서려 했으나 그러다가 그마저 변을 당하게 되면 어쩌냐고
소녀의 어머니와 할머니가 울며 매달렸다. 그러는 사이 소녀
는 이불 속에서 눈을 까뒤집고 헛소리를 하며 하루하루 쇠약
해져갔다. 안개는 여전히 산 전체를 뒤덮고 있었고, 그 안개
가 걷힐 때를 기다리다가는 소녀가 죽을 것이 분명했다. 소녀

의 아버지는 절망했다.

그때 마을의 한 노인이 소문을 듣고 소녀의 용태를 살피기 위해 찾아왔다. 맥을 짚고 소녀의 이마에 손을 얹어본 노인은 한숨을 푹 쉬고는 방을 나와서 마당에 넋을 놓고 서 있는 소녀의 아버지를 조용히 불러내었다.

"내 어렸을 적에 조부께서 해주시는 이야기를 들은 적이 있네. 조부님의 어린 시절 동무 하나가 이처럼 안개 낀 날에 몰래 산에 올랐다가 사흘이나 소식이 끊긴 끝에 머리를 풀고 반 실성한 채로 내려와서 보름 동안 밤낮으로 앓았다고 하셨지."

"그래서 어떻게 되었습니까?"

소녀의 아버지가 다급하게 물었다.

"치료할 방법이 아주 없었습니까?"

"방법이야 있지. 있기는 있되……."

여기까지 말하고 촌로는 잠시 말을 끊고 고개를 저었다. 소녀의 아버지는 더욱 절박해졌다.

"제발 말씀해주십시오. 제 딸아이와 저까지 두 목숨 살린다 생각하시고 제발 알려주십시오."

"글쎄……."

그리고 촌로는 소녀의 아버지를 쳐다보았다.

"자정 무렵에 산기슭으로 가 보면 안개의 끝자락이 적신 땅 위에 기이한 것이 자라난다고 하네. 안개로 인해 얻은 병은 그 기이한 것을 뽑아다가 달여 먹어야만 낫는다고 들었어."

"감사합니다!"

소녀의 아버지가 외쳤다. 당장 마당에 엎드려 큰절을 올리려는 소녀의 아버지를 만류하며 촌로가 경고했다.

"그 기이한 것은 무엇인지 몰라도 아주 독한 것이야. 자칫하면 가까이 다가가기만 해도 미치광이가 된다고 들었네. 맨손으로 다루어서는 절대로 안 되고, 그 곁에서는 숨조차 깊이 들이쉬지 말아야 해."

그러나 이미 마음을 굳힌 소녀의 아버지에게 이런 말은 위험을 알리는 경고가 아니라 딸의 목숨을 살리는 방법을 알려주는 충고로밖에 들리지 않았다. 그리하여 소녀의 아버지는 자정을 기다려 산기슭으로 떠났다.

그날 밤은 비가 내렸다. 한 치 앞도 분간하기 힘든 어둠 속에서 소녀의 아버지는 빗물에 젖어가며 발목까지 빠지는 진흙 구덩이를 헤치고 가끔은 넘어져 온몸이 흙투성이가 되는 것도 마다하지 않고 '기이한 것'을 찾아 산기슭을 헤매었다. 비와 어둠 때문에 안개의 끝자락은커녕 자신이 지금 산의 어디까지 들어와 있는지도 분간할 수 없었다. 그저 땅의 경사를 발로 짐작해가며 너무 깊이 올라가지도, 아예 내려가지도 않고 낮에 보았던 안개가 땅속으로 사라져가던 바로 그곳일 듯한 부근을 헤맬 따름이었다.

그리고 소녀의 아버지는 보았다. 저 앞의 나무 밑동 근처에서 뭔가 빛나고 있었다.

소녀의 아버지는 조심스럽게 한 걸음 다가섰다. 그리고 또 한 걸음.

그것은 버섯이었다. 가느다란 버섯 한 줄기가 나무 밑동에서 솟아 나와 빗줄기와 안개와 어둠 속에서 노르스름한 빛을 강렬하게 뿜어내고 있었다.

무심코 손을 뻗어 버섯을 따려다가 소녀의 아버지는 촌로의 말을 떠올렸다. 저고리를 벗어 손을 감싸고 다른 한 손으로 입을 막은 뒤에 조심스럽게 숨을 멈추고 버섯의 줄기를 꺾었다. 버섯의 갓이 흔들리면서 역시 노르스름한 색으로 빛나는 가루를 사방에 뿌렸다.

그리고 순간 휘잉, 쩡, 하고 바람을 가르는 칼 소리와 함께 여자의 고함 소리가 산을 울렸다.

그것은 사람의 목소리이기에는 너무 높고 크고 날카로웠다. 땅에 인간이 거주하기 전, 인간을 닮은 동물조차 살아가기 전, 날개 한쪽만으로도 끝에서 끝까지 펼치면 반도를 뒤덮고 대륙까지 닿는다는 전설의 새가 하늘을 향해 날아오르며 지를 법한 그런 비명과도 같은 소리, 하늘을 가로지르는 비단 천을 찢는 듯한 소리였다.

소녀의 아버지는 버섯을 감싸 쥐고 다른 한 손으로 여전히 입을 막은 채 집을 향해 달음질쳤다.

부엌에서는 이미 소녀의 어머니가 물을 끓이고 있었다. 소녀의 아버지는 비에 젖고 흙투성이인 채로 빛나는 버섯을 손에 들고 부엌으로 뛰어들었다. 어찌 된 일인지, '기이한 것'은 찾았는지, 그것이 무엇인지, 다치지는 않았는지 물어보려는 소녀의 어머니를 손사래를 쳐서 제지하며 소녀의 아버지는 여전히 한 손으로 입을 막은 채 빛나는 버섯을 끓는 물에 던져 넣었다. 가마솥의 뚜껑을 덮고 소녀의 어머니를 서둘러 밖으로 끌어낸 뒤에 가랑비가 부슬부슬 내리는 한밤의 마당에 서서 소녀의 아버지는 자신이 보고 들은 것을 소리 죽여 이야기했다.

버섯 달인 물은 버섯과 마찬가지로 노르스름하게 빛났다. 소녀의 어머니는 소녀의 아버지가 일러주는 대로 두꺼운 천으로 입과 손을 가리고 대접 속의 버섯 달인 물을 혹여라도 흘리지 않게 조심하면서 방으로 가지고 들어와 소녀의 메마른 입술 사이로 흘려 넣었다. 천천히 쉬엄쉬엄 한 대접을 다 마신 소녀는 크게 한숨을 쉬었고, 그대로 다시 쓰러져 잠이 들었다.

소녀는 하루 밤낮을 잤다. 그리고 꿈을 꾸었다.

꿈속에서 소녀는 어른이 되어 있었다. 지금 소녀의 집은 산기슭의 마을이었으나 어른이 된 소녀의 집은 바닷가에 있었다. 소녀는 그 바닷가에 서서 수평선을 까맣게 뒤덮은 적들의 배가 몰려오는 모습을 보고 있었다.

적들은 검은 갑옷을 입고 뿔과 같은 괴상한 것이 달린 투구를 썼다. 그들은 칼과 활을 들었으며 또한 불과 연기를 토해 내는 막대기를 들고 있었다. 나라를 지키기 위해 나섰던 사람들은 그 막대기가 토하는 불꽃을 맞고 속절없이 쓰러졌다. 시체가 산같이 쌓였고 피가 바다처럼 흘러 땅을 붉게 물들였다.

공포와 슬픔 속에 비명을 지르다가 소녀는 깨어났다.

안개는 걷혔고, 산 위의 두 거인은 백 일 밤낮의 겨룸을 마친 뒤에 이미 사라지고 없었다.

소녀는 자신이 본 것을 부모에게 이야기했으나 물론 아무도 믿어주지 않았다. 단지 어른들의 말을 거스르고 안개가 덮였을 때 산에 올랐다는 사실 때문에 꾸중을 들었을 뿐이었다.

곧 나라에 큰 난리가 날 것이며 적들의 신묘한 무기 앞에 많은 사람들이 목숨을 잃는 끔찍한 정경을 생생히 보았노라 몇 번이고 힘주어 이야기해도 모두 꿈 이야기로만 치부할 뿐 귀 기울여 들어주는 사람은 아무도 없었다.

그러나 적들의 배가 바다를 까맣게 뒤덮고 그들의 손에 죽어간 시신이 산같이 쌓여 흐른 피가 눈에 보이는 모든 땅을 붉게 물들이는 무시무시한 광경은 시간이 흘러도 소녀의 머릿속에서 사라지지 않고 오히려 점점 더 선명해져갔다. 그 공포와 슬픔에 땅을 울리던 남자의 굵고 낮은 고함 소리와 아주 커다란 것이 등을 후려치는 것을 느꼈을 때의 두려움이 묘하게 겹쳐졌다.

귀 기울여 들어주는 이도 없고 해결할 방도를 보여주는 이도 없었으므로 떨쳐낼 길이 없어진 그 공포와 두려움과 슬픔은 소녀의 마음속 깊은 곳에 뿌리를 내려 병이 되었다. 소녀는 나물을 캐다가도, 머루를 따다가도, 빨래를 하다가도, 혹은 툇마루에 앉아 맑은 하늘에 흘러가는 구름을 하염없이 바라보다가도 문득문득 그 산같이 쌓인 시체와 살려달라 비명 지르는 사람들의 목소리와 눈에 보이는 땅을 모두 붉게 적시는 피를 떠올렸다. 그리고 몸서리치며 울었다.

소녀는 자라 처녀가 되었다. 그러나 그 마음속의 두려움과 공포와 슬픔은 사라지지 않고 오히려 깊어졌다. 동리에는 일찌감치 소녀가 안개 낀 날 산을 올랐다가 실성했다는 소문이 떠돌았다.

소녀의 부모는 걱정했다. 산을 덮은 안개가 보이고 칼 부딪는 소리와 남녀의 고함 소리에 대해 알려진 사방 수십 리 안에 굳이 실성한 처녀를 데려가 아내로 며느리로 삼으려는 집안은 없었다. 매파를 찾아보아도 등을 돌리거나 잘해야 미안한 웃음을 지으며 고개를 저을 뿐이었다.

그리하여 처녀의 부모가 간신히 찾아낸 혼처는 처녀의 고향 마을에서 멀리멀리 떨어진, 산의 안개도 칼 부딪는 소리도 남자와 여자의 고함 소리도 미치지 못하는, 어느 한적한 바닷가 마을이었다.

혼사를 준비하며 처녀는 울었다. 부모와 고향을 떠나 멀리 낯선 곳으로 가야 한다는 두려움과 슬픔 때문에 나오는 눈물이 아니라 이루어지지 않기를 빌었던 무서운 일들이 조금씩 실제로 이루어지고 있다는 공포와 절망감에서 비롯된 눈물이었다. 아주 오래전 칼을 다루던 부족의 여자가 그러했듯이 처녀도 울면서 대례복을 입고 울면서 꽃가마에 올라 울면서 산 밑의 고향 마을을 떠났다.

그러나 그때의 여자에게는 칼이 있었으되 처녀에게는 아무 것도 없었다. 그저 부모가 싸준 이불 한 채와 은수저 한 벌이 있을 뿐이었다. 그 이불 속에서 처녀의 남편이 된 총각은 처녀가 하염없이 눈물을 흘리는 이유를 물었고, 처녀가 그 이유를 이야기했을 때 귀 기울여 들어준 후에 처녀를 정성껏 달래려 했다. 그러나 처녀의 남편 된 사람 역시 모두 그러했듯이 처녀의 예감을 한갓 어린 시절 안개 속에서 길을 잃었던 소녀가 꾼 무서운 꿈으로 치부하였고, 그래서 이제 아낙이 된 처녀는 더욱더 끝없는 절망과 공포의 눈물을 흘릴 수밖에 없었다.

처녀가 머루 따고 나물 캐는 산골의 여인이 아니라 칼을 쓰는 사람이었더라면, 혹은 촌의 아낙이 아니라 도성의 높은 집 자제였더라면 모든 것이 달라졌을지도 모른다. 그러나 설령 그랬더라도 모든 것은 지금과 같았을지도 모른다. 전쟁은 나라와 나라 간의 일이고, 한갓 촌부이든 도성의 명문 귀족이든, 한 사람의 힘으로 그 소용돌이를 막을 방법은 없기 때문이다. 차라리 그날 소녀가 산에 오르지 않았더라면, 마을 어른들의 말에 따라 집 안에 머물렀더라면, 안개 속의 거인들을 두 눈으로 직접 보려 하는 대신 어머니와 할머니의 이야기들로 만족했더라면……

그러하였더라면 소녀는 피할 수 없는 앞날이 한 발 한 발 다가오는 것을 느끼면서 파국의 순간까지 남은 생을 두려움과 눈물 속에서 살아가지는 않았을 것이다. 사람의 눈으로 보아서는 안 된다 하는 것, 사람의 머리로 알아서는 안 된다 하는 것은 결국 보고 알았을 때 괴로움만을 가져다주는 것이기 때문이다. 사람의 영역이 아닌 곳을 함부로 건드리지 않았더라면 소녀는 웃고 뛰놀며 자라나 처녀가 되어 이웃 마을의 탄탄하고 마음씨 좋은 총각에게 시집가서 그 자신이 그랬듯이 호기심에 찬 눈망울을 굴리는 동글동글한 딸들과 남편을 닮아 어깨가 딱 벌어지고 그 어깨만큼이나 마음도 넓은 아들들을 낳아 기르며 보통의 촌 아낙이 겪는 평범한 기쁨과 슬픔, 평범한 눈물과 미소와 한숨과 웃음 속에 죽는 그날까지는 평온한 생을 보낼 수 있었을 것이다.

소녀가 그러한 생을 원했을지는 알 수 없으나…….

아낙이 된 처녀는 이제 머루를 따고 나물을 캐는 대신 생선을 말리고 소금을 구웠다. 그리고 구름이 흘러가는 하늘을 쳐다보며, 그 하늘이 맞닿은 바다를 바라보며 눈물을 흘렸다. 어린 날 병든 꿈속에서 보았던 그 바닷가는 지금 눈앞에 펼쳐진 이 바다가 분명하다고 아낙은 날이 갈수록 마음속으로 확신했다. 그리하여 아무리 이야기해도 믿어주려 하지 않는 남편과 시부모에게 의존하기를 그만두고 아낙은 혼자서 피난 갈 방편을 꾸렸다. 말린 생선과 주먹밥을 숨겨두고, 입고 갈 옷가지를 고이 개어두고, 날마다 바닷가에 나가서 수평선 너머를 살피며 그 불길한 검은 배가 모습을 드러내는 순간 난리를 피해 멀리 도망칠 수 있도록 빈틈없이 준비했다.

그러나 아낙의 말과 행동을 언제나 수상히 여기던 시모가 어느 날 아낙이 바닷가로 나간 틈에 방을 뒤졌고 언제라도 먼 길을 떠날 수 있도록 차비해둔 옷가지와 먹을거리를 찾아냈다. 아낙이 행실이 단정치 못하여 외간 남자와 도망칠 궁리를 하고 있다고 여긴 시모는 아낙의 남편에게 이를 알렸으며, 그리하여 노발대발한 남편과 그 부모는 아낙을 집에서 쫓아내었다.

갈 곳을 잃은 아낙은 빈손으로 바닷가를 떠돌았다. 파도와 갈매기를 바라보며, 평온하기 그지없는 수평선을 지켜보면서 아낙이 된 소녀는 자신이 진정 실성한 것이 아닐까 의심하기 시작했다.

고향으로 돌아가고 싶었다. 그러나 아낙은 고향으로 돌아가는 길을 알지 못했고 그녀에게는 노잣돈도, 여행길의 허기를 달래줄 음식도, 아무것도 없었다.

그리고 무엇보다도, 아낙이 된 소녀는 알고 싶었다. 알아야 했다. 꿈이 사실이라면 적들이 처음 다가오는 곳, 큰 난리가 시작되는 곳은 바로 이 바닷가였다. 소녀는 그것을 보아야만 했다. 자신이 헛된 꿈을 믿고 일어나지 않을 일에 매달려 부모와 남편에게 걱정과 시름을 끼치고 결국 자기 자신의 탓으로 시부모의 노여움을 사 소박을 맞게 된 것이 아님을 확인해야만 했다. 그것이 소녀에게 유일하게 남은 삶의 이유였고, 실상 대단히 절박한 이유였다.

그래서 아낙이 된 소녀는 밤낮으로 바닷가에 서서 수평선을 바라보았다.

아낙을 동정한 마을 사람들이 가끔 물과 먹을 것을 주었다. 아이들이 따라다니며 돌과 나뭇가지를 던졌다. 아낙이 외간 남자와 도망치지 않았다는 것을 알고 남편이 찾아와 집으로 데려가려 했다. 시부모는 그런 남편을 야단치며 아낙에게 악다구니를 하고 욕설을 퍼부었다.

아낙은 개의치 않았다. 자신의 의지와 상관없이 이곳까지 흘러온 데는 이유가 있을 것이라 믿었다. 그리고 그 이유는 수평선 너머에서 나타날 것이었다. 그래서 아낙은 바닷가에 주저앉아 하염없이 수평선을 바라보았다.

날이 가고 밤이 오고 다시 날이 밝았다. 아낙은 먹기도 하고 먹지 않기도 했으나 먹지 않는 날이 더 많았다. 낮에는 초봄의 찌르는 듯한 햇살 아래, 밤에는 얼어붙는 듯한 이슬 아래 아낙은 바닷바람을 그대로 맞으며 나날이 쇠약해졌다. 그러나 아낙은 바닷가에 머무르며 수평선을 지켜보기를 멈추지 않았다.

허기와 추위에 지친 아낙의 머릿속과 눈앞에는 마치 안개 속에 싸인 꿈을 꾸듯이 여러 가지가 나타났다가 사라지곤 했다. 그중에서도 유독 선명하게 유독 자주 떠오르는 것은 바로 안개에 묻힌 고향의 산이었다. 아낙은 칼이 부딪치는 소리, 땅을 울리던 남자의 낮고 굵은 목소리, 하늘을 가르던 여자의 높고 날카로운 목소리를 기억했다.

어린 시절 어머니가 들려준 이야기 속에서 두 장수는 죽어 산신이 되었다. 그리고 자신들이 지키는 고향의 산을 잊지 않고 백 년에 한 번씩 찾아와 마을을 돌보아주었다. 이제 바다 위에 적들이 나타난다면, 적들이 바닷가를 뒤덮고 평야를 가로질러 고향 마을의 산까지 침입한다면, 두 장수가 나타나서 지켜줄까. 먹지도 못하고 잠도 자지 못한 채로 까무룩 정신을 놓은 사이 이승과 저승을 몇 번씩 넘나들면서 아낙은 의식이 돌아올 때마다 그 두 장수가 돌아오기를, 부모와 고향을 지켜주기를 간절히 빌었다. 그러다가 아낙은 마침내 쓰러졌다.

아낙의 숨이 끊어진 것은 동틀 무렵이었다.

아낙의 죽은 몸이 채 식기도 전에 적들의 배가 수평선을 까맣게 뒤덮었다.

* * *

안개 속의 두 거인이 나타나지 않으리라는 것을 아낙은 알지 못했다.

남자와 여자는 이미 오래전에 인간의 생을 떠났다. 백 년에 한 번 돌아올 산이 존재하는 한, 그들이 오래전 한때 차지했던 땅에서 살아 있는 사람들이 무슨 일을 벌이든 그것은 그들의 영역 밖에 있었다.

살아 있는 사람들이 안개 속으로 들어와서는 안 되는 것과 마찬가지로, 두 거인 또한 안개 밖으로 벗어날 수 없었다. 그들의 세계는 오로지 산 위의 안개 속에 있었다.

그리고 백 년이 열다섯 번째 돌아오던 해에 산이 깎였다.

* * *

훗날 바닷가의 아낙이 된 산 아래 마을의 소녀가 살았던 것
도, 아낙이 시집간 바닷가에 적들의 배가 새까맣게 뒤덮인 것
도 이미 오래전의 일이다. 아낙을 비롯하여 산과 바다와 평야
에서 땅을 일구고 물고기를 잡으며 칼을 모르는 삶을 살았던
평범한 사람들은 아무도 기억해주지 않은 채, 그 누구도 기억
해주기를 바라지 않은 채 그 나름대로 살아갔고 죽어갔다. 오
로지 불을 토하는 막대를 든 적군의 침략만이 역사에 기록되
어 후대에 전해졌다. 그보다 더 이전에 칼을 쓰던 남자와 여
자의 부족이 존재했다는 사실은 이제 시간 속에 묻혀 완전히
잊혔다.

산 아래 마을에는 여전히 사람들이 살았다. 그러나 사람들
은 이미 백 년에 한 번 산을 뒤덮는 안개와 그 안개 속의 두
거인에 대한 이야기를 하지 않았다. 사람들은 그런 이야기를
알지 못했으며 알려고도 하지 않았다.

산 아래 마을 사람들은 여전히 칼을 알지 못하는 삶을 살
았다. 그들에게는 만질 수 있고 손에 잡을 수 있는 칼이 필요
하지 않았다. 대신 그들은 눈에 보이지 않는 작고 지극히 날
카로운 양날의 칼을 하나씩 마음속에 품고 살아갔다. 산에 올

라 머루를 따고 나물을 캐고 밭에 나가 땅을 일구는 대신 그들은 큰 기계를 타고 도시로 나가 작은 기계를 다루며 일을 하다가 다시 큰 기계를 타고 집으로 돌아왔다. 그 기계의 값어치가 각각 얼마나 되며 또한 자신이 사는 집과 그 집이 뿌리박고 선 땅의 값어치가 얼마나 되는지 산 아래 마을 사람들은 주의 깊게 셈하고 기억했다. 그들은 또한 다른 사람들의 기계와 집과 땅의 값어치와 비교했다.

그들은 기억하고 셈하고 비교해야만 했다. 그것은 소리도 없고 보이지도 않는 전쟁이었기 때문이다. 이제 사람들은 태어나면서부터 자신들이 만들지도 않았고 원하지도 않았던 그 전쟁터에 던져졌고 그리하여 살아남기 위해 깨어 있을 때는 물론 잠들어 있을 때까지도 몸부림쳤다. 그렇게 변해버린 산 아래 마을 사람들의 머리와 가슴 속에는 오래전에 살았던 것, 지금도 때때로 돌아오는 것, 그리하여 이 세상과 저 세상을 넘나들며 함께 존재하는 모든 것의 이야기에 귀 기울일 여유가 없었다. 양날의 칼을 품은 세상에서 찔려 죽지 않기 위해 허우적대는 그들은 그러한 이야기에 귀 기울여야 할 이유조차 알지 못했다.

이처럼 절박한 사람들 사이에서 어느 때인가 특출나게 어리석은 지도자가 나타났다. 지도자는 생각이 얕고 짧았으며 가진 재주가 많지 않았다. 그러나 그는 단 한 가지 재리財利에 밝았으며 특히 땅의 값어치와 집의 값어치, 흙과 자갈과 모래와 돌과 물의 값어치를 기가 막히게 셈하는 한 가지 재주가 있었다. 그리고 그는 이 얕은 재주로 사람들을 홀려 그들 위에 군림했다. 지도자와 그의 백성 모두, 땅과 산과 강과 흙과 나무와 모래와 물은 인간이 만든 것이 아니고 그러므로 한낱 사람이 소유할 수 없으며 값어치를 매길 수는 더더욱 없다는 사실을 이해하지 못했다. 어리석은 지도자와 그 때문에 눈멀고 귀먹어 함께 어리석어진 백성들이 땅과 산과 강에 대해서 이해하는 것은 단 한 가지, 강산과 대지는 인간보다 훨씬 오래 존재하므로 그 값어치도 변하지 않고 오래갈 것이며, 그러므로 자신들이 살아 존재할 때 그 값어치를 한껏 올려놓아야만 자신은 물론 자신의 자손과 그 자손의 자손과 그 자손의 자손의 자손들이 대대로 그 땅에 빌붙어 부와 권력을 빨아먹으며 해충이 창궐하듯 번성하리라는 것이었다.

그리하여 지도자는 자신이 생각하는 어리석은 방식으로 땅과 물의 값어치를 올리기 위해서 강바닥을 파내고 산을 깎으려 했다. 그의 계획은 땅에 본래 존재하던 요철凹凸을 뒤바꾸는 장대한 것이었다. 즉 산이 있었던 곳을 깎아내어 움푹하게 만들고, 그곳으로 물을 흘려보내 강을 만들어 배가 지나갈 수 있게 하려는 것이었다.

이미 사람들은 다른 기계를 타고 쉽고 빠르게 산 위를 달리는데, 어째서 멀쩡한 산을 깎아야 하며 왜 그곳으로 하필 배가 지나가야만 하는지 수긍하지 못하는 현명한 사람들도 적지 않았다. 그러나 어리석은 사람은 종종 고집이 세기 때문에 더욱 어리석은 법이다. 지도자는 십 년이면 변한다는 강산을 그 절반의 세월 안에 완전히 뒤바꾸기를 원했고, 그렇게 함으로써 자신이 셈한 땅과 강과 산의 값어치를 높일 뿐만 아니라 그 강산에 영구히 변하지 않을 자신의 업적을 새겨놓기를 갈망했다.

그리하여 장맛비에 홍수가 나서 산자락이 조금 무너져내려 산 아래 마을의 집들을 덮쳤을 때, 지도자는 다른 산이 아닌 바로 이 산이야말로 깎아서 평지를 만들어야 하며, 지금이야말로 그 일을 시작해야 할 때라는 결정을 내렸다. 산이 평지가 되면 다시는 무너져 내려 마을의 집들을 덮치지 못할 것이었고, 강 대신 그 곁으로 내川를 파서 내리는 빗물을 모두 모아 강으로 바다로 흘려보내자는 것이 계획의 골자였다.

큰 삽이 달린 거대한 기계가 올라가던 날, 산은 아침부터 짙은 안개에 휩싸였다.

* * *

　포클레인 작업은 녹록지 않았다. 안개가 너무 짙어서 앞이 잘 보이지 않았다. 그리고 희미하지만 어디선가 끊임없이 들려오는 쨍, 텅, 하고 쇠 부딪치는 소리와 이상하게 사람의 외침 소리처럼 들리는 소음 때문에 때로는 공간 감각과 방향 감각이 전부 마비될 지경이었다.

　어쨌든 기사는 계속 땅을 팠다. 공사에는 절대적으로 존중해야 하는 두 가지, 즉 예산과 마감 기한이라는 것이 있었다. 그리고 그는 일자리를 잃는 것만은 원치 않았다.

　다시 텅, 하고 쇠 부딪치는 소리가 울렸다. 그러나 이번에는 안개 속 허공에서 들려온 소리가 아니었다. 삽 끝에 전해진 충격으로 보아 뭔가 실제로 부딪친 것이었다.

　그러나 안개 때문에 운전석 앞 창문으로 내다보는 것만으로는 뭐가 걸렸는지 확인하기가 쉽지 않았다. 그래서 기사는 기계를 끄고 내려서 삽 쪽으로 다가갔다.

　땅에 뭔가 쇠로 된 것이 불쑥 솟아 나와 있었다.

　기사는 좀 더 가까이 다가가서 자세히 살펴보았다. 쇠는 무척 컸다. 둥근 고리 모양이었는데 굉장히 두꺼웠다. 철근이나 쇠말뚝이라면 전에도 본 적이 있었지만 이렇게 생긴 물건은 처음이었다. 그래서 기사는 산 아래에 연락했다.

'뭔가'가 나왔다는 말에 공사 책임자는 짜증을 냈다.

"뽑아버리고 계속 파면 될 거 아냐? 일 처음 시작하는 것도 아니면서 뭘 그런 걸 일일이 물어보고 그래?"

"그게, 이런 걸 뽑아버려도 되는 건지 잘 몰라서요……."

기사는 물건의 생김새를 설명했다.

"한쪽 끝만 튀어나와 있는데, 두껍고 둥그런 게 꼭 고리같이 생겼거든요. 반만 튀어나와 있어서 잘 모르겠지만……. 이거 함부로 뽑아냈다가 유적이면 어떡합니까?"

유적이 발견됐다고 하면 공사는 당장 중지될 것이 뻔했다. 공사 책임자가 말했다.

"그 산에 무슨 유적지 있다는 얘기는 못 들었으니까, 일단 뽑아서 뭔지 보고 나서 얘기해. 유적이라고 공사 중지시키고 난리 쳐서 뽑아놓고 봤더니 쇠말뚝 같은 거면 어떡할 거야?"

쇠말뚝이라도 일제 시대에 박아놓은 물건이라면 유적으로 취급해서 독립기념관으로 보내야 하는 게 아닌가, 라고 기사는 잠시 생각했다. 그러나 공사 책임자가 이어서 고함을 질렀기 때문에 기사의 상념은 중지되었다.

"그러니까 일단 파! 유적인지 아닌지는 파서 뽑아놓으면 알 거 아냐. 작업 계속하라고!"

그래서 기사는 다시 운전석에 올라 기계의 시동을 걸었다. 삽 끝이 쇠에 걸리지 않도록 그 주위를 돌아가면서 파내기 시작했다.

흙이 무너지면서 쇠로 된 물건의 모습이 점점 드러났다. 기사가 짐작한 대로 고리였다. 고리 아래로는 쇠기둥이 이어져 있었다. 기사는 쇠말뚝이 확실하다고 생각했다. 크기가 지나치게 크고 모양새도 이전에 보았던 쇠말뚝과는 조금 다르지만 어쨌든 땅 위에 드러난 손잡이 고리 아래 말뚝이 박혀 있는 것이 분명하다.

그렇다면 뽑아야 했다. 그래서 기사는 계속 파 들어갔다.

솟아오른 쇠를 빙 둘러 파낸 구덩이가 어느 정도 깊어진 것을 보고 기사는 삽을 움직여 그 끝을 쇠고리에 걸었다. 처음에는 삽으로 쇠고리를 밀었다가, 삽 끝을 고리에 걸고 당겨보았다.

움직인다.

그 순간, 기사는 산 전체를 울리는 고통에 찬 비명 소리를 분명히 들었다.

혼비백산한 기사는 기계의 운전석 밖으로 뛰어나왔다. 안개 속을 둘러보았다.

"거기 누구 있어요?"

기사가 소리쳤다.

"있으면 대답해요. 누구 다쳤어요?"

― ㅇㅇㅇㅇ…….

대답 대신 우릉우릉한 신음 소리와 함께 땅이 흔들렸다.

기사는 소리가 난 곳을 돌아보았다. 산을 온통 뒤덮은 짙은 안개 속에 하늘까지 닿을 듯한 사람 모양의 검은 그림자가 보였다. 그림자는 신음 소리와 함께 한쪽 무릎을 꿇으며 무너지듯 주저앉았다. 그 서슬에 다시 한번 산 전체가 흔들렸다.

그리고 조용해졌다.

기사는 겁에 질렸다. 산에서 내려가기 위해 서둘러 기계의 운전석에 올랐다. 기계를 후진시켜 방향을 돌리려 했다.

그러나 땅에서 솟아 나온 쇠고리에 삽 끝이 걸려 움직이지 않았다. 밀어내기도 하고 당겨보기도 하고 위로 들어 올려보기도 했지만 삽은 마치 쇠고리에 붙잡히기라도 한 듯, 아무리 움직여도 빠져나오려 하지 않았다.

기사는 계속 삽을 이리저리 움직였다. 그때마다 삽 끝에 걸린 쇠고리와 그 아래 이어진 기둥도 함께 흔들렸다. 삽을 빼내는 데만 열중했기 때문에 기사는 쇠를 빙 둘러 파낸 구덩이에서 검붉은 액체가 스며 나오기 시작하는 것을 눈치채지 못했다.

삽 끝을 크게 밀었을 때, 마침내 쇠가 확 기울어졌다. 기사가 삽을 들어 올리자 그와 함께 삽 끝에 걸린, 기사가 쇠말뚝이라 생각했던 거대한 무언가가 함께 뽑혀 나왔다.

그러나 삽 끝에 고리가 걸린 채 포클레인이 그 물건을 들어 올려 완전히 모습을 드러낸 한순간, 기사는 저건 절대로 쇠말뚝이 아니라고 생각했다.

둥근 고리 아래는 손잡이가 있고, 그 아래 긴 날이 이어져 있다.

저 물건은…….

……칼, 이라고 생각한 순간, 하늘과 땅을 꿰뚫는 찢어지는 비명 소리가 산 전체를 흔들었다.

천둥과도 같은 소리에 포클레인 아래의 땅이 진동했다. 칼이 뽑혀 나온 구멍에서 비린내를 풍기는 검붉은 액체가 분수처럼 뿜어져 나왔다. 그와 함께 주변의 흙들이 무너지기 시작했다.

기사는 기계를 후진시키려 했지만 곧 생각을 바꾸었다. 땅이 무너지는 속도는 기계가 움직일 수 있는 최고 속도보다 훨씬 빨랐다.

그래서 기사는 기계에서 뛰어내렸다. 걸음아 날 살려라 달리기 시작했다.

기사의 등 뒤에서 피 구덩이가 삽 끝에 매달린 칼날을 빨아 들였다. 거대한 칼에 끌려 들어가듯 포클레인이 피 구덩이 속 으로 떨어졌다.

다음 순간 기사는 뭔가 커다란 것이 거세게 등을 후려치는 것을 느꼈다.

그리고 기사는 의식을 잃은 채로 피 구덩이 속에 삼켜졌다.

* * *

안개가 비로 변했다.

비가 피로 변했다.

* * *

칼의 손잡이가 흔들렸을 때 안개 속의 남자는 기운을 잃고 무너졌다. 칼이 뽑혀 나온 순간 남자는 하늘로 올라가지 못하 고 땅으로도 돌아가지 못한 채 그 존재 자체가 안개 속으로 녹아 사라져버렸다.

두 번째로, 그리고 영원히 짝을 잃은 여자의 비명 소리가 산과 하늘을 찢었다.

* * *

안개로 몸을 감싼 채 여자는 남자의 피로 가득한 구덩이 앞에 서 있었다. 남자가 사라지면서 두 사람만이 존재했던 안개 속의 세계도, 백 년이 백 번 돌아오기를 바라보던 약속도, 그 세월 동안 못다 한 이야기도 모두 함께 사라졌다.

그래서 여자는 천천히 그 피로 가득한 구덩이 속으로 걸어 들어갔다.

남자의 피가 오랫동안 두 사람을 감쌌던 안개를 적셨다.

* * *

여자가 걸어 들어가자 피의 구덩이는 점점 더 빠른 속도로 커졌다. 주변의 흙이 걷잡을 수 없이 무너졌다. 땅이 흔들리면서 조각조각 부서져 피 웅덩이 속으로 사라졌다. 그와 함께 산의 나무도, 풀도, 동물도 함께 피 구덩이 안으로 빨려 들어갔다.

산 아래 마을에는 난데없는 지진 경보가 내렸다. 이전에 지진이란 것이 일어난 적이 없었으므로 주민들 대부분은 믿지 않으려 했다. 그러나 시간이 지날수록 흔들림이 커져만 갔고,

산 전체를 울린 여자의 비명 소리는 근방의 모두가 들었기 때문에, 사람들은 하나둘씩 몸을 피하기 시작했다.

구덩이는 산 전체를 집어삼킬 때까지 무너지기를 멈추지 않았다. 남자와 여자의 피가 휩쓸어 삼킨 곳에는 오로지 검붉은 액체로 가득한 움푹 파인 공간 외에 풀 한 포기, 나무 한 그루 남지 않았다. 그리고 앞으로도 그곳에는 아무것도 자라지 않을 것이었다. 이 세상과 저 세상 사이 단 한 군데 발붙이고 마음 붙일 곳이었으며 이제는 허물어져 죽은 자들의 피로 가득 차버린 땅은 생명을 잃고 그 자체로 죽음이 되었다. 앞으로도 백 년이 백 번 지날 동안 그 땅은 물론 피로 가득한 구덩이의 가장자리에도 살아 있는 것은 가까이 다가오지조차 못할 것이었다. 단지 그 피에 젖은 흙이 끝없이 부식하고 검붉게 물들어버린 돌과 바위가 조각조각 부스러져갈 뿐이었다.

그리고 마침내 땅이 무너지기를 멈추고 구덩이가 더 이상 커지지 않게 되었을 때 구덩이 한가운데에서 피에 젖은 하얀 팔이 튀어나왔다. 그 팔은 손잡이에 고리가 달린 거대한 칼을 손에 쥐고 허공에 세 번 휘둘렀다. 칼날이 공기를 가를 때마다 하늘이 진동하는 웅웅 소리와 함께 피가 사방으로 흩뿌렸다. 그리고 손에 칼을 쥔 채로 하얀 팔은 구덩이를 가득 채운 피 속으로 사라져버렸다.

* * *

남자와 여자가 사라진 후에 산도 그렇게 사라졌다. 그 자리에는 어리석은 지도자가 꿈꾸었던 그림으로 그린 듯한 인공의 평야와 냇물 대신 피로 가득한 호수가 남았다.

호수는 백 일 밤낮으로 근방 백 리 안에 피비린내를 피워 올렸다. 그 냄새를 맡은 사람들은 혹은 분노와 증오에 사로잡히기도 했고 혹은 눈물과 슬픔 속에 잠기기도 했다. 우연히 해가 진 뒤에 피의 호수 주변에 다가갔던 사람들은 검고 추악한 것이 구덩이 가장자리에서 꾸물꾸물 기어 나오는 모습을 보았다고도 했다.

땅의 값어치를 중시하는 지도자는 이 소식을 듣고 몹시 걱정했다. 그리하여 거대한 구덩이에 가득한 피를 퍼내고 바닥을 드러낸 뒤에 구덩이를 평평하게 고르겠다는 계획을 내어 놓았다.

그러나 이 계획을 실천하기 위해 사람들을 보냈을 때 그곳에는 아무것도 남아 있지 않았다. 한때 풍요로운 산이었던 구덩이 안에서 사람들이 발견한 것은 사막과도 같이 메마른 모래뿐이었다.

비 오는 날

나는 그녀의 왼쪽 신발 속에 산다.

하늘에서 물방울이 떨어진다. 물방울이 땅을 때리는 소리
는 말발굽 소리와 비슷하다. 오래전의 말발굽 소리.

나는 그녀를 기다린다.

그녀의 다리 아래에는 언제나 허공이 있다. 허공을 피해 조
심스럽게 움직이는 그녀의 모습은 걸어 다니는 어린나무와
도 같다. 가늘지만 굳건하고, 불안정하지만 유연하다.

가끔 그녀는 양손을 짚고 거꾸로 서서 세상을 본다. 그럴
때 그녀의 손 밑에는 허공 대신 단단한 대지가 있다. 양손을
짚고 거꾸로 선 그녀는 이전의 그녀와 같다. 그래서 나는 그
녀가 양손으로 허공 대신 땅을 짚고 서는 것을 좋아하지 않
는다. 그러나 다행히도 그녀는 한없이 그렇게 서 있지는 못
한다. 그래서 나는 그녀의 손을 먹지 않는다. 가끔씩, 잠깐 동
안, 두 개의 기둥으로 세상을 딛고 서던 기분을 되살리게 해

주어야 한다. 그 정도는 허용해주어야 한다. 내가 이런 생각을 하는 것을 마치 눈치라도 챈 듯, 그녀는 잠깐 동안만 거꾸로 서 있다가 이내 공중에 뜬 발을 내린다.

그녀는 정말로 내가 무슨 생각을 하는지 눈치챈 걸까.

그녀는 내가 있다는 사실을 알까.

나는 나지막이 콧노래를 흥얼거리는 그녀를 바라보며 궁금해한다. 그녀는 현관을 정리한다. 벽에 기대서서 바닥을 쓸어낸다. 그녀는 해바라기 같다. 가느다란 줄기 위에 꽃이 활짝 핀 해바라기. 바닥을 청소하고 나서 그녀는 현관 바닥에 주저앉아 신발을 가지런히 정돈한다. 잘 신지 않는 구두는 신발장에 넣어둔다. 자주 신고 다니는 신발은 솔에 검은 물질을 조금 묻혀서 싹싹 문지른다. 오른쪽 신발을 그렇게 손질하고, 한 치의 망설임도 없이 왼쪽 신발을 집어 든다. 왼쪽 신발을 당연하다는 듯 손질하며 그녀는 콧노래를 부른다. 그녀의 손은 희고 가늘지만 마디가 굵고 단단하다. 오랜 세월에 걸쳐 박인 굳은살은 조금씩 연해지고 있지만 아직은 완전히 사라지지 않았다. 더럽혀지지도 않고 굽도 닳지 않는 왼쪽 신발을 정성스럽게 공들여 손질하고 그녀는 현관에 내려놓는다. 가장 왼쪽 구석에, 오른쪽 신발과 짝을 맞춰 조심스럽고 엄숙하게 내려놓는다. 그리고 한동안 바라본다. 이럴 때면 나는 지금이라도 그녀가 나와 눈이 마주치지 않을까 하는 생각이 든다. 나는 그녀를 뚫어져라 쳐다본다. 가끔은 이런 순간에, 신발 속의 고요와 그녀의 다리 아래 허공에서 퍼져 나오는 정적, 그리고 그녀의 영혼이 함께 조용히 숨을 들이쉬고 내쉬며 부드럽게 고동치는 소리를 어렴풋이 들을 수 있다.

나는 이 순간을 좋아한다.

이런 긴장된 침묵의 순간에는 오래전에 놓쳐버렸던 어떤 것이 다시 손에 잡힐 듯한 기분이 든다. 다시 그 숨결을 목덜미에 느낄 수 있을 것만 같다.

물론 그녀는 곧 눈을 돌린다.

물론 그녀는 곧 일어선다. 벽을 짚고, 천천히, 조심스럽게.

물론 그녀가 나와 눈을 마주치는 일 따윈 일어나지 않는다.

오래전에 놓쳐버린 것은 다시는 돌아오지 않는다.

돌아오지 않는 편이 낫다. 이제는 돌아와도 소용없다.

현관을 정리하고 구두를 닦는 것은 매일의 의식儀式이다.

비 오는 날에 그녀는 외출을 하지 않는다.

나는 외출할 수 있다. 그녀를 너무 오래 혼자 둘 수는 없다. 그러나 물에 젖은 땅은 미끄럽고, 몸을 지탱하고 비를 가리고 가방을 들려면 손이 세 개 필요하다. 그러니까 그녀는 내가 돌아왔을 때도 같은 자리에 그대로 있을 것이다. 나는 조금 안심하고 신발 밖으로 나온다.

나는 불을 좋아한다.

빗방울이 땅을 때리는 소리는 말발굽 소리를 연상시킨다. 오래전의 말발굽 소리. 그 소리가 들리면 불길이 솟아야 한다. 불길이 솟으면 비명 소리가 들려야 한다. 쇳조각이 날고 유리가 터진다. 유리나 고무 조각은 사실 익숙하지 않다. 다른 것, 날카로운 촉을 댄 나무와 깃털이었으면 더 좋았겠지만, 너무 욕심을 낼 수는 없다. 이 정도면 대체로 만족이다.

달아오른 철판과 연기를 내며 헛도는 고무바퀴 아래서 사람들이 기어 나온다.

가끔은, 나를 보는 사람도 있다.

옛날이나 지금이나 사람들의 표정은 비슷하다. 나는 그들의 얼굴을 관찰하는 것이 재미있다.

이제는 잊어버렸지만,

얼굴이 타 버리기 전에,

아마 나도 저런 표정을 지었을 것이다.

그들은 착각을 한다. 내가 원하는 것은 피가 아니다. 나는 길을 안내하지도 않는다. 그런 것들은 다른 자들의 몫이다. 그러나 훼방꾼들이 몰려오면 상황은 골치 아파진다. 자칫하다가는 내가 원하는 것을 놓칠 수도 있다. 그러니까 재빨리 움직여야 한다. 그래서 나는 알맞은 때를 노리며 가만히 기다린다.

불길이 본격적으로 솟기 직전에 나는 창밖에서 그녀를 기다렸다. 그녀는 정신을 잃은 채 눈을 감고 있었다. 감긴 눈꺼풀은 희고, 그 투명하고 얇은 살갗 아래로 가느다란 핏줄이 섬세하게 얽혀 있는 것이 보였다. 흰 천에 연푸른 비단실로 수를 놓은 것 같았다. 그것을 보며 나는, 아주 오랜만에, 무척 예쁘다……는 생각을 했다.

그녀의 표정을 보고 싶었다. 그래서 나는 그녀를 깨웠다. 그녀는 눈을 뜨고 나를 정면으로 쳐다보았다. 입을 벌렸다. 그리고 이름을 불렀다.

내 이름이 아니었다.

그녀의 표정은 내가 이제까지 보아온 사람들의 표정과는 달랐다. 그녀의 표정은 내가 이제까지 보아온 그녀의 표정과도 달랐다.

그녀는 내 것이 아닌 이름을 되풀이해서 불렀다. 이름이 불리는 남자는 거대하게 부풀어 오른 흰 주머니에 머리를 묻고 쉽사리 깨어나지 않았다. 그녀는 몸을 묶고 있는 검은 띠를 풀려고 애쓰면서 이름을 되풀이해서 불렀다. 띠는 풀리지 않왔다.

나는 띠를 붙잡고 그녀의 얼굴을 들여다보면서 잠시 생각했다.

그리고 남자를 깨웠다.

남자는 천천히 느긋하게 눈을 떴다. 주머니와 의자 사이에 불편하게 꽉 처박힌 채로 어색하게 고개를 돌려 그녀를 쳐다보았다. 소리치는 그녀의 얼굴을 얼빠진 눈으로 아무 표정도 없이 들여다보았다. 나는 남자의 띠를 풀고 문을 열어주었다. 남자는 여전히 느긋하게, 따뜻한 물속을 헤엄치는 것처럼 조금은 기계적인 동작으로, 천천히 주머니와 의자 사이를 빠져나갔다.

그녀가 다시는 남자의 이름을 부르지 못하도록, 만전을 기하기 위해 나는 그녀의 왼쪽 다리를 훔쳤다.

시끄러운 존재들이 피 냄새를 맡고 몰려들기 시작했다. 나는 서둘러 그 자리를 떠났다.

그때 뒤에서 부르는 목소리를 들었다.

"다리…… 내놔."

라고 말했다.

"내 다리…… 돌려줘."

돌아보았을 때 그녀는, 남자의 이름을 부를 때처럼 입을 약간 벌린 채, 깨우기 전에 보았던 것처럼 눈을 감고, 아무 말도 하지 않았다.

나는 그 하얀 얼굴과 연푸른 비단실을 보면서 생각했다.

그녀는 분명 나에게 말한 거라고,

나에게…… 말했을까?

익숙한 불길에 휩싸인 채 언제나 하듯이 창밖에 서서 기다리며 나는 생각한다. 창 안쪽, 흰 주머니와 의자 사이에 짓눌려 있는 것은 이번에는 어린아이다. 아이의 표정은 어른과 거의 비슷하지만 또 조금 다르다. 아직 저런 표정은 배운 적이 없을 텐데, 어떻게 아는 것일까. 아이의 얼굴을 흥미롭게 관찰하면서 나는 차츰 그녀의 목소리를 잊어버린다.

사실, 아무리 관찰해보아도, 아이의 얼굴은 그다지 흥미롭지 않다.

띠를 붙잡은 채로 나는 멍하니 생각한다.

"다리…… 내놔."

그녀의 목소리는 쉽사리 지워지지 않는다.

"내 다리…… 돌려줘."

다리는 내가 먹을 생각이었다.

어쩐지 도저히 먹을 수 없었다.

결국은 강에 버렸다.

그녀의 목소리,

먹을 수 없어서 던져버린 왼쪽 다리를 생각하면,

아주 오랜만에, 어쩌면 처음으로,

나는 왠지, 견딜 수 없는 기분이 되어,

……나는 흰 주머니와 의자 사이에 짓눌린, 사실은 내 손아귀 속에 짓눌린, 아이의 크게 뜬 젖은 눈을 들여다본다.

저런 건, 이미 옛날에 다 잊어버렸다.

병원 주변에서만 어슬렁거리는 자들이 있다.

나는 병원을 좋아하지 않는다. 너무 희고, 너무 깨끗하고, 너무 차갑고 매끄럽다. 건강한 인간이 살아가는 흔적이 완전히 스며들지 않은 이런 곳에서는 불을 내기 힘들다.

흰 주머니와 의자 사이를 비집고 나간 남자는 병원에 그녀를 찾아오지 않았다. 그녀 안에 남자의 이름이 있던 자리에는 하얗게 지워진 빈 공간이 남았다. 그녀의 왼쪽 다리가 있던 자리에도 허공만이 남아 있다고, 나는 남자의 귀에 속삭여주었었다.

인간의 마음을 부서뜨리기는 아주 쉽다.

나는 그녀도 그렇게 쉽게 부서지기를 기다리고 있었다.

그런데 그녀는,

고무공처럼,

안은 텅 비었는데도,

아무리 힘을 주어도 부서지지 않았다.

양팔로 몸을 지탱하는 데 이미 익숙해져 있었기 때문인지
도 모른다. 자주 몸을 다치는 걸 당연하게 여겼기 때문에 아
픈 걸 겁내지 않았는지도 모른다. 그녀는 양손을 짚고 잘 움
직일 수 있었다. 고통스러워도 참고 연습해서 목표한 동작을
달성하는 것도 어린 시절부터 줄곧 해오던 일이었다. 그러나
이제 다시는 뛰고 허공에 날아오르고 공중제비를 돌고 두 발
로 땅에 내려설 수 없게 됐다는 사실을 마주 대했을 때 그녀
는 묵묵히 고무공 속의 공백으로 응답했다. 침대에 앉아 등을
벽에 기대고 하반신을 담요로 가린 그녀의 모습을 보면 마치
아무 일도 없었던 것 같았다. 그녀는 말없이 병실 창문 밖을
응시하곤 했다. 그렇게 먼 곳을 바라볼 때면 아주 가끔, 입술
끝이 희미하게 말려 올라갈 때도 있었다. 미소 비슷한 것이,
희미하게 나타났다가 아련히 사라져버릴 때도, 아주 가끔, 있
었다.

그러나 그녀는 다시는 나를 보지 않았다. 다시는 내게 말했
을 때와 같은 목소리를 들을 수 없었다. 다른 사람들이 부르
는 소리에 고개를 돌려 방 안을 바라볼 때 그녀의 눈에서, 얼

굴에서는 아무것도 읽을 수 없고 아무런 빈틈도 발견할 수 없었다. 그래서 나는 그녀의 곁을 떠날 수 없었다.

병원을 떠나던 날 그녀는, 다리를 빼앗겼을 때 신고 있었던, 병원에 올 때 신고 들어왔던, 검은 신발 속에 오른발을 집어넣었다. 그리고 왼쪽 신발을 집어 들었다. 신발 끈을 풀어 입구를 한껏 벌리고 신발 속을 가만히 들여다보았다. 오랫동안, 한마디도 하지 않고, 그렇게 신발 속을 들여다보았다.

그녀는 신발을 뒤집었다. 신발 바닥과 굽을 들여다보았다. 집게손가락으로 약간 닳은 굽을 살짝 만져보았다. 다시 뒤집었다. 신발 끈을 구멍에 꿰었다. 끈을 넉넉하게 남기고 끝을 꽉 묶었다. 묶은 신발 끈을 손목에 걸쳤다. 손으로 목발을 잡았다. 집에 도착할 때까지 그녀의 왼쪽 신발은 그렇게 왼쪽 손목에 매달려 있었다.

그녀가 왼쪽 신발 안의 조그만 어둠 속에서 무엇을 보았는지 나는 알지 못한다.

신발은 그녀의 손목에 매달려, 한 발자국 움직일 때마다 앞뒤로 흔들렸다.

그때부터 나는 그 속에서 살기 시작한 것 같다.

여자의 왼쪽 발 모양을 한, 조그맣고 아늑한, 암흑 속에서.

돌아올 무렵에 빗줄기는 가늘어지고 있었다. 그녀는 거울

270

앞에 앉아 있다. 화장을 하는 중이다.

그녀는 문밖에 나갈 때는 반드시 화장을 한다. 옷도 신경 써서 차려입는다. 나는 화장 하는 그녀를 옆에서 지켜본다. 하얀 얼굴에 홍조가 돌고 입술이 발그스레하게 꽃피는 과정을 보는 것이 흥미롭다.

그녀는 희고 얇은 웃옷을 걸치고 다리의 선을 그대로 드러내는 긴 바지를 입는다. 왼쪽 바지통은 땅에 끌리지 않게 접어서 바투 집어놓는다. 바지통에 꽂은 집게에는 노란색 해바라기 모양의 장식이 달려 있다.

평소의 그녀는 표정이 거의 없다. 그러나 바지통을 접어 화사한 장식이 달린 집게를 꽂을 때면 그녀는, 조금, 웃는 것도 같다.

사람은 본래 작은 일에서 즐거움을 찾는 것일까.

여자는 누구나 다, 저렇게 섬세하게 신경을 쓰는 걸까.

나는 병실 창밖을 응시하던 그녀의 얼굴을 생각한다.

……아니면…….

옷을 다 입고 그녀는 조그만 가방을 손목에 걸고 목발을 집어 든다.

현관에서 그녀는, 아침에 정성껏 손질해둔 검은 신발을 신는다.

그녀의 손목에 가방이 매달려, 한 발자국 움직일 때마다 앞뒤로 흔들린다.

그래서 나는 가방을 따라서 집을 나선다.

그녀가 가는 곳은 일정하다.

점원이 참을성이 있고 옷 갈아입을 공간이 넓기 때문에 그녀는 이 가게를 자주 찾는다.

가게를 나올 때 그녀는 밝은 초록색 치마를 입고 있다. 노란 해바라기 집게는 손목에 매달린 가방으로 자리를 옮겼다.

새 치마를 입고 노란 해바라기 장식이 달린 가방을 손목에 매단 그녀를 나는 곁에서 따라간다.

그녀는 천천히 걷는다. 한두 걸음씩 가다가 멈추어 서서 진열장의 옷을 들여다본다. 유리에 비친 자기 자신을 보며 옷매무새나 머리 모양을 고치기도 한다. 판매대에 나와 있는 옷을 집어 들었다가 도로 놓기도 하고, 더러는 몸에 대보기도 한다. 그동안 노란 해바라기 장식이 달린 가방은 줄곧 그녀의 손목에 매달려 있다. 노란 해바라기는 걸을 때는 박자에 맞춰 앞뒤로 흔들리고, 그녀가 옷을 집어 들면 그녀의 손과 함께 허공으로 떠올랐다가, 그녀가 다시 걷기 시작하면 다시 허리께로 내려온다.

왠지 모르게, 앞으로 한동안은 불을 보지 않아도 즐거울 수

있을 것 같다. 웃을 수만 있다면, 웃고 싶은 기분이 든다. 참
으로 기억할 수 없이 오랜만에.

그리고 그녀가 들어선 닫힌 공간에서 나는 남자를 본다.

내가 남자를 발견한 순간 그녀도 남자와 눈이 마주친다.

그녀는 남자의 이름을 몇 번이고 되풀이해 부른다. 흰 주
머니에 머리를 파묻은 채 깨어나서 띠가 풀리고 문이 열리는
동안 남자는 그녀를 돌아보지 않는다. 흰 주머니와 의자 사이
를 느긋하게 빠져나간 남자는 천천히 기계적으로 불빛이 비
치는 큰길을 향해 걷기 시작한다. 걸어가면서 남자는 단 한
번도 돌아보지 않는다.

먼저 인사한 사람은 그녀였다. 정중하고 조용하지만, 쾌활
하게.

그녀가 남자를 보며 웃는 모습은 보고 싶지 않았다. 비록
텅 빈 웃음일지언정.

남자는 어색하게 고개만 숙여 보였다. 눈을 내리깔았다. 밝
은 초록색 치마 밑의 어린나무 줄기 같은 그녀의 다리를 보
고 남자는 흠칫하며 다시 고개를 든다. 그녀와 눈이 마주치자
남자는 시선을 돌린다.

"오랜만이네요."

그녀가 부드럽게 말했다.

나는 그 목소리가 마음에 들지 않는다.

"아…… 예……."

남자의 목소리 역시 나는 마음에 들지 않는다.

"한, 팔 년쯤 됐나요?"

"예……."

"그동안 어떻게, 잘 지내셨어요?"

그녀의 표정이, 목소리가, 말투가, 나는 대단히, 마음에 들지 않는다.

남자는 잠시 고개를 들고 그녀를 쳐다본다. 그녀는 웃어 보인다.

아니다. 그녀의 눈. 웃어 '보인' 게 아니라 그녀는 실제로 웃고 있다.

"엇……."

남자가 휘청거리다 뒤의 벽에 기댄다. 그녀는 조금 놀라서 묻는다.

"어디, 안 좋으세요?"

"아, 아뇨……. 방금, 갑자기 후끈해서……."

"어머……."

그녀는 주위를 둘러본다.

"환기 장치가 이상한가……."

"아, 아뇨, 저기, 이젠 괜찮습니다."

어색한 침묵이 나는 마음에 든다.

가늘고 부자연스러운 금속성 음악 소리가 들린다.

남자는 당황해하며 주머니에서 은색 물건을 꺼내 든다. 그녀에게 미안한 표정을 지어 보이며 고개를 숙여 보이며 은색 물체를 귀에 가져다 댄다.

"어, 여보. 응, 지금 내려가고 있어. 그래, 일 층 거기서 봐."

문이 열린다.

남자는 먼저 나와서 옆으로 서서 문에 손을 댄다. 그녀는 천천히 조심스럽게 뒤따라 나온다.

"그럼, 안녕히 가세요."

그녀가 정중하고 부드럽게 작별 인사를 한다.

남자는 그녀가 고개를 숙이자 어쩔 줄 모르며 따라서 고개를 숙인다.

그녀는 언제나 그렇듯이 천천히 조심스레 발걸음을 옮긴다.

나는 조금 안심한다.

"저, 저기요."

남자가 뒤에서 부른다.

"예?"

그녀는 멈추어 서서 뒤돌아본다. 그런 자세는 그녀에게 쉽지 않다. 조금 불안정하다.

남자는 황급히 그녀에게 다가온다. 그리고 머뭇거린다.

그녀는 기다린다.

남자는 망설이다가 눈을 들어 그녀의 얼굴을 똑바로 쳐다본다.

갑자기 남자는 허리를 깊이 숙인다.

"죄송합니다."

그녀는 아무 말도 하지 않는다. 남자가 허리를 숙인 채 다시 한번 말한다.

"정말, 죄송합니다. 그때는…… 너무 늦었지만…… 지금…… 그래도……."

"괜찮아요."

그녀가 말을 끊는다.

남자는 허리를 그대로 숙인 채 고개만 들어서 그녀를 쳐다본다.

그녀는 웃으면서 다시 한번 조용히 되풀이한다.

"괜찮아요."

태워 버리기에는 둘의 거리가 너무 가깝다.

"부인이 기다리시겠어요. 가보셔야죠."

그녀는 다시 부드럽게 고개를 숙여 인사한다. 그리고 돌아서서 천천히 조심스럽게 발걸음을 떼기 시작한다.

거리가 어느 정도 벌어지면 태워버릴까, 하다가 나는 그녀의 얼굴을 보고 생각을 바꾼다.

그녀의 안색은 평온하고, 검은 눈동자에서는 방금 마주친 남자의 그림자를 전혀 찾을 수 없다.

해질 무렵부터 다시 물방울이 떨어지기 시작했다. 밤이 되자 빗줄기는 점점 굵어져서 지금은 들이붓듯이 세차게 쏟아진다.

유리창에 흘러내리는 빗방울을 보며 나는 잠시 생각한다. 눈앞에는 남자가 침대에 누워 잡지를 뒤적이고 있다. 그러나 한 글자도 읽지 않는다.

남자의 얼굴에, 눈에, 온몸에, 그녀와의 우연한 재회의 흔적이 가득하다.

순식간에 끝낼 수 있다.

나는 남자의 침대 발치부터 불을 끼었는다.

잡지가 바닥으로 떨어진다. 남자는 버둥거리며 비명을 지르려 한다. 그러나 소리를 내지도 몸을 움직이지도 못한다.

나는 남자 위에 올라타서 입을 꽉 틀어막고 사지를 단단히 붙잡고 있다.

남자의 왼발이 타는 것이 느껴진다. 나는 천천히 조금씩 구울 생각이다. 발가락 끝에서 시작해서 발등, 뒤꿈치와 발목을 거쳐 정강이로, 불꽃이 나의 지휘에 따라 한 치의 틀림도 없이 충실하게 기어 올라가는 것이 느껴진다. 인육이 구워지는 냄새를 맡으며, 한껏 크게 뜬 남자의 눈을 들여다보며 나는 황홀해진다.

허리에 이르러 나는 일단 멈춘다.

이번에는 오른쪽이다.

나라고 언제나 막무가내로 전부 다 태우는 것은 아니다. 이번에는 이불도 요도 베개도 건드리지 않았다. 내일 아침이면 남자만, 약간의 재를 남긴 채 흔적조차 없이 깨끗하게 사라져 있을 것이다. 그 정도 기술은 있다.

남자의 목이 타들어간다. 이제는 움직일 수도 소리를 낼 수도 없다. 나는 남자를 놓아준다. 얼굴은 가장 나중에 처리해야 한다. 남자의 머리로 불을 옮겨 붙인다. 목덜미에서 시작해서 뒤통수를 거쳐 이마 쪽으로 남자의 머리카락이 눌어붙고 두피와 해골과 두뇌와 생각과 마음이 그을려 숯이 되는 동안 기념 삼아 왼쪽 다리를 조금 맛본다. 너무 타서 별맛은

278

없지만 기분은 좋다.

내가 정말 원하는 것은 따로 있다.

남자의 입만 남았다. 나는 소리 없는 비명 속에 한껏 벌어진 남자의 그을린 입술에 내 입을 갖다 댄다. 남자의 입속, 혀와 잇몸과 치아와 입천장은 아직도 싱싱하다.

남자의 입에서 이승의 마지막 날숨이 새어나온다.

나는 탐욕스럽게 그 날숨을 들이켠다.

서서히 오랫동안 고통스럽게 타 죽은 사람의 날숨은 정말 오랜만이다. 이승과 저승을 통틀어 그 무엇과도 비교할 수 없는 맛이다.

남자의 차가워진 입술에, 살 껍질이 부서져 흩어지는 목에 남은 숨의 마지막 흔적까지 낱낱이 핥아 삼키고 나서 나는 만족스럽게 천천히 일어선다. 이제 길을 안내하는 자가 오기 전에 빨리 시체를 치우고 떠나야 한다.

조그맣고 따뜻한 손이 나를 건드린다.

나는 돌아본다.

삼 년 정도 된 어린 인간이다. 나를 붙잡고 똑바로 쳐다보고 있다. 겁에 질려서 말은 못 하지만, 들여다보는 갈색 눈동자에 흔들림은 없다.

남자아이의 뒤에는 여자가 서 있다. 젊다. 남자아이와 똑같은 갈색 눈동자가 커다랗게 벌어져 있다. 손으로 입을 가리고 침대를 바라본다.

남자아이의 손이 나를 흔든다. 예상외로 힘이 세다.

움직이는 남자아이의 손을 따라서 여자의 눈길이 내게 향한다.

여자는 나를 똑바로 쳐다본다. 남자아이도 나를 쳐다본다.

나를, 똑바로, 쳐다, 보았다.

불을 뿌린 것을 나는 기억하지 못한다.

남자와는 달리, 고통은 없었을 것이다. 느끼지도 못하는 사이, 순식간에, 타올라 사라져버렸을 것이다.

길을 안내하는 자, 피와 고기를 탐하는 자, 그리고 다른 번거롭고 시끄러운 존재들이 몰려들기 전에, 나는 불을 끄고 남은 흔적을 치우고 재빨리 자리를 뜬다.

비가 그쳤다.

해는 아직 뜨지 않았다. 밤이 물러가는 하늘 한구석이 신선하고 투명한 남빛으로 물들고 있었다.

일 초라도 빨리 그녀의 검은 신발 속으로 들어가고 싶다. 여자의 왼쪽 발 모양의 그 조그만 암흑 속에서 엄마 배 속의 아기처럼 웅크리고 잠들고 싶다.

집에 돌아왔을 때 그녀는 현관에 앉아 있었다. 못 보던 신발을 신고 신발 끈을 매는 중이었다. 날렵하게 끈을 묶고 나서 그녀는 일어섰다. 목발을 집어 들었다. 현관을 나섰다.

평소 같았으면 그녀를 따라 나갔을 것이다. 그러나 나는 너무 지쳐 있었다.

검은 신발 속에 눕자마자 나는 잠들었다.

신발이 흔들려서 나는 깨어났다.

아침마다 거행하는 매일의 의식대로, 그녀는 신발을 손질하고 있다고, 잠이 덜 깬 채로 나는 생각했다.

신발 위로 미끌미끌하고 투명한 액체가 쏟아졌다.

나는 서둘러 밖으로 나왔다.

현관이 아니었다. 집 밖이었다. 땅바닥에 검은 신발, 왼쪽과 오른쪽을 나란히 놓고 그녀는 투명한 액체를 뿌리고 있었다. 신발이 흠뻑 젖도록 뿌린 후 그녀는 주머니에서 조그만 상자를 꺼냈다.

잠시 의아했으나 나는 곧 알 수 있었다. 잘된 일이다, 라고 생각했다. 그날의 기억이 남아 있는 물건은 이제 이 신발이 마지막이다. 남자와 보냈던 시간의 흔적이 남아 있는 물건도, 이 신발이 마지막이다.

물론, 내 집이다. 없어지면 나는 조금 불편할 것이다. 그러나 달리 깃들 곳을 찾는 것은 그렇게 어렵지 않다.

그녀는 성냥을 그었다. 신발 위로 던졌다. 불길이 솟았다.

신발과 함께 나는 타오르기 시작한다.

이건 전혀 뜻밖이다. 이런 일은 있을 수 없다.

불을 꺼야 한다. 불을 끌 수 있다.

불은 꺼지지 않는다. 불을 끌 수 없다.

나는 타오른다.

뜨겁다. 뜨겁다.

뜨, 겁, 다.

— 불 꺼!

나는 그녀에게 소리 지른다.

— 어떻게 한 거야! 무슨 짓이야!

그녀는 무심한 얼굴로 타오르는 신발을 바라본다.

— 그만해! 뜨거워!

그녀는 조용히 신발을 바라본다. 무색투명한 액체를 조금 더 붓는다.

조금 사그라들었던 불길은 액체를 마시고 다시 기세 좋게 타오르기 시작한다.

— 그만해! 불 꺼!

나는 비명을 지른다.

그녀는 말없이 무표정한 얼굴로 탁탁 노래하며 튀어 오르는 불꽃을 들여다본다.

— 제발, 꺼! 제발 그만해!

비명을 지르다가 나는 애원한다.

그녀는 전혀 반응하지 않는다.

그녀는 듣지 못한다. 신발이 완전히 타버리고, 나까지 완전히 타버릴 때까지, 그녀는 불을 끄지 않을 것이다.

더 이상 지탱할 수 없다. 나는 쓰러진다. 하필 기세 좋게 타오르는 신발 위, 가장 강렬한 불꽃 속으로.

나를 먹은 불길이 더 세차게 타오른다.

오랫동안 나는 고통을 모르고 지내왔다. 쾌快와 불쾌不快의 감각을 알지 못하고 지내왔다. 내 무형無形의 존재가 뼛속까지 타들어가는 고통이 이토록 크고 견디기 힘들 줄은 상상조차 하지 못했다.

그녀는 불을 끄지 않을 것이다. 마지막 순간까지 그녀는 나의 비명을 듣지 못하고, 내 고통을 보지 못할 것이다.

— 잘못했어.

마침내 나는 빌었다.

— 내가 잘못했어. 제발 용서해줘…….

무심히 신발이 타는 모습을 지켜보던 그녀의 눈길이 한순간, 애원하는 내 눈길과 마주쳤다.

그녀의 표정을 보고 나는 더 이상 아무 말도 할 수 없었다.

그녀는 신발이 다 탈 때까지 불을 끄지 않았다.

아침이 왔다. 그러나 해는 보이지 않는다.

하늘에서 물방울이 떨어진다. 땅에 누워서 들으니 물방울이 땅을 때리는 소리는 손가락으로 두들기는 소리 같다. 오랜 옛날, 이제는 잊어버린, 누군가 따뜻하고 보드랍던 인간의 손가락.

타서 쪼그라든 채 나는 한 방울씩, 두 방울씩 떨어지는 물방울을 맞는다.

나는 움직이지 못한다. 그러나 아직은 완전히 타지 않았다. 완전히 타서 없어지지는 않았다.

신발의 재나 타버린 흙이라도 먹으면 타서 쪼그라든 부분이 조금은 회복될 것이다. 나는 신발의 재를 핥기 시작한다. 구역질 나는 맛이다. 타버린 흙이 같이 딸려 온다. 그러나 지금은 어쩔 수 없다. 나는 계속 핥는다.

하늘에서 물이 떨어진다. 나는 게걸스럽게 물을 빨아들인다. 꺼지지 않는 그녀의 불과 투명하고 미끄러운 액체만 아니라면 뭐든지 빨아들일 수 있다. 뭐든지 빨아들여서 조금이라도 치유하고 회복해야 한다.

회복하는 데 얼마나 걸릴지 나는 궁리하기 시작한다. 완전히 태워 없애지 않은 것은 그녀의 실수였다. 시간이 얼마나 걸리든 회복해서, 나는 그녀를 다시 찾아갈 것이다.

남자에게 했듯이, 그녀의 위에 올라타서 움직일 수 없게 꽉 누른 다음, 이번에는 오른쪽 다리를 가져갈 것이다. 오른쪽 다리부터 천천히 조금씩 가져갈 것이다.

그녀도 다른 사람들과 똑같은 표정을 지을 것이다. 그녀도 다른 사람들처럼, 이승의 마지막 숨을 내쉬기 전에 내 이름을 부를 것이다. 내가 올라탔던 사람들, 목을 움켜쥐고 마지막 날숨을 짜냈던 사람들은 모두 죽기 전에 내 이름을 불렀다. 그녀도 그렇게 될 것이다. 내가 그렇게 만들 것이다.

회복하는 데 지나치게 오래 걸리면 그녀는 그 전에 늙어 죽을지도 모른다. 그녀도 결국은 사람이다. 사람은 수명이 너무 짧다. 그 전에 회복해서 찾아가려면, 오른쪽 다리부터 마지막 날숨까지 서서히 빼앗으려면, 나는 서둘러야 한다. 시간이 얼마 없다.

완전히 회복할 필요도 없다. 그녀를 찾아갈 수 있을 정도로만 치유하면 된다. 나머지는 그녀의 어린나무 줄기 같은 오른

쪽 다리가, 길고 섬세하고 단단하게 마디진 손이, 푸른 비단
실 같은 정맥이 수놓인 하얀 눈꺼풀과 그 비단실 안으로 흘
러 다니는 푸르고 시원한 피가 해결해줄 것이다. 마침내 오랫
동안 기다렸던 그녀의 마지막 날숨을 들이켜는 순간 나는 고
통을 느끼지 않는, 더 이상 고통을 느끼지 않아도 되는 존재
로 다시 변할 것이다.

마지막 숨을 내쉬는 그녀의 입술을 핥는 순간을 상상한다.
길 안내하는 자가 오기까지의 그 짧은 시간 동안만이라도 그
녀는 완전한 내 것이 된다. 나는 크게 벌어진 그녀의 젖은 눈
을 들여다보며 그 입술에 입 맞출 것이다.

그녀의 눈…….

나는 또다시 창밖에서 따라가고 있었다. 창 안에는 여자아
이들이 많이 있었다. 소녀와 처녀의 중간 단계에 다다른, 세
상에서 가장 강하고 가장 연약한 마술 같은 존재들. 요즘 보
기 드물게 모두 머리를 단단히 틀어 올려 쪽진 호리호리한
여자아이들은 나로서는 들을 수 없는 창 안의 언어로 재깔재
깔 지저귀고 있었다. 그 들리지 않는 소음의 와중에 그녀의
주변에만 침묵이 감돌고 있었다. 그 침묵 때문에 나는 불에
대해서는 잊어버렸다. 나는 그 침묵을 따라갔다.

그녀는 허공에서 춤추었다. 여자아이들은 모두 뛰어오르고

공중제비를 돌고 하늘로 날아올랐다. 그러나 그 여자아이들은 결국 모두 땅으로 내려왔다. 잠시 공기 속으로 솟구쳐 올랐을 뿐, 여자아이들은 모두 땅에 속하는 존재였다. 그런 여자아이들 속에서, 그녀는 텅 비어 있었다. 그녀만이, 허공 그 자체였다. 그리고 그녀 안의 공백은 내가 이제까지 한 번도 보지 못한 세상, 언젠가는 가야 할 피안彼岸의 세계와 이어져 있었다.

두려웠다.

그 순간 나는, 사로잡혔던 것 같다.

타서 쪼그라든 채로 땅에 누워 떨어지는 물방울을 마시면서 나는 생각을 거듭한다. 지금 내가 할 수 있는 것은 생각밖에 없다.

돌아가야 한다. 그녀가 문을 닫아걸고 다시는 나를 받아들이지 않더라도, 무슨 수를 써서라도 나는 돌아가야 한다.

내가 불탄 것은 이번이 처음이 아니다. 이번이 마지막이 되지도 않을 것이다.

그녀가 문을 닫아건다 해도 나는 어떻게든 그녀를 다시 만날 것이다. 여기는 그녀의 집 앞이다. 그녀도 언젠가는 외출을 해야 한다. 오늘은 비가 오니까 지금 당장 나오지는 않더라도, 언젠가 비가 그치고 나면 그녀는 쪼그라든 채 쓰러져 있는 내 앞을 아무렇지도 않게 지나갈 것이다. 어린나무 줄기 같은 다리로, 조심스럽게 허공을 피해 땅을 짚으며.

빗줄기가 점점 굵어진다. 나는 누워서 달콤한 물방울을 조심스럽게 빨아들이며 그녀를 만나기 오래전의 어느 날, 땅을 가르던 자유로운 말발굽 소리를 생각한다.

그러나 그토록 생생하던 그 말발굽 소리, 비명 소리, 불꽃의 냄새, 타버린 얼굴 위에 마지막으로 떨어지던 빗방울의 맛은 그녀 안의 공백과 마주친 순간 전부 빨려 들어가 사라져버렸다.

나는 그녀를 기다린다.

휘파람

* 2012년 환상문학웹진 〈거울〉 게재
* 2013년 단편집 《왕의 창녀》(온우주) 수록

그는 쫓기고 있었다. 살기 위해 도망쳤다. 앞은 낭떠러지였고 뒤는 검은 허공이었다. 그 검은 허공 속에서 적들이 떼를 지어 쫓아왔다. 그는 뛰었다. 그러나 다리를 움직일 수 없었다. 안간힘을 써도, 아무리 몸부림을 쳐도 전혀 움직일 수 없었다. 그리고 뭔가 폭발했다. 그는 찢어질 듯 밝은 빛 속으로 내던져져 비명과 고통 속에 진저리 치며 산산이 부서졌다.

깨어났을 때 그는 묶여 있었다. 팔도 다리도 움직일 수 없었다.

그는 공포에 질렸다. 어떻게든 몸을 움직여보려 했다. 아무래도 움직일 수 없었기 때문에 그는 공황 상태에 빠졌다. 팔다리를 당겨보려던 시도는 점점 광기에 찬 몸부림이 되었다.

움직이면 움직일수록 팔다리를 묶은 끈은 더 조여들 뿐이었다. 한참이나 그렇게 몸부림치다가 그는 제풀에 지쳐서 그만두었다.

사방을 둘러보았다. 그곳은 그가 예상했던 장소가 아니었다. 그 사실을 깨닫자 미친 듯이 치밀어오르던 공포감이 조금은 가라앉았다. 동시에 다른 의문이 솟아올랐다. 그럼 대체 여기는 어디일까? 어떻게 된 걸까?

침침한 어둠 속에서 팔다리를 단단히 묶여 움직일 수 없게 된 채 누워서 그는 어딘지 알 수 없는 위쪽을 올려다보며 생각했다.

그는 탈출했었다. 비행정을 훔쳐 타고 도망쳤다.

그리고 연료가 떨어졌다. 그는 추락했다.

어디에?

그는 한참이나 그렇게 생각하고 있었다. 잠깐 잠들었던 것도 같다.

머릿속이 흐릿했다. 기억이 분명하게 떠오르지 않았다. 생각의 고리가 매끄럽게 이어지지 않았다.

어둠 속에서 몽롱한 안개에 잠긴 듯 얼마인지 알 수 없는 시간 동안 머릿속에 나타나는 대로 이런저런 생각의 파편들 사이를 떠다니면서 그는 서서히 몸이 아프다는 사실을 의식하기 시작했다.

정확히 어디가 아픈지 딱히 꼭 집어서 말하기는 힘들었다.

그냥 온몸이 다 아팠다. 묶인 채로 함부로 흔들어댄 손목과 발목이 가장 확연하게 아팠다. 등도, 목도 아팠다. 움직이려고 하면 갈비뼈가 송곳으로 찌르는 것처럼 아팠다. 다리와 허리도 뻐근하게 쑤시는 것도 같고 저리는 것도 같이 아팠다. 어둠 속을 하염없이 올려다보고 있자니 머리도 어째 조금씩 지끈거리는 것 같았다.

그때 바스락, 소리와 함께 어둠을 가리고 있던 뭔가가 젖혀졌다. 옅은 빛이 흘러들어 왔다. 그는 아픈 머리와 목과 어깨를 가능한 한 움직여서 열린 틈새 쪽을 바라보았다.

사람이 있었다. 여자인 것 같았다. 밖에서 흘러들어 오는 빛을 역광으로 받아서 새까만 윤곽만 보일 뿐 정확한 생김새는 전혀 알 수 없었다. 여자인 듯한 사람은 안으로 들어서서 열린 틈을 닫았다. 방 안에 다시 진회색 어둠이 덮였다.

어둠 속에서 사람이 다가오는 기척이 느껴졌다. 그는 긴장했다.

여자가 다가왔다. 그의 바로 옆에 섰다.

부드럽고 탄력 있는 것이 그의 몸을 때렸다. 툭. 그는 깜짝 놀랐다. 아프지는 않았다. 오히려 좀 간지러웠다. 다시 그의 몸을 때렸다. 툭, 툭, 툭. 알 수 없는 부드럽고 탄력 있고 너덜너덜한 뭔가가 몸에 닿을 때마다 서걱서걱 소리가 났다.

"뭐 하는 거야?"

그는 말하려 했다. 목소리가 나오지 않았다.

그는 목을 가다듬었다. 다시 외치려 했다.

"나한테 지금 뭐 하는 거냐고!"

역시 목소리가 나오지 않았다.

말을 할 수 없다. 어찌 된 일인지 알 수 없다. 여기가 어딘지, 저 사람이 누군지, 나에게 무슨 짓을 하고 있는지도 알 수 없고 물어볼 방법도 없다. 다시 공포가 목구멍으로 치받쳐 올라왔다. 그는 몸부림치려 했다. 팔다리를 묶은 끈을 끊고 옆에 서 있는 사람을 때려눕히고 빛이 흘러나오는 곳으로 도망치려 했다.

여자가 낮게 휘파람을 불었다.

그는 움찔, 놀랐다. 움직임을 멈추었다. 서걱서걱하고 너덜너덜하고 부드럽고 간지러운 것이 다시 그의 몸에 닿았다. 이번에는 조심스럽게 쓸어내렸다.

갑자기 그는 몸이 아프지 않다는 것을 깨달았다.

완전히 아프지 않은 것은 아니었다. 계속 당기고 흔들었던 손목과 발목은 여전히 쓰렸다. 그러나 목에서 등줄기를 따라 고여 있던 둔중하고 불길한 통증, 움직이려 할 때마다 갈비뼈에서 느껴지던 날카롭고 무시무시한 고통은 이전에 비해 훨

썬 가라앉아 있었다.

여자가 다시 한번 휘파람을 불었다. 짧고 낮았지만 아까와
는 음조가 조금 달랐다.

부드럽고 서걱서걱한 것이 다시 그의 몸을 때리기 시작했
다. 이전보다는 조금 더 세게 때렸지만 여전히 아프지는 않았
다. 여자는 그의 목 아래에서 시작해서 배 쪽으로, 허벅지로,
다리로 내려갔다가 발에 닿으면 쓸어내린 후에 다시 올라와
서 조금 위쪽, 얼굴부터 툭툭 치면서 다시 아래로 내려가기를
반복했다.

부드럽고 서걱서걱한 물체가 직접 닿았기 때문에 그는 자
신이 벌거벗었다는 사실을 깨달았다. 그리고 여자가 때리는
동작을 되풀이할 때마다 조금씩 중앙부가 일어서는 것을 느
꼈다.

그는 당황했다. 여자는 동작을 멈추지 않았다. 그는 여전히
목소리가 나오지 않았다. 어둠 속에서 여자가 자신을 볼 수
있는지 확신할 수 없었다. 어쨌든 그는 여자에게 그만하라고
알리고 싶었다. 그의 신체 부위는 원치 않게 점점 더 단단해
졌고, 여자는 계속해서 서걱서걱한 물체로 그를 때렸고, 목소
리는 여전히 아무래도 나오지 않았고, 그래서 그는 당황하다
못해 울고 싶어졌다.

여자가 동작을 멈추었다. 세 번째로 휘파람을 불었다. 낮고 조용하게, 위로하는 듯한 음조였다.

그리고 여자는 다시 어딘가의 틈새를 열고 밖으로 나가버렸다.

어둠 속에 혼자 누워서 그는 안도했다. 창피했다. 사실은 그 서걱서걱한 것이 몸에 닿던 느낌이 몹시 기분 좋았기 때문에 더 창피했다.

여자는 다시 돌아오지 않았다. 그는 한동안 침침한 어둠을 멀거니 바라보며 단단해진 부분의 불편한 느낌과 함께 그대로 누워 있었다. 시간이 지나면서 원치 않았던 흥분은 다행스럽게도 차츰 가라앉았다. 동시에 허리와 갈비뼈에 마지막까지 남아 있던 희미한 통증이 모래 속으로 스며드는 물처럼 자신이 누운 땅 아래로 점차 스며들어 사라졌다.

그는 서서히 다시 잠이 들었다.

깨어났을 때 그는 여전히 침침한 어둠 속에 누운 채로 묶여 있었다. 옆에 여자의 형상이 서 있었다. 또다시 그 서걱서걱한 물건을 사용하려는 것일까. 그는 긴장했다. 자기도 모르게 움찔거렸고, 그러자 아직도 묶여 있는 손목과 발목이 당겼다.

거무스레하게만 보이는 여자의 형상이 가볍게 고개를 저었다. 그의 입술에 축축한 것이 닿았다. 그는 깜짝 놀랐다. 고개를 돌리려 했다. 여자가 그의 턱을 살짝 잡고 입술을 조금 벌렸다. 입안으로 차갑고 편편한 것이 들어왔다. 달고 시원하고 물기가 많았다.

음식이다. 음식일까? 먹어도 안전할까?

그는 뱉어내려 했다. 그러나 여자가 여전히 턱을 잡고 있었다. 입을 다물 수도 고개를 돌릴 수도 없었다. 부드럽고 편편하고 달콤한 조각이 입안을 채웠다. 혀에 닿는 맛과 코끝에 전해지는 향 때문에 본의 아니게 군침이 돌았다.

잠시 망설이다가 그는 먹기 시작했다.

그가 삼키고 나자 여자가 다시 그의 입안으로 같은 것을 집어넣었다. 그는 고분고분 받아먹었다.

입안으로 들어오는 조각들은 제각각 조금 더 달기도 하고 조금 더 시기도 했지만 무척 맛있었다. 그는 게걸스럽게 씹어 삼켰다. 그러면 여자는 부지런히 그의 입에 조각들을 넣어주었다.

그리고 여자가 갑자기 멈추었다. 음식이 더 들어올 것을 예상하고 입을 벌리고 있다가 그는 실망했다. 쩝, 하고 입맛을 다시자 여자가 그의 얼굴을 쓰다듬어주었다. 그는 조금 민망해졌다. 그리고 여자는 나갔다.

그는 기분 좋은 포만감을 느끼며 한동안 누워 있었다.

음식을 먹게 해주고 잠을 자게 해주는 걸 보니 이곳이 감옥은 아닌 것 같다고 그는 생각했다. 자신의 나라가 아닌 것 같다고 생각했다. 감옥은 감옥인데 다른 나라의 감옥일 수도 있다. 회유하려는 수단일지도 모른다. 혹은 이렇게 돌봐주는 듯하다가 저들이 원하는 대로 행동하지 않으면 갑자기 고문하기 시작할지도 모른다. 말을 할 수 없다는 것이 이런 상황에서 얼마나 불리할지 혹은 유리할지 그는 궁리했다. 아니면 목소리를 낼 수 없게 된 것도 저들의 무슨 실험이나 처치 때문인 걸까?

어찌 됐든 이제까지의 경험은 그의 예상과는 전혀 달랐다.

감옥이라고 가정했을 때의 예상이다. 감옥이 아니라면 그에게는 예상 따위 없었다. 여기가 어디고 자신이 어떤 입장인지 전혀 상상도 할 수 없었다.

손목과 발목을 조금 움직여보았다. 여전히 묶여 있었다.

먹여주고 재워주더라도 묶여 있다면 포로 아니면 노예가 분명하다고 그는 씁쓸하게 생각했다. 목숨을 걸고 탈출한 결과가 고작 이것이던가.

다시 틈새가 열렸다. 여자가 들어왔다. 그는 긴장했다.

여자는 그의 옆에 앉았다. 그리고 손목을 풀어주기 시작했다. 그가 목소리를 내보려고 노력하는 사이에 여자는 그의 양 손목을 한데 모아 묶은 끈을 풀고 그를 일으켜 앉혀주었다.

몸을 일으키자 머리가 띵했다. 눈앞에 반짝이는 것이 보이며 머릿속의 핏기가 일시에 빠져나가는 것이 느껴졌다. 기절할지도 모르겠다고 그는 생각했다.

그가 도로 쓰러지지 않고 앉은 자세를 유지하려 애쓰는 사이 여자는 이어서 그의 발목도 풀어주었다. 그는 일어서려 했으나 무릎이 휘청거려 넘어지다시피 도로 다시 앉았다. 여자가 쓰러지려는 그를 부축해서 똑바로 앉혔다. 그의 입에 무언가 넣어주었다.

그는 지난번의 달콤한 것을 생각하고 무심코 씹었다. 그런데 무시무시하게 썼다. 반사적으로 도로 뱉으려 했다. 여자가 재빨리 손으로 그의 입을 막았다. 입을 막은 채로 그의 고개를 뒤로 젖혔기 때문에 그는 강제로 씹던 것을 삼켜야 했다.

화를 내려 했는데, 다음 순간 그는 일어서 있었다. 여전히 머리가 좀 띵하고 아직 몸에 기운이 없었으나 조금 전의 기절할 것 같은 느낌은 사라졌다.

여자가 그의 등을 받치고 있던 손을 떼었다. 허리에 뭔가 둘러주는 것을 느꼈다. 그는 실험적으로 한 걸음 걸어보았다. 다시 한 걸음.

손에 뭔가 닿았다. 여자가 그의 손을 잡고 이끌고 있었다. 그는 여자가 이끄는 대로 조심스럽게 한 걸음씩 걸어갔다.

여자가 장막을 걷었다. 쏟아져 들어오는 빛에 그는 잠시 눈을 감았다. 여자가 빛 속으로 그를 인도했다.

그는 포로도 노예도 아니었다. 일어나서 걸을 수 있게 된 뒤에 그는 곧바로 이 사실을 깨달았다. 그가 자기 힘으로 걸을 수 있게 되자 여자는 더 이상 그를 묶어두지 않았다. 그는 어디든 자유롭게 돌아다닐 수 있었다.

그곳은 빽빽이 우거진 밀림 속에 자리 잡은 촌락이었다. 사람보다, 다른 어떤 동물보다 나무가 훨씬, 훨씬 더 많았다. 수풀 사이로 다른 사람들, 어른들이나 아이들이 아주 가끔씩 나타났다가 사라졌다. 마을 전체에 인구가 몇이나 되고 밀림의 바깥에는 무엇이 있으며 밀림의 바깥이 어디쯤 가야 있을지 짐작조차 할 수 없었다.

그리고 물어볼 수도 없었다. 그는 당연히 이 사람들의 언어를 알지 못했다. 그리고 얼마 안 되는 시간 동안 나타났다 사라졌던 얼마 안 되는 사람들을 관찰한 결과 그는 이 사람들이 그가 아는 형태의 언어를 사용하지 않는 것 같다고 생각하기 시작했다.

그는 어디로 가야 할지 알지 못했으므로 그대로 여자와 함께 머물렀다. 가끔씩 여자를 찾아오는 사람들은 마치 새가 지저귀는 듯한 소리를 냈다. 휘파람을 불기도 했다. 하늘까지 가리도록 우거진 나무와 잎사귀를 뚫고 높고 날카로운 새소리 같은 것이 끊임없이 들려왔다. 그러면 여자도 때때로 거기에 답하여 비슷한 소리를 내며 휘파람을 불었다. 그것이 그들의 언어였다. 저런 방식이라면 어디서부터 어떻게 배워야 할지 엄두조차 나지 않았다.

휘파람 소리는 사방에서 언제나 들려왔지만 실제로 사람이 찾아오는 일은 드물었다. 대부분 그는 혼자였다. 여자가 그를 위해 지어준 것이 분명한, 가느다랗고 탄력 있는 나뭇가지와 어린줄기를 촘촘히 엮고 그 위에 천을 덮은 오두막에서 자거나 아니면 밖에 나와서 여자를 기다렸다. 여자는 해가 뜨면 밀림 속으로 사라졌다가 어스름이 내릴 때쯤 먹을 것을 들고 나타났다. 그에게도 먹을 것을 나눠주고 해가 완전히 질 때까지 모아온 식재료를 손질하거나 나무를 깎거나 다른 여러 가지 그가 이해하지 못하는 자질구레한 노동에 열중했다. 그리고 어두워지면 여자는 자신의 오두막으로 사라졌다. 다시 해가 뜨고 하루가 시작되고 여자가 밀림 속으로 사라져 혼자 남으면 그는 주변을 탐험해보려 시도했으나 곧 포기했다. 밀림 속, 여자가 사라진 방향으로 두 걸음 걸어 들어가자마자 그는 방향을 분간할 수 없게 되었다. 그리고 그 사실을 깨달은 순간 친숙한 공포가 목구멍으로 치받쳐 올라왔다. 그는 겁에 질렸고, 그래서 더더욱 방향을 분간할 수 없게 되었다. 그로서는 영원과도 같은 시간 동안 나무와 나무 사이로 같은 장소를 빙빙 돌다가 마침내 그와 여자의 오두막이 나란히 보이는 빈터로 나왔을 때 그는 하마터면 울 뻔했다. 그래서 그는 다시는 혼자서 밀림으로 들어가지 않기로 결심했다.

그러나 그는 걱정하고 있었다. 비행정을 찾아야 했다. 이곳이 어디인지는 알 수 없지만, 언제까지나 이곳에 있을 수는 없었다.

그러나 이곳에 머무르지 않는다면 달리 어디로 가야 할지 그는 알지 못했다.

그래서 어느 아침에 그는 빽빽이 우거진 나무 사이로 여자의 뒤를 따라 들어갔다.

여자는 힘들이지 않고 나뭇가지를 헤치면서 앞으로 앞으로 나아갔다. 그는 여자를 도무지 따라잡을 수가 없었다. 여자는 중간중간에 멈추어 서서 나뭇가지 같은 걸 꺾어서 어깨에 걸치고 있던 바구니에 넣기도 하고 열매를 따서 그에게 주기도 하고 혹은 다른 뭔가를 따거나 뽑아서 바구니에 넣기도 했다. 그렇게 멈춰 서서 가볍게 손을 놀리는가 싶으면 또다시 앞으로 나아갔다. 그리고 시시때때로 대기를 뚫고 들려오는, 새들의 비명 소리 같은 휘파람 소리에 답했다. 답하면서 방향을 바꾸기도 했고 가끔 되돌아가기도 했다.

그는 무작정 따라갔다. 여자가 멈춰 서면 같이 멈추어 쉬었다. 여자가 뭔가 건네주면 먹었다. 대부분 달고 부드럽고 시원했지만 어떤 것은 시고 어떤 것은 쓰거나 떫기도 했다. 그래도 그는 여자가 주는 대로 다 먹었다. 그리고 여자가 걷기 시작하면 또 충실하게 따라갔다.

가끔 여자는 나무를 탔다. 바구니를 어깨에 멘 채로 마치 나무껍질을 타고 위를 향해 흐르는 것처럼 날렵하고 능숙하게 올라갔다. 그는 감탄하며 바라보았다. 그의 시선이 미치지 않는 곳, 나뭇잎과 가지에 가려진 높은 곳까지 올라가서 여자는 열매와 잎사귀를 따서 바구니를 채우고 하늘을 향해 휘파람을 불었다. 그리고 올라갈 때처럼 흐르듯이 가볍게 내려와서 그에게 달콤한 열매를 내밀고 미소 지었다.

매일같이 여자를 따라다니면서 그는 여자의 몸이 그가 알던 어떤 방식과도 다르게, 독특하게 움직인다는 것을 눈치채었다.

앞을 막는 나뭇가지를 헤치고 나갈 때면 여자는 밀어젖히되 꺾지 않았다. 나무뿌리나 쓰러진 큰 덩어리를 넘어가야 할 때면 여자는 마치 큰 걸음으로 한 번 걷듯이 사뿐하게 넘어갔다. 여자의 움직임은 간결했고, 효율적이었고, 그래서 우아하고 아름다웠다. 그러다가 아주 가끔 마음에 드는 동물을 발견했을 때 여자의 공격하는 움직임은 그 쉽고 부드러웠던 몸짓과는 달리 집약된 에너지를 폭발적으로 전달했다. 그것은 근본적으로 생존을 위해서 오랜 기간 훈련되고 숙달된 몸짓이었겠지만 그 모습에는 생존을 위해서라는 절박함이 전혀 없었다. 나뭇가지가 바람에 흔들리듯, 혹은 빗물이 잎사귀를 타고 흐르듯, 여자의 움직임은 언제나 가볍고 자연스러웠다.

그는 사람의 몸이 그런 식으로 움직이는 것을 본 적이 없었다. 그는 글 쓰는 사람이었다. 그의 일상은 컴퓨터 앞에 앉아서 손가락을 놀리는 것이었다. 그가 살았던 세계에서는 인간의 몸이 여자와 같은 방식으로 움직일 필요가 없었다. 사실 그가 살았던 세계에서는 인간의 몸이 움직일 필요 자체가 별로 없었다. 그래서 그는 여자가 그 길고 가늘고 단단한 팔다리를 춤추듯이 뻗을 때마다 정신없이 매료되어 쳐다보곤 했다. 그러면 여자가 그의 시선을 느끼고 돌아보았고, 눈이 마주치면 그는 당황해서 시선을 돌렸다. 여자는 웃었고, 그리고 무심하고 가볍게 하던 일을 계속했다. 그럴 때면 그는 어쩔 수 없이 여자가 자신의 벌거벗은 몸을 나뭇가지로 두드렸을 때를 떠올렸다. 잎이 무성하게 달린 여러 나뭇가지들이 맨살 갗을 툭툭 치고 부드럽게 쓸면서 위에서 아래로 훑어 내려가던 느낌과 벌거벗은 중앙부에서 일어나던 단단함에 생각이 미치면 그는 얼굴을 붉혔다. 여자는 아름다웠고, 그래서 그는 부끄러웠다.

그렇게 매일같이 여자를 따라다니면서 그는 밀림의 촌락에서 여자가 일종의 의사라는 것을 알게 되었다. 가끔씩 여자를 찾아오는 사람들은 모두 어딘가 아팠다. 여자는 그들에게 나무 열매나 잎사귀 혹은 말린 풀을 주거나, 조그마한 도구로 몸의 안 좋은 곳을 째고 피와 고름을 짜내거나, 혹은 그에게 했던 대로 잎사귀 달린 나뭇가지를 엮어서 몸의 아픈 곳을 두드려주기도 했다. 여자를 찾아오는 사람들은 특히 그 나뭇가지 치료법을 좋아하는 것 같았고, 그래서 여자는 여러 다른 종류의 나뭇가지를 여러 다른 방식으로 엮어서 각 환자의 상태에 맞게 성심껏 두드려주었다.
그리고 어린 아기를 안은 젊은 엄마가 찾아왔다. 아기는 입술이 푸르스름하고 기운이 없었다. 여자는 아기에게 여러 가지 풀잎을 으깨어 짜낸 즙을 먹이고 나뭇가지로 두드려주었다. 입술에 조금 혈색이 돌아온 것 같았지만 아기는 여전히 기운이 없었다. 젊은 엄마는 여자의 품에 안겨 한참 울다가 돌아갔다.

아기와 엄마가 돌아간 뒤에 여자는 다시 바구니를 메고 숲으로 향했다. 그러나 여자의 움직임은 이전과 달랐다. 젊은 엄마와 기운 없는 아기에게 신경 쓰고 있는 것이 분명했다. 여자는 평소보다 천천히 움직였고, 가끔 멈추어 서서 아무것도 하지 않고 땅을 가만히 내려다보거나 눈앞의 나뭇잎을 들여다보았다. 그러다가 잎을 따서 바구니에 넣기도 했다. 열매보다도 여자는 나뭇잎과 풀잎과 잎사귀 달린 나뭇가지를 따서 모았다. 그는 뒤를 따라가며 이미 가득 차서 무거워진 여자의 바구니에 더 이상 들어가지 않는 나뭇가지를 여자가 꺾어서 건네주면 받아서 들고 걸었다.

그러다 그는 여자가 언제나 따주는 나무 열매를 발견했다. 단맛보다는 신맛이 강했지만 시원하고 물이 많았다. 그는 열매를 땄다. 달려가서 앞서 걸어가는 여자의 어깨를 건드렸다. 여자가 돌아보았다. 그는 열매를 내밀었다.

여자는 처음에 어리둥절한 표정이 되었다. 그러나 곧 열매와 그의 얼굴을 번갈아 쳐다보다가 조금 웃었다. 그 웃음에는 기쁨과 고마움, 그리고 일종의 대견함이 섞여 있었다.

여자는 열매를 맛있게 먹었다. 그는 기뻤다. 조금 자랑스러
웠다. 조금은 부끄러웠다.

그는 열심히 나무 열매를 찾아서 따기 시작했다.

다음 날 여자는 숲으로 가지 않았다. 아침 일찍부터 나뭇가
지를 이리저리 엮는 데만 열중했다. 그가 옆에 다가가도 돌아
보지 않았고 전날 따다 둔 열매를 권해보아도 입에 대려 하
지 않았다. 그는 자신이 알아듣지 못하는 휘파람 대화를 통해
아기를 안은 젊은 엄마가 다시 찾아오기로 한 것이리라 짐작
했다. 여자의 언어를 이해하지 못하는 것이 조금은 아쉽게 느
껴졌다.

여자가 몹시 집중하고 있었기 때문에 그는 방해하지 않는
것이 좋겠다고 생각했다. 여자를 남겨두고 그는 용기를 내어
혼자 밀림으로 들어갔다.

처음 혼자 숲에 발을 디뎠을 때만큼 무섭지는 않았다. 이미
여자와 함께 몇 번 다녀봤고, 특별히 큰 나무나 모양이 특이
한 돌은 표지 삼아 눈여겨 보아두기도 했다.

그러나 밀림은 쉬지 않고 자라났다. 조금 전에 지나온 곳도

돌아서면 모양새가 바뀌어 있었다. 나뭇가지는 마치 동물처럼 제멋대로 형태와 위치를 바꾸는 것 같았고, 거기에 잎사귀가 우거지면 그 밑의 땅은 전혀 알아볼 수 없어졌다. 당연한 이야기지만 얼마 못 가서 그는 길을 잃었다. 그리고 길을 잃었기 때문에 추락한 비행정을 발견했다.

여자의 오두막에서 이토록 가까운 곳에 비행정이 있었다는 것을 그는 전혀 모르고 있었다. 그러나 생각해보면 여자가 혼자서 의식이 없는 그를 끌고 밀림을 헤치고 집으로 돌아오려면 비교적 가까운 거리여야만 가능했을 것도 같았다. 단지 이 방향으로는 와본 기억이 없었고, 이렇게 가까웠다면 여자가 일부러 이쪽 방향을 피해서 오지 않았던 것이라고밖에 생각할 수 없었다.

여자는 그를 붙잡아두려 했던 것일까?

그렇다면 여자는 굳이 비행정을 숨길 필요까지도 없었다. 비행정은 완전히 파손되어 있었다. 언뜻 보기에도 그다지 희망이 없었다. 그래도 어쨌든 발견했으므로 그는 가까이 가보았다. 이래서는 포기하는 수밖에 없겠다고 그는 한숨을 쉬었다. 그는 정비 기술 쪽에는 전혀 소질이 없었다. 그가 아는 '수리'는 전원을 껐다 켜는 정도뿐이었다. 그리고 설령 비행정을 고쳐낼 기술이 있었다 하더라도 지금 상황으로서는 수

리할 도구도 부품도 없었다.

비행정 입구에 그의 옷가지가 널브러져 있었다. 그러니까 그는 여기서 발견된 것이다. 여자가 옷을 벗겼을 것이라 생각하니 창피하고 당황스러우면서도 어쩐지 기분이 나쁘지는 않았다.

그는 아무렇게나 내팽개쳐진 옷을 집어 들었다. 찢어지고 피가 묻어 있었다. 피가 많이 묻어 있었다.

그는 새삼 자신의 몸을 내려다보았다. 아물어가는 흉터들을 보며 감탄했다. 이 정도 부상을 입었는데 여자가 나뭇가지와 잎사귀로만 두드려서 살려냈다는 게 믿어지지 않았다.

한동안 선 채로 옷가지를 들여다보다가 그는 비행정 안으로 들어갔다.

사실 제대로 안에 들어갈 수는 없었다. 입구는 추락의 여파로 인해 찌그러져 있었다. 그는 찌그러진 공간에 맞추어 상체를 비튼 것 같은 이상한 자세로 숙여서 고개만 집어넣고 안을 들여다보았다.

비행정을 운전해볼 생각은 애초에 없었다. 안에 물도 먹을 것도 없다는 사실도 이미 알고 있었다. 그는 다른 물건을 찾고 있었다.

바닥에 떨어져 있는 가방이 눈에 띄었다. 그는 가방을 집어

들었다. 팔을 한껏 뻗어 손가락 끝으로 끌어당겨야 했지만 어쨌든 잡는 데 성공했다. 비행정 밖으로 나와서 그는 가방을 열었다. 태블릿은 화면에 커다랗게 금이 가 있었지만 전원을 넣자 어쨌든 작동했다.

아주 잠깐 동안 그는 이런저런 프로그램들을 구동시켜보았다. 손가락이 화면을 스치는 느낌이 낯설었다. 물론 화면에 전에 없던 금이 가 있기 때문이기도 했지만, 그보다도 밀림의 한가운데에서 허리춤에 수건 비슷한 천 조각만 두른 채이 컴퓨터의 화면을 다시 만지게 되리라고는 일평생 상상조차 해본 적이 없었기 때문이었다. 거기까지 생각하고 그는 혼자 피식 웃었다.

그는 자료를 불러냈다. 깨진 화면에 그가 썼던 기사와 관련 자료, 사진과 메모들이 주르륵 펼쳐졌다. 정부 고위층의 비리에 대한 폭로 기사였다.

고국의 지도자는 본래 군 정보부 출신의 무명 인사였다. 바로 그 무명이라는 사실 때문에 선임 지도자의 신뢰를 얻어 측근이 되었고 마침내 체제를 전복하거나 선임 지도자를 감옥에 보내지 않는 조건으로 평화롭게 정권을 넘겨받았다. 일단 권력을 쥔 후에 지도자는 자신과 동향 출신인 지인 중에서 강력한 재력과 인맥을 갖춘 사람들을 선발하여 소규모의 배타적인 파벌을 형성하고 이런 측근들에게 정부 최고위직과 국영 대기업의 이권을 나누어주었다.

그 이후로는 일사천리였다. 정치와 군사, 금융까지 국가의 핵심 권력은 지도자를 중심으로 그의 최측근들이 모두 장악했고, 법에 정해진 임기가 끝나면 서로 자리만 바꿔 앉았다. 선거가 필요하면 부정을 저지르고 국회의 동의가 필요하면 동의하지 않는 의원들을 매수하거나 협박하거나 매수하고 협박했다. 그는 지난 십 년간 이 최고위층, 특히 지도자가 저지른 부정과 비리에 대한 결정적인 자료들을 모으고 있었다.

물론 자료들은 모으기 쉽지 않았다. 그런 자료들을 찾으려 한다는 사실이 알려지면서 온갖 협박에 시달리기도 했다. 동료 한 명은 자기 아파트에서 죽음을 당했다. 배달시킨 음식이 왔다고 해서 문을 열어주러 나갔다가 현관에서 총에 맞아 죽었다. 그 일을 계기로 다른 동료들은 일을 그만두고 숨거나 외국으로 도피했다.

그는 숨지도 도망치지도 일을 그만두지도 않았다. 부모님은 이미 오래전에 외국으로 이민 갔고, 형은 기사 쓰는 작업을 시작하기 전에 설득해서 부모님이 계신 나라로 떠나보냈다. 자기 한 몸에 대해서라면 두려울 게 없었다. 두려울 게 없다고 생각했다.

그러나 한밤중에 현관문이 부서졌을 때 그는 두려웠다. 몹시 두려웠다. 자료를 백업해둔 태블릿과 비행정은 최후의 수단이었다. 그 최후의 수단을 정말로 이용하는 날이 오게 될 줄은 몰랐다. 비행정을 타고 탈출하면 그 자료를 들고 어디로 가야 할지 정해놓지도 않았다. 그저 추상적인 의미에서 최후의 수단이었다. 그런데 현관문은 현실적으로 부서졌고, 총알도 현실적으로 날아왔다. 생명의 위협이라는 게 어떤 것인지 실제로 겪어보기 전에 그는 전혀 상상도 하지 못했다. 세상의 모든 일이 다 그렇듯이.

　그리고 지금은 하늘을 가로질러 어딘지 모를 땅에 내던져졌지만 그는 여전히 살아 있는 것이다. 휘파람으로 대화하고 나뭇잎으로 치료하는 사람들의 세계에서.

　그는 태블릿을 껐다.

　화면이 까맣게 죽으면서 동시에 먼 고국의 독재자가 그에게 가졌던 무게와 의미도 같이 사라졌다. 목숨을 걸었던 일인데, 인생을 걸었던 일인데, 이런 상황에서는 아무래도 상관없다는 걸 깨달아버린 자신이 견딜 수 없이 비겁했다. 그러나 그에게는 지금 이곳이 현실이었다. 혹은 그가 추락했을 때 이미 죽었고 지금 이 모든 것이 죽은 뒤에 꾸는 꿈일지도 몰랐다. 그에게는 아무래도 마찬가지였다. 고국의 독재자는 이제 그의 현실에 아무런 영향도 미치지 못했다. 같은 의미에서 그의 자료들도, 그의 기사도 먼 땅의 독재자에게는 이제 아무런 중요성도 갖지 못했다. 그는 말하고 싶은 대로 다 말하고 태블릿의 전지가 지탱하는 한 쓰고 싶은 대로 전부 쓸 수 있었다. 그래서 그는 자신이 원하지 않았던 기묘한 방식으로 완벽하게, 허무하게 자유로웠다.

그는 깨진 태블릿을 다시 가방에 넣었다. 피 묻은 옷가지와 함께 비행정 안에 집어넣었다. 어깨의 바구니를 고쳐 매고 현실의 허기를 달랠 만한 먹을 것을 찾으러 갔다.

그는 바구니를 가득 채웠다. 도저히 더 이상 들어가지 않아서 남은 열매는 손에 몇 개 들고 걷다가 좀 먹었다. 달콤한 과육을 입에 하나 가득 넣고 우물우물 씹으면서 돌아왔다.

여자는 울고 있었다.

움직이지 않게 된 아기를 앞에 놓고 엎드려서 여자는 흐느꼈다. 그 맞은편에서 젊은 엄마와 아이의 아버지로 보이는 젊은 남자가 땅을 치고 자신의 머리를 때리며 통곡했다.

상황을 이해하기까지 몇 초 정도 시간이 걸렸다. 그는 뭐라고 해야 할지, 어떻게 해야 할지 알지 못했다. 손에 열매를 쥐고 바보처럼 멍하니 선 채 자식을 잃은 부모와 환자를 구하지 못한 치료사가 오열하는 광경을 바라보았다.

엎드려 울부짖던 아기 아빠가 일어섰다. 아기 엄마가 따라서 일어섰다. 아기 아빠가 뭔가 날카로운 소리를 냈다. 여자가 천천히 일어섰다.

죽은 아기의 아빠가 여자를 향해 달려들 듯이 돌발적인 몸짓을 했다. 사나운 표정에는 격렬한 분노가 서려 있었다. 그는 들고 있던 먹을 것을 내던지고 반사적으로 여자 쪽으로 다가갔다.

여자는 움직이지 않았다. 아기를 잃은 아빠를 조용히 쳐다보고 있을 뿐이었다.

아기 아빠가 여자를 향해 위협적으로 한 걸음 다가섰다.

아기 엄마가 남편의 손을 잡았다. 아기 아빠가 움찔, 걸음을 멈추었다. 아기 엄마가 다른 한 손을 남편의 어깨에 얹었다. 다정하게 쓰다듬었다.

아기 아빠가 고개를 숙였다. 몸에 서려 있던 위협적이고 공격적인 분노가 일시에 무너졌다. 아기를 잃은 아빠는 돌아서서 아내의 품에 안겨 어깨를 들먹이며 다시 울기 시작했다.

아기 엄마가 남편을 감싸 안았다. 자식을 잃은 부부는 한참이나 얼싸안고 서서 통곡했다. 그리고 두 사람은 여전히 흐느껴 울면서 손을 잡고 함께 밀림 속으로 사라졌다.

314

여자는 눈을 감고 한숨을 쉬었다. 다시 죽은 아기의 시체 앞으로 돌아와서 털썩 앉았다. 몸을 한껏 웅크리고 죽은 아기를 말없이 뚫어져라 쳐다보았다.

그는 여자에게 다가갔다. 뭐라고 위로하고 싶었다. 그러나 그는 여자의 언어를 알지 못했다. 그리고 여전히 목소리가 나오지 않았기 때문에 자신의 언어로도 위로할 수 없었다.

그래서 그는 여자 옆에 다가앉았다. 입을 열었다. 목소리가 나오지 않는다면 속삭여서라도 위로하고 싶었다.

그때, 그의 눈앞에서 죽은 아기가 일어섰다.

그는 반쯤 공황 상태에 빠지고 반쯤은 매료된 채로 일어선 죽은 아기를 바라보았다. 사실 그것은 죽은 아기가 아니었다. 죽은 아기는 여자 앞에 얌전히 누워 있었다. 그러나 동시에 죽은 아기는 벌떡 일어서서 그를 똑바로 쳐다보고 있었다. 그를 향해 한 걸음 다가왔다. 입을 열었다. 그리고 하늘과 땅이 찢어질 듯한 날카로운 휘파람 소리를 냈다.

그는 엉겁결에 물러났다. 물러나려 했다. 여자 옆에 웅크리고 앉아 있다가 아기가 다가오자 앉은 것도 아니고 일어선 것도 아닌 이상한 자세로 서둘러 뒤쪽으로 움직이려다가 중심을 잃고 쓰러졌다. 얼굴이 땅에 처박혔다.

땅의 흙에서 이상한 냄새가 났다. 역겨워서 그는 얼른 몸을 일으켰다. 그러나 일어서려다가 다시 주저앉았다. 세상이 눈앞에서 무지갯빛으로 물들었다. 그리고 빙글빙글 돌기 시작했다. 죽은 아기가 둘, 다섯, 열, 스물, 백 명으로 늘어나서 보이는 모든 곳을 가득 채우고 고막이 찢어질 듯한 휘파람 소리를 내며 무지갯빛 세상과 함께 빙글빙글 돌았다. 그와 함께 썩은 풀냄새 같은 텁텁하고 고약한 냄새가 주위를 감쌌다. 그는 몸을 돌리고 웅크리고 앉아서 토하기 시작했다.

뭔가 따뜻하고 가느다란 것이 가볍게 그의 어깨를 건드렸다. 그는 손등으로 입가를 닦아내고 돌아보았다. 여자가 걱정스러운 얼굴로 옆에 다가앉아 바라보고 있었다.

다음 순간 그는 자신의 몸에서 분리되었다. 자신의 몸이 여자에게 덤벼들어 쓰러뜨리는 광경을 그는 마치 오래된 영화의 한 장면을 구경하듯이 그렇게 옆에서 지켜보았다.

눈으로 보면서도, 묘하게 객관적인 방식이지만 어쨌든 감각으로 느끼면서도, 그는 자신이 여자를 공격하고 있다는 걸 믿을 수 없었다. 그는 그런 일을 원한 적이 없었다. 그는 강압과 폭력에 극렬히 반대했고 그 때문에 핍박받은 사람이었다. 다른 인간에게 강압과 폭력을 행사할 생각은 전혀 없었다. 특히나 여자에게 그런 짓을 하는 것은 더더욱 원하지 않았다.

그런데도 지금 여기서 그는 여자를 깔아뭉개고 위에 올라타려 하고 있었다. 자기 몸이 하는 행동을 마치 남의 일처럼 한발 물러서서 구경하면서 그는 아까 먹은 열매 중에 뭔가 이상한 것이 섞여 있었던 것 같다고 희미하게 깨달았다.

여자는 목을 조르려는 그의 양 손목을 재빨리 붙잡았다. 특유의 가볍고 능숙한 움직임으로 그를 쓰러뜨리고 위에 올라탔다. 양다리로 그의 갈비뼈를 조이면서 붙잡은 손목을 그의 머리 위로 올리고 몸무게를 실어서 움직일 수 없게 했다. 그는 몸부림쳐서 여자를 떨어뜨리려 했다. 여자가 한 손으로 그의 손목을 잡아 누른 채 다른 손을 번개같이 움직여 그의 목울대를 쳤다. 그는 순간적으로 숨을 쉴 수 없게 되었다. 눈앞이 하얗게 변했다. 다시 호흡과 시력이 정상으로 되돌아왔을 때는 여자의 오두막에서 처음 정신을 차렸을 때처럼 손목과 발목이 단단히 묶여 있었다.

묶인 채로 그는 몸부림쳤다. 죽은 아기가, 죽은 아기들이 둥글게 원을 그리며 그의 주위를 맴돌았다. 죽은 아기들이 내지르는 첫소리가 하늘과 땅을 갈랐다. 그리고 그 갈라진 틈에서 텁텁하고 고약한 썩은 냄새가 피어올랐다. 그는 입을 한껏 벌리고 몸속에서부터 비명을 질렀다. 그러나 목에서는 아무런 소리도 나오지 않았다. 죽은 아기가 그의 목 위에 올라앉았기 때문이었다.

휘익, 짝, 소리와 함께 그는 살이 찢어지는 듯한 날카로운 통증을 느꼈다. 그와 함께 목 위에 앉아 있던 죽은 아기가 사라졌다.

그는 누운 채로 위를 쳐다보았다. 여자가 손에 나뭇가지를 들고 있었다. 잎사귀가 달리지 않은 가느다란 나뭇가지 하나였다. 그 나뭇가지로 여자가 다시 그의 몸을 내리쳤다. 짝, 소리와 함께 그는 다시 타는 듯한 아픔을 느꼈다. 그러나 동시에 죽은 아기들이 지르던 쇳소리가 갑자기 작아졌다.

여자는 쉬지 않고 계속해서 인정사정없이 그의 몸을 내리쳤다. 나뭇가지가 지나간 자리는 새빨갛게 부어오르면서 불이 붙은 듯이 화끈거렸다. 그러나 피부에 느껴지는 고통이 심할수록 그는 머릿속이 점점 맑아지는 것을 느꼈다. 죽은 아기들의 환영이 점점 옅어졌고, 아기들이 지르는 쇳소리도 점점 작아졌고, 땅에서 피어오르던 텁텁하고 고약한 썩은 냄새도 점차 사라졌다.

치료—처벌이 끝났을 때 그의 몸은 온통 벌겋게 부어오른 회초리 자국으로 뒤덮였다. 그러나 죽은 아기는 모두 사라졌다. 쇳소리도 들리지 않았고 냄새도 없어졌다. 그는 더 이상 구토 증세도 이유 없는 공격 충동도 가슴을 옥죄던 공포도 느끼지 않았다. 그저 맞은 자리가 아플 뿐이었다.

그는 조심스럽게 팔을 움직여보았다. 상처 난 피부가 욱신거렸다. 그러나 손목은 더 이상 묶여 있지 않았다.

그는 천천히 일어나 앉았다. 발목도 자유로웠다. 그는 조금 겁내며 주의 깊게 움직여 서서히 몸을 일으켰다.

오두막 바깥으로 나왔을 때는 동이 트고 있었다. 여자는 그를 향해 등을 돌린 채 뭔가 하고 있었다. 여자에게 다가가려다가 그는 여자가 죽은 아기의 시체를 천으로 감싸고 있는 것을 보았다. 그래서 그는 방해하지 않기 위해 물러섰다.

여자는 그를 돌아보지 않고 천천히 정성스럽게 아기의 시신을 다루었다. 천으로 다리를 감싸고, 양손을 모아 가슴 위에 놓은 뒤에 몸통을 감싸고, 마지막으로 얼굴을 감싼 뒤에 다시 한번 온몸을 단단하게 감쌌다. 작업이 끝난 뒤에 여자는 아기의 시신을 품에 안았다. 그리고 하늘을 향해 휘파람을 불었다.

새의 비명 소리와도 같은 휘파람 소리가 곧 여자의 외침에 대답했다. 그리고 또 한 번. 다시 한 번. 여자가 하늘을 쳐다보며 길고 슬프게 한숨 같은 곡조를 불었다. 이에 답하는 비탄에 찬 날카로운 휘파람 소리가 대기를 뒤덮었다.

마을은 애도하고 있었다.

그는 주위를 뒤덮은 휘파람 소리에 잠긴 채 어쩔 줄 모르고 서 있었다. 여자는 숨이 닿는 한 휘파람을 불었다가 잠시 멈추고는 다시 깊이 숨을 들이쉰 후에 또 하늘을 향해 휘파람을 불었다. 그러면 마을 전체가 이에 답했다. 모두 함께 소리쳤고, 모두 함께 탄식했고, 모두 함께 슬퍼했다.

그리고 그가 뭔가 소리를 내거나 주의를 끌기 전에 여자는 아기의 시신을 소중히 품에 안고 천천히 숲을 향해 걷기 시작했다.

그는 여자를 부르려다가 그만두었다. 목소리는 나오지 않았고, 여자와 그녀의 사람들이 하는 방식대로 휘파람을 불 줄도 몰랐다. 그들은 슬퍼하고 있었고, 그는 이방인이었다. 공동의 애도가 하나의 커다란 울음이 되어 하늘을 뒤덮는 비탄의 순간에 그들을 방해할 자격이 그에게는 없었다.

여자는 그를 돌아보지 않았다. 아기를 품에 안은 채 여자는 나무 사이로 사라졌다.

오두막 앞에 혼자 남아서 그는 그대로 한동안 서 있었다. 이제부터 어떻게 해야 할지 알 수 없었다.

기다리면 여자는 물론 언젠가 돌아올 것이었다. 그러나 그는 여자를 똑바로 볼 수 있을 것 같지 않았다. 이전처럼 대할 수 있을 것 같지 않았다. 뭔가를 잘못 먹었다고는 해도 그는 어쨌든 여자를 공격했다. 부상당한 자신을 살려주고, 돌봐주고, 먹여주고 재워주었는데, 아기의 죽음과 부모의 비탄이라는 최악의 상황을 감내해야 했을 때 그는 하필 그런 순간을 골라 여자에게 덤벼들었다. 자신이 오두막에서 나와 등 뒤에 서 있는 것을 알면서도 여자가 한 번도 돌아보지 않았다는 것이 그에게는 일종의 신호로 여겨졌다. 그는 더 이상 이곳에 있을 수 없었다. 애초에 이곳에 속하지 않았고, 더는 이곳에서 환영받지 못했다.

그래서 그는 여자의 오두막을 떠나 비행정을 향해 걷기 시작했다.

물론 비행정으로 간다고 해서 해답이 나오는 것은 아니었다. 무엇보다도 비행정은 완전히 망가졌다. 그걸 타고 어딘가 다른 곳으로 간다는 건 불가능했다. 그러나 타고 떠나지는 못하더라도 망가진 문짝을 떼내고 안으로 들어갈 수만 있다면 여자의 오두막 대신 비행정에서 얼마간 지낼 수는 있을 것이라고 그는 생각했다.

그런 생각을 하며 그는 비행정에 도착했다. 막상 도착해서 보니 문짝은 기억했던 것보다 훨씬 더 심하게 우그러져 있었다. 몇 번 힘주어 흔들어봤지만 문은 꿈쩍도 하지 않았다. 공구가 없이 완력만으로 떼어낼 수는 없을 것 같았다. 할 수 없이 그는 찌그러진 문 사이로 다시 몸을 반쯤 들이밀어보았다. 온몸의 살갗이 얻어맞아 벌겋게 부어 있어서 문에 쓸리자 무척 아팠다. 그리고 문틈이 벌어지질 않아서 아무리 안간힘을 써도 상반신이 반밖에 들어가지 않았다. 이런 상태라면 비행정 안에서 지내는 것도 불가능하겠다고 그는 절망적으로 생각했다.

반쯤만 비행정에 탔다기보다는 낀 채로 그는 한껏 팔을 뻗어 손 닿는 곳에 있는 계기반을 이것저것 만지작거렸다. 당연히 아무 반응도 없을 것이라고 생각했다. 그러나 반중력 장치의 전원을 넣은 순간 우웅, 소리가 나면서 불이 들어왔다. 그리고 비행정이 움직이기 시작했다.

제대로 시동이 켜진 것은 아니었다. 비행정은 떠올랐다기보다는 펄쩍 뛰어서 반 바퀴 돌면서 옆으로 한 걸음 정도 물러났다. 그가 얼른 제동을 걸지 않았다면 바깥에 나와 있는 다리 한쪽이 비행정에 깔릴 뻔했다. 그러나 어쨌든 반중력 장치는 제동을 걸었는데도 꺼지지 않았다. 비행정이 땅에서 두 뼘 정도 뜬 채로 더 이상 올라가지 못하는 걸 보면 이것이 한계인지도 몰랐다. 그러나 꼭 하늘을 날지 않더라도 어딘가 갈 수만 있다면 그걸로 충분했다.

……하지만 어디로?

상반신의 절반은 비행정에 끼다시피 하고 한쪽 다리는 밖에 내놓은 이상한 모습으로 운전석에 앉아서 그는 허공에 낮게 뜬 채로 멍하니 계기반을 들여다보았다. 질문에 대한 대답은 아무래도 찾을 수 없었다.

한참 만에 그는 비행정을 다시 착륙시켰다. 반중력 장치의 전원을 껐다. 다른 장치들도 모두 껐다. 비행정은 다시 부서지고 죽어버린 모습으로 되돌아갔다. 그는 들어갈 때보다 몇 배의 노력을 들여서 간신히 운전석에서 빠져나왔다.

그리고 그는 땅바닥에 주저앉아 비행정에 등을 기댔다. 쫓겨났다는 사실이 새삼 절절하게 마음에 다가왔다. 고국에서 도망쳐 나와 다시는 돌아가지 못하리라는 것을 깨달았을 때에도 이 정도로 슬프지는 않았던 것 같다고 그는 생각했다.

어쩔 수 없었다. 이제는 스스로 알아서 살아갈 수밖에 없다. 일단 나무 열매를 모으면 하루 이틀 정도는 지낼 수 있을 것이라고 그는 생각했다. 그리고 저 문짝은 돌 같은 걸로 쳐서라도 어떻게든 떼버리는 편이 낫겠다. 어디로 가야 할지 모르지만, 갈 수 있다면, 갈 수 있을 때 어디로든 가는 편이 나을 것이다.

그래서 그는 몸을 일으켰다. 비행정을 어디까지 쓸 수 있을지 좀 더 점검해보기 위해서 운전석에 다시 한번 상반신을 끼워 넣으려 했다.

그때 그는 숲을 가로지르는 휘파람 소리를 들었다.

어떻게 그 소리를 알아들었는지는 그 자신도 알지 못했다. 그때까지 휘파람 소리를 끊임없이 듣기는 했지만 그는 대부분 새소리와 구분하지 못했다. 그것이 다른 사람들이 내는 휘파람 소리라는 사실을 짐작할 수 있었던 것은 오로지 여자가 휘파람을 불어 대답했기 때문이었다.

그러나 그는 휘파람 소리를 알아들었다.

여자가 그를 부르고 있었다. 그것은 가지 말라는 애원도, 돌아오라는 명령도, 잘 가라는 인사도 아니었다. 그저 부르는 소리였다.

그는 화답할 방법을 알지 못했다. 그래서 그는 부르는 소리를 따라서 여자를 향해 갔다.

여자는 그를 향해 오고 있었다. 언제나 그렇듯이 가볍고 부드럽게 몸을 놀려 숲을 헤치고 그에게 다가왔다. 여자를 보고 그는 멈추어 섰다.

그가 멈추어 섰기 때문에 여자도 멈추어 섰다. 그는 기다렸다. 그러나 여자는 그를 가만히 바라보기만 할 뿐 아무 소리도 내지 않고 아무런 움직임도 보이지 않았다.

그는 여자에게 다가갔다. 그리고 양손을 모아 여자를 향해 내밀었다.

여자가 확인하듯이 그를 쳐다보았다. 그는 눈짓으로 대답했다.

여자는 입은 옷을 묶고 있던 여러 개의 끈 중에서 하나를 풀었다. 그리고 자신을 향해 내민 그의 양 손목을 묶었다. 손목이 단단히 묶일 때까지 그는 움직이지 않고 기다렸다.

여자가 그를 눕혔다. 그는 여자가 이끄는 대로 축축하고 기름진 대지의 신선한 풀과 나뭇잎 위에 누웠다. 여자가 그의 묶인 손목을 머리 위로 밀어 올렸다. 그리고 그에게 입 맞추었다. 그의 몸 구석구석에 입 맞추었다.

그래서 그는 이제 아무 데도 가지 않겠다고 결심했다. 갈 곳이 없었고 더 이상 갈 필요도 없었다.

그는 여자에게 묶여 있었다.

그는 행복했다.

Nessun sapra

* 2011년 환상문학웹진 〈거울〉 게재
* 2013년 단편집 《왕의 창녀》(온우주) 수록

아프토르 니카그다네브일롭스키 지음
정보라 옮김

우리가 생존자를 찾아낸 것은 순전히 우연이었다. 위대한 조국수호 전쟁이 끝난 지 60주년 되는 해를 기념하여 다큐멘터리를 촬영하게 되었다. 그러나 10주년도 20주년도 아니고 60주년이다 보니 이미 쓸 만한 아이디어는 모두 40주년이나 50주년 할 때 써먹어버렸다는 사실을 깨닫고 우리는 기획회의 내내 서로 눈치 보면서 고개만 갸웃거려야 했다. 그러던 와중에 편집기사 조수가 조심스럽게 입을 열었다.

"저기, 저희 숙모님이 일하시는 요양 병원에 대조국 전쟁 생존자라는 분이 계신데요……."

피디는 일단 눈살부터 찡그렸다. 생존자 인터뷰도 50주년 때 이미 다 했다. 사실은 30주년 때도 하고 40주년 때도 했다. 아마 10주년이나 20주년 때도 다 했을 것이다. 그때에 비하면 생존자가 이제 몇 명 남지 않기도 했지만, 그렇다고 단지 희소가치 때문에 10년 주기로 했던 인터뷰를 또 하는 걸로 때울 수는 없는 일이었다.

"저기, 그건 저도 아는데, 저희 숙모님 말씀으로는, 그 분이, 저기……"

편집기사 조수가 망설이며 말을 끌었기 때문에 피디가 미간 사이에 지은 주름이 더 깊어졌다. 그리고 피디가 얼굴을 찡그릴수록 편집기사 조수는 더더욱 망설이며 똑바로 말을 하지 못했다. 지켜보는 우리들 사이에는 긴장감이 감돌았지만 짜증도 함께 솟아올랐고, 그 짜증 때문에 긴장감이 더욱 고조되었으며, 터지지 않고 점점 더 부풀어 오르는 긴장감 때문에 짜증도 함께 심화되었고, 편집기사 조수가 입을 반쯤 벌린 채로 무슨 말을 할 듯 할 듯 하지 않았기 때문에 그렇게 긴장감과 짜증은 출구를 잃은 채 악순환의 고리에 빠져 마치 자기 꼬리를 쫓는 강아지처럼 방 안을 점점 더 빠른 속도로 맴돌고 있었다.

"그분이, 저기……"

편집기사 조수가 말하려다 말고 주위의 눈치를 살피며 다시 입을 다물었다. 피디가 들고 있던 펜을 미간 사이로 가져가서 두개골이라도 뚫고 처박을 듯이 꾹 눌렀다.

저걸 떼면, 그 순간 폭발이다. 우리는 조마조마하게 구경하고 있었다.

"그분이, 저기, 그러니까……."

편집기사 조수가 입맛을 다셨다.

피디가 펜을 잡은 손에 힘을 주었다. 이제 곧, 지금 곧 손을 뗀다. 지금 당장, 금방이라도, 폭발이다…….

피디가 미간 사이에 쑤셔 박은 펜을 떼기 직전에 편집기사 조수가 외쳤다.

"그분이 포위전 때 인육을 먹어서 미쳤다고 숙모님이 그랬어요!"

우리 모두 어안이 벙벙해서 편집기사 조수를 쳐다보았다. 조수는 입을 연 김에 나머지 이야기도 마저 쏟아냈다.

"원래는 정신병동에서 간호사로 일했는데 포위전 때 의사들 전부 도망가고 도시가 봉쇄돼서 먹을 게 없으니까 자기가 돌보던 환자를 먹었대요. 포위전 끝나고 군인들이 들어가보니까 그 환자 병실에서 시체랑 같이 발견됐는데 자기가 먹었다고 자기 입으로 그래서 그 정신병원에 그대로 수감돼서 55년 살다가 2000년도에 대통령 바뀌고 나서 요양 병원으로 옮겼다고…….''[레닌그라드 포위전: 제2차 세계대전 당시 1941~1943년까지 약 900일간 독일군이 레닌그라드를 포위해 도시가 봉쇄되었던 사건. 물자 보급이 차단되어 추위와 굶주림으로 인해 수많은 사상자를 냈으나 시민들은 전쟁이 끝날 때까지 투항하지 않고 버텨서 이후 레닌그라드는 '영웅 도시'라는 칭호를 받았다. 2000년도에는 보리스 옐친이 물러나고 블라디미르 푸틴이 러시아 연방의 두 번째 대통령이 되었다—역주]

피디가 이마에 쑤셔 박은 펜을 떼었다. 책상 위에 탁, 소리 나게 내려놓았다. 모두 움찔했다. 그러나 예상과는 달리 피디는 소리를 지르지는 않았다.

"이봐."

피디가 차분하게 편집기사 조수에게 말했다.

"여기가 이래 봬도 국영 방송인데, 아무리 자본주의 체제로 전환하고 나서 이름에 '국영' 자 붙인 건 모조리 위상이 땅에 떨어졌다고는 하지만 그런 뜬소문 같은 이야기를 방송에 내보내서 이미 떨어진 위상을 더 떨어뜨릴 수는 없지 않나? 게다가 지금 돈도 없고 운영은 엉망이고 총체적인 난국인데 그런 이야기를 무려 대조국 전쟁 60주년 특집으로 내보냈다가 방송국 문이라도 닫게 되면 자네가 책임질 건가?"

"뜬소문이 아녜요, 저희 숙모님이 공식 기록에서 직접 보셨다고…… 악!"

말대답을 하려다가 편집기사 조수는 옆에 앉은 편집기사가

332

맹렬하게 발을 밟는 바람에 짧은 비명을 지르고는 입을 다물었다. 피디가 여전히 모두의 예상보다 훨씬 차분한 표정으로 편집기사 조수를 바라보며 대답했다.

"포위전 때 도시가 봉쇄되어서 굶주린 사람들이 별별 해괴한 짓거리를 했다는 이야기는 나도 들었지. 그런 얘길 모르는 사람이 어디 있어? 우린 지금 대조국 전쟁의 알려지지 않은 측면을 발굴하자는 거지 누구나 다 아는 얘기를 하자는 게 아냐. 게다가 명색이 국영 방송인데 그런 이야기를, 그것도 60주년 특집 다큐멘터리에서 보도하는 건 생존자와 희생자 양쪽에게 실례야. 설령 공식 기록에 있다고 해도 그런 이야기는 그냥 뜬소문으로 남겨두는 게 그 시절을 살아 나오신 분들에 대한 예의인 걸세. 그렇게 생각이 없나?"

"하지만…… 아악!"

또다시 토를 달려다가 편집기사 조수는 다시 한번 옆에 앉은 편집기사에게 격렬하게 발을 밟히고 입을 다물었다. 피디가 우리를 둘러보며 물었다.

"자, 생존자나 희생자를 모욕하지 않으면서 대조국 전쟁의 알려지지 않은 측면을 재조명할 만한 다른 의견은 없나?"

"하지만 그 생존자 할머니가 먹었다는 사람이 바로 다닐 바실리예비치 이바쵸프라고요!"

편집기사 조수가, 이번에는 옆에 앉은 편집기사에게 발을 밟을 틈을 주지 않고 이렇게 외치는 바람에 피디를 포함한 전원이 일순간 조용해지고 말았다.

다닐 바실리예비치 이바쵸프. 시, 소설, 희곡, 수필, 평론 등 문학, 아니 글을 다루는 분야의 모든 장르를 자유자재로 넘나든 전설적인 작가. 그러나 1937년 대숙청 때 체포되어 이후로 생사를 알 수 없게 된 저주받은 천재. '황금시대 운동'을 주창하며 본격적으로 문학계에 뛰어든 1920년대부터 체포될 때까지 약 15년이라는 길지 않은 기간 동안 이바쵸프는 소비에트 문학계를 혼자서 휩쓸었다고 해도 과언이 아니다. 체포된 후에도 그의 인기는 사그라들 줄 몰랐고, 오히려 정권의 핍박을 받았다는 사실 때문에 그의 작품들은 불법 지하 출판물의 형태로 점점 더 많은 독자를 확보해나갔다. 스탈린이 죽고 나서 1956년 공식적으로 사면 복권된 이후로 이바쵸프는 명실공히 20세기에 발자취를 남긴 고전 작가의 반열에 올랐다. 학교에서 수업 시간에 가르치는 작가 중 학생들이 점수 때문에 어쩔 수 없어서가 아니라 정말로 마음에 들어서 읽고 또 읽고 외우기까지 하는 작가는 아마도 이바쵸프가 유일할 것이다.

내 옆에 앉아 있던 촬영기사가 눈치 없이 에이, 거짓말이겠지, 하면서 큰 소리로 웃으려다가 이바쵸프의 이름과 함께 좌중을 뒤덮은 진중한 침묵을 눈치채고 '에이'까지만 조그맣게 말하고는 입을 다물었다. 피디가 편집기사 조수를 뚫어져라 들여다보다가 물었다.

"확실한가?"

"정말이라니까요."

편집기사 조수가 울 것 같은 표정이 되어 옆에 앉은 편집기사를 흘끔흘끔 쳐다보며 대답했다. 편집기사는 이번에는 발을 밟지 않았다.

"이바쵸프란 말이지…….'

피디가 중얼거렸다. 그리고 들고 있던 펜을 입으로 가져가서 뒤꼭지를 씹기 시작했다.

아무도 아무 말도 하지 않았다.

"……좋아."

마침내 피디가 결단을 내렸다.

"하지만 먹었다는 얘기는 되도록이면 빼. 어디까지나 이바쵸프 중심으로 가는 거야."

"물론이죠."

편집기사 조수가 신이 나서 외쳤다.

그렇게 해서 우리는 촬영을 가게 되었던 것이다.

* * *

　다닐 바실리예비치 이바쵸프는 1901년 페테르부르크에서
태어났다. 아버지는 작곡가였고 어머니는 결혼 전에 성악가
였는데 결혼한 후에는 그림도 그리고 어린이를 위한 동화나
단편 소설 같은 것도 집필했다고 한다. 즉 예술적인 재능이
많은 집안이었던 모양이다.

　그런 집안 분위기와는 달리 이바쵸프 자신은 페테르부르크
의 사립 김나지움[남자 고등학교—역주]을 마친 후 법과에 진
학할 예정이었다. 그러나 이바쵸프가 만 16세 되던 1917년에
공산 혁명이 발발하는 바람에 그 꿈은 이루어지지 못했다.

　대신 이바쵸프는 고등학교를 마치자마자 붉은 군대에 입대
했다. 내전에도 참전했지만 심장에 이상이 생겨 제대해야만
했다. 내전이 끝나고 나서 1921년부터 레닌그라드 국립대학
에서 수업을 들었다고는 하는데 공식적인 수강 기록이 존재
하지 않는 것을 보면 청강생이었을 가능성이 높다.[페테르부
르크는 혁명 이후 레닌그라드로 이름이 바뀌었다. 지금은 다시 원래
이름인 상트페테르부르크로 바뀌었다—역주] 어쨌든 이 시기부
터 문인들과 어울리기 시작했고, 19세기 낭만주의 문학의 황
금시대를 되살리자는 의미에서 '황금시대'라는 문학 단체를

336

결성한다. 그리고 이듬해인 1922년 문학 잡지인《붉은 처녀지》에 내전 참전 경험을 다룬 단편 소설 〈용기〉를 게재하면서 등단했다.

내전의 참상과 인간의 존엄성이라는 주제를 특유의 독창적인 문체로 시적이면서도 강렬하게 묘사한 그의 데뷔작은 금세 문단의 주목을 받았다. 이바쵸프는 이어서 〈전차〉〈조국〉 등의 실험적인 시와 〈코〉〈배신자의 계절〉〈허물을 벗다〉 등의 중편, 그리고 〈허수아비들의 무도회〉 등의 희곡을 연달아 발표하면서 명성을 떨쳤다. 담담하고 시적인 묘사 속에 깊은 철학적 성찰을 담은 단편과 읽는 이의 피를 끓게 하는 박진감 넘치는 묘사가 일품인 중편 소설, 또 참을 수 없이 우습다가도 어느 순간 씁쓸하게 자기 모습을 되돌아보게 하는 풍자적인 희곡 등 이바쵸프는 어느 한 스타일이나 주제에 얽매이지 않고 다종다양한 작품을 자유롭게 발표했다. 그는 또한 집필 속도가 빠르면서 동시에 시의적절한 주제를 정확하게 골라내어 당대 사람들의 심리를 날카롭게 짚어내는 통찰력이 있었다. 이러한 요소들이 그가 등단하자마자 일약 스타 작가가 되어 인기를 구가했고 아직까지도 세대를 넘나들며 사랑받는 이유이다.

개인적으로 이바쵸프는 행복하지 못했다. 1924년 만 스물

세 살 되던 해에 함께 '황금시대' 그룹에서 활동하던 친구의 누이와 결혼했다. 그러나 2년 뒤에 태어난 아들은 돌을 넘기지 못하고 죽었다. 그의 아내 옐레나 이바쵸바는 이때부터 몸이 약해지기 시작했고, 가까운 사람들의 말에 의하면 마음도 함께 약해지기 시작했다고 한다. 이바쵸프는 자식의 죽음이라는 커다란 절망을 문학 창작을 통해 풀어내려 했으며, 실제로 이 시기에 존재의 의미를 탐구하는 빛나는 걸작들을 생산했다. 그러나 그의 부인은 남편이 자식의 죽음을 개인적인 비극으로 묻어두지 못하고 작품 속에 "영원히 생생하게 살아 있는 상처"로 "공식화"해버린 것을 못 견뎌 했다고 한다. 이로 인해 두 사람 사이는 돌이킬 수 없이 벌어졌고, 부부는 1927년 이혼했다. 이로 인해 이바쵸프는 '황금시대' 활동에 참여했던 작가들과 결정적으로 사이가 멀어진다.

이 때문인지 이바쵸프는 이혼한 다음 해인 1928년 고향 페테르부르크를 떠나 모스크바로 향한다. 이곳에서는 그는 음악가인 여동생의 소개로 볼쇼이 극장 등 여러 극장의 관계자들과 알고 지내게 된다. 그중 무대 연출부로 일하던 어느 여성과 가깝게 지내다가 1931년 재혼한다. 그러나 이 결혼도 그다지 오래가지는 못해서, 이바쵸프는 1934년에 두 번째 부인과도 이혼한다. 그러나 그가 3년 뒤에 체포당해 숙청된 것을 생각하면 미리 이혼하고 자녀도 갖지 않은 것이 전 부인들에게는 오히려 다행한 일이었다고 해야겠다.

1936년 이바쵸프는 살아생전 출판한 마지막 작품인 〈왼손 위의 심장〉을 발표했다. 원래 장편으로 기획된 이 작품은 문학지 《붉은 별》에 제1부가 게재되었다. 그러나 소비에트 작가 협회로부터 돌연히 "공산주의 정신에 어긋나며 인민 대중에게 완전히 등을 돌렸다"는 혹독한 비난을 받았다. 그와 함께 《붉은 별》은 폐간되었으며 이바쵸프는 모든 작품을 출간 금지당했다. 그리고 정확히 8개월 뒤인 1937년 4월 그는 체포되었다.

체포되어 모스크바로 압송된 후 감옥에서 스탈린에게 보낸 편지는 참담하다. "조국이 내게 죄가 있다고 하면 그대로 받아들이겠습니다. 그 어떤 처벌이라도, 유배라도, 사형이라도 달게 받겠습니다. 그러니 제발 고문을 그쳐주십시오……." 이바쵸프에 대한 마지막 공식 기록은 1937년 8월 "조국을 배신한 죄"로 유죄판결을 받았다는 것이다.

이후 비슷한 시기에 체포된 이바쵸프의 지인들 중 문학 비평가 펠라닌은 시베리아로 가는 호송 열차 안에서 옆 칸에 탔던 사람이 죽어가면서 "내가 이바쵸프와 같은 날 같은 열차 안에서 죽었다고 전해주시오"라고 말했다는 이야기를 전해 들었다고 한다. 또 이바쵸프의 친구였던 시인 크라넨바움은 유배지에서 강제 노동을 하던 중에 누군가 곁에 다가와 "내가 바로 다닐 이바쵸프요, 나는 살아 있소"라고 속삭이고 사라졌다는 말을 같은 방의 동료 죄수에게서 전해 들었다고도 한다. 그러나 이런 이야기는 모두 소문일 뿐 확인된 바는 없으며, 소문에 관련된 장소도 시베리아부터 시작해서 중앙아시아까지 다양하다. 일설에 의하면 이바쵸프가 카자흐스탄의 알마티에 생존해 있다고도 한다. 그러나 그가 1901년생인 점을 감안하면 세기를 넘겨서까지 살아 있으리라고 보기는 어렵다. 그러므로 이제 와서는 20세기 초반의 대작가 다닐 이바쵸프의 마지막 날들이란 역사 속에 묻혀버린 미스터리로만 남은 것이다.

요양 병원에 도착할 때까지 차를 타고 가는 다섯 시간 반 동안 우리 팀을 주로 지배했던 감정 중 절반은 그런 역사적, 문화적 미스터리를 밝힌다는 흥분감이었다. 나머지 절반은 그래봤자 이제 와서 사실이 밝혀질 리가 없다는 회의와 냉소였다.

어쨌든 우리는 차에서 내려 장비를 챙긴 후 병원 문을 열고 들어갔다.

＊ ＊ ＊

편집기사 조수가 미리 숙모에게 연락해둔 덕에 생존자를 만나기까지는 그다지 오래 걸리지 않았다. 생존자의 병실이 너무 살풍경하고 공간도 협소하다는 이유로 다른 장소를 섭외했으나 병원 안의 장소라는 것이 다 거기서 거기였다. 1층에 있는 식당이 그나마 크기라든가 조명 등 여러 가지로 괜찮은 것 같아서 급하게 치우고 장비를 설치했다. 편집기사 조수의 숙모가 생존자를 데리러 갔다.

편집기사 조수의 숙모가 미는 휠체어를 탄 생존자가 식당 안으로 들어왔을 때, 흥분과 기대와 회의와 냉소로 떠들고 있던 우리는 모두 당혹스러움을 감추지 못하며 입을 다물었다. 생존자는 한눈에 보기에도 인터뷰 같은 걸 할 만한 상태가 아니었던 것이다. 눈에는 초점이 없었고, 초점만 없는 것이 아니라 두 눈이 제각각 다른 방향을 보고 있었다. 고개를 똑바로 가누지 못해 휠체어 안에 힘없이 늘어져 있었고, 입은 조금 벌어진 채 실처럼 가느다란 침을 흘리고 있었다.

"류보프 아르카디예브나 라이스카야예요."

편집기사 조수의 숙모가 소개했다.

"무슨 일 있으면 부르세요."

그리고 편집기사 조수의 숙모는 뭐라고 말하기도 전에 가 버렸다.

우리는 한동안 당황하여 서로 얼굴만 쳐다보았다. 그러다가 촬영기사가 먼저 입을 열었다.

"뭐, 기왕 여기까지 왔으니."

숙모 때문에 괜히 따라온 편집기사 조수가 나를 쳐다보았다. 나도 고개를 끄덕일 수밖에 없었다.

나는 생존자에게 다가갔다.

"안녕하십니까."

내가 인사했다. 상대는 반응을 보이지 않았다.

"류보프 아르카디예브나."

내가 몸을 굽혀 생존자의 얼굴을 들여다보며 이름을 불렀다. 여전히 아무 반응도 없었다.

"류보프 아르카디예브나. 저희는 방송국에서 나왔습니다."

말하면서 나는 생존자의 손을 살짝 건드렸다. 마치 고무장갑처럼 차갑고 물렁물렁했다.

"이거, 할 수 있을까?"

나는 허리를 펴고 촬영기사를 쳐다보았다. 촬영기사가 곤란하다는 표정으로 어깨만 움찔해 보였다.

편집기사 조수가 나섰다. 아까 내가 했던 것처럼 몸을 굽히고 생존자의 얼굴을 들여다보며 말했다.

"류보프 아르카디예브나, 다닐 이바쵸프의 마지막 날들에 대해 알고 계신다고 해서 찾아왔습니다."

딱히 기대를 걸고 했던 행동은 아니었다. 그런데 갑자기 생존자의 두 눈에 초점이 돌아왔다. 두 개의 눈동자가 같은 방향을 보기 시작했다.

편집기사 조수가 다시 말했다.

"다닐 바실리예비치 이바쵸프 말입니다, 류보프 아르카디예브나."

생존자의 두 눈동자가 편집기사 조수를 향했다. 힘없이 벌어져 있던 입술이 살짝 움직였다.

"이바쵸프……."

편집기사 조수는 기뻐했다.

"예, 이바쵸프 말입니다. 류보프 아르카디예브나, 알아들으시겠어요?"

"이바쵸프……."

생존자가 다시 중얼거렸다. 눈을 한 번 감았다 떴다.

이번에는 내가 가까이 갔다.

"다닐 이바쵸프와, 전쟁에 관해서입니다. 류보프 아르카디예브나, 당신의 이야기를 들으려고 방송국에서 나왔습니다."

"이바쵸프…… 전쟁……."

이번에는 내 귀에도 들릴 정도로 분명하게 생존자가 되풀이했다. 내가 뭔가 다시 격려하는 말을 하려는 차에 생존자는 이렇게 중얼거렸다.

"티파미아……."

그리고 생존자는 눈을 감았다. 입을 다물고 더 이상 아무 말도 하지 않았다.

편집기사 조수와 촬영기사와 나는 서로 얼굴을 쳐다보았다.

한참 만에 편집기사 조수가 말했다.

"저기, 숙모님을 불러오는 게……."

그러나 그때, 류보프 아르카디예브나가 갑자기 주먹을 꽉 쥐었다. 그러고는 눈을 떴다. 나를 쳐다보더니 누구나 알아들을 수 있을 정도로 분명하게 이렇게 말했다.

"이바쵸프, 다닐 바실리예비치. 전쟁 때, 내가 그의 간호사였어요. 레닌그라드 포위전 때 그는 자살했어요. 그리고 내가 그의 시체를 먹었어요."

그 발음은 분명하고 확실했으며 표정은 평온하고 담담했다. 아까와 같은 사람이라고 믿을 수가 없을 정도였다.

우리 셋은 아무 말도 못 하고 서로 얼굴만 마주 보았다.

그리고 류보프 아르카디예브나는 이야기하기 시작했다.

* * *

다닐 이바쵸프는 그녀의 환자였다. 그리고 그녀는 이바쵸프와 사랑에 빠졌다. 어찌 보면 뜻밖이지만 또 어찌 보면 당연한 전개였다.

류보프 아르카디예브나는 당시 간호학교를 막 졸업한 20대 초반의 신출내기 간호사였다. 첫 직장으로 발령받은 곳이 하필이면 대숙청의 시기에 감옥에 가지 않기 위해 정신 이상을 가장한, 혹은 수사기관에서 감옥에 보낼 정도의 혐의를 찾아낼 수 없었던 정치범들을 수용하는 정신병원이었다는 점은 상당한 불운이었다. 류보프 아르카디예브나 자신도 그곳에서 결코 행복하지는 않았다. 그러나 그녀는 아직 젊었고, 순진했으며, 간호학교에서 배운 이상을 그대로 간직하고 있었다. 그래서 그녀는 자신이 맡은 환자들을 할 수 있는 한 최선을 다해 돌보았다.

그러나 정신병원이란 본래 끔찍한 곳이다. 수용되어 있는 환자들의 대부분이 여러 가지 방식으로 정치권력의 눈을 거슬렀을 뿐 사실상 정신에 아무런 병도 없을 경우에는 더욱더 끔찍하다. 류보프 아르카디예브나가 하는 일의 대부분은 어느 모로 보나 멀쩡한 사람들에게 정신에 해로운 약을 주고, 다루기 쉽게 만들기 위해 하루의 대부분을 잠든 채로 보내도록 조치하는 것이었다. 또한 그들 중 몇몇에게는 그녀 자신처럼 경험도 없고 출신도 보잘것없으며 뒷배를 봐줄 사람도 없는 일개 간호사에게는 자세히 말해주지 않는 무서운 일들을 의학의 이름으로 자행하기도 한다는 사실 또한 류보프 아르카디예브나는 어렴풋이 짐작하고 있었다.

그래서 그녀는 절망했다. 그것은 진로를 고민하는 20대 젊은 청춘의 통과의례와도 같은 절망이 아니었다. 정의롭지 못하며 어둡고 무시무시하고 거대한 체제 안에서 그 체제의 지극히 작은 톱니바퀴 하나로서 살아가야만 하는 무력한 자의 깊고 출구 없는 절망이었다. 그런 때에 그녀는 이바쵸프를 만났다.

"그가 우리 병원에 온 것은 1940년이었어요."

류보프 아르카디예브나가 말했다. 그 연도가 확실한지 재확인하고 싶었지만 의심하기에는 그 눈빛이나 말투가 너무나 또렷했다.

"간호사들 사이에 소문이 돌아서 나도 알고 있었어요. 이바쵸프가 누군지도 알고, 작품도 몇 개 읽어봤었죠."

그러나 이바쵸프 정도 되는 거물을 이제 간호학교를 졸업하고 발령받아 와서 간신히 근무 첫해를 넘긴 신출내기 간호사에게 맡길 리는 만무했다. 그래서 이바쵸프가 수감되고 나서 2년이 더 지날 때까지도 류보프 아르카디예브나는 이바쵸프를 만나기는커녕 그의 병실 근처에도 가보지 못했다.

"내가 그를 만나게 된 건 전쟁 때문이었어요."

이렇게 말하고 류보프 아르카디예브나는 살짝 웃었다. 여든이 넘은 노인인 데다 조금 전까지 두 눈이 각각 다른 방향을 보고 있던 사람이라고는 상상할 수 없을 정도로 생기 있는 웃음이었다.

1941년 6월 22일 독일군이 소련을 침공했다. 1939년에 제2차 세계대전이 발발하고 근 2년이 지나도록 스탈린은 히틀러와 맺은 불가침 조약만 믿고 있었으나 뒤통수를 맞은 것이다. 독일군은 쉽사리 소련의 방어선을 뚫고 발트 3국을 지나 레닌그라드로 진격해 왔다.

"의사와 간호사들은 병원을 떠나 전선으로 나갔어요. 몇몇 사람들은 그냥 도망치기도 했죠."

심지어는 환자들 중에서도 자원하는 사람은 무기 없이 전선으로 내보냈다. 병원 운영은 엉망이 되었다. 류보프 아르카디예브나는 그런 시기에 병원에 남은 몇 안 되는 의료진 중

하나였다.

"남은 환자들에게 식사와 약을 가져다주어야 했어요…….
식량도, 의약품도, 일손도 모두 모자랐지만."

그렇게 해서 류보프 아르카디예브나는 전쟁 첫해의 가을에
이바쵸프의 병실 문을 열고 들어섰다.

"오늘은 일찍 왔군."

그녀를 처음 보고 이바쵸프가 한 말은 이것이었다. 그러나
곧 그녀가 자신의 담당 간호사가 아님을 알아보고 물었다.

"당신은 처음 보는데. 전에 있던 간호사는 어디 갔지요?"

병사들을 돌보기 위해 자원해서 전선으로 나갔다고 그녀는
설명했다. 그리고 들고 있던 쟁반을 내려놓았다.

"식사하실 시간이에요. 약도 드셔야 하고요."

이바쵸프는 잠시 그녀를 쳐다보았다. 그리고 엷게 웃으며
고개를 끄덕였다.

"분부대로 하지요, 간호사 동무."

그녀는 이바쵸프가 식사를 마칠 때까지 옆에 서 있었다. 식
사가 끝난 후 그녀가 약을 내밀자 이바쵸프는 또다시 엷게
웃으며 받아들었다. 그녀가 물컵을 내밀자 그가 말했다.

"고마워요."

그리고 그는 약을 먹었다.

이바쵸프의 이런 태도는 류보프 아르카디예브나의 머릿속에 깊은 인상을 남겼다.

"환자 중에서 약을 먹으라고 하면 찡그리거나 욕을 하거나 소리를 지르거나 덤벼드는 사람은 많이 봤어요. 하지만 '고마워요'라는 말은 처음이었어요."

그래서 류보프 아르카디예브나는 다닐 이바쵸프를 사랑하게 되었다.

이바쵸프가 유명한 작가였기 때문이 아니었다. 잘생기고 남성적인 매력이 넘치며 카리스마 있는 인물이기 때문도 아니었다. 절망적인 상황에서 아무것도 기대하지 않았던 상대방에게 웃으며 '고맙다'고 말해주는 사람이기 때문이었다.

* * *

"그 후로 포위전이 계속될 동안, 쭉, 내가 그를 돌봤어요."

류보프 아르카디예브나가 말했다.

"먹을 것도, 약도 없었지만, 그래도 할 수 있는 한 뭐든 마련해서 그에게 가져갔어요. 그리고 그는 그 값으로 나에게 이야기를 들려주었어요."

이바쵸프는 소설을 쓰는 사람이었고, 타고난 이야기꾼이었다.

"그는 전차에 대해서, 빵가게에 대해서, 넵스키 대로에 내리는 소나기에 대해서, 여자들의 구두에 대해서 이야기했어요. 무엇이든지, 정말로 뭐든지 다 이야기로 만들 수 있었어요."[넵스키 대로는 페테르부르크 중심가의 거리 이름이다—역주]

아무리 소소한 소재라도 이바쵸프의 입을 거치면 듣는 사람의 마음을 휘어잡는 재미있고 매혹적인 이야기로 다시 태어났다. 전차에 무임승차하려는 고양이에 대한 이야기, 빵 속에서 발견된 외화 때문에 체포됐지만 같은 빵 속에서 발견한 다이아몬드를 뇌물로 주고 풀려난 사람의 이야기, 넵스키 대로에 소나기가 내릴 때 갑자기 비를 맞고 홀딱 젖은 채로 우왕좌왕하는 사람들의 우스꽝스러운 모습들, 새로 구두를 사서 뽐내며 신고 다니다가 전차 안에서 건설 노동자의 흙투성이 발에 밟혀 울상이 된 멋쟁이 아가씨에 대한 이야기……
류보프 아르카디예브나는 넋을 잃고 귀를 기울였다.

"전쟁 전의 생활이 다시 거기 있는 것만 같았어요. 줄어들기만 하는 연료와 식량도, 거의 떨어져버린 약품도, 전선에 나간 동료들의 생사도, 점점 가까워 오는 포격 소리도, 모두 잊을 수 있었어요."

류보프 아르카디예브나가 말했다. 다시 살짝 웃음 지은 입 끝이 떨렸다. 주름진 눈가에 눈물이 맺혔다.

"그의 이야기를 듣다 보면 정상적인 생활, 내 어린 날의 생활이, 문만 열고 나가면 바로 바깥에서 날 기다리고 있을 것만 같았어요……."

그래서 이바쵸프에게 식사를 가져다주고 그의 이야기를 듣는 하루 세 번의 짧은 시간은 그녀에게 말할 수 없이 커다란 위안이었다.

그러나 행복한 시간은 오래 가지 못했다. 겨울이 오고 있었다. 식량보다 약품이 먼저 떨어졌다. 그리고 약을 먹지 못하자 이바쵸프는 곧 정신병 증세를 보이기 시작했다.

언제나 그렇듯이 시작은 그다지 눈에 띄지 않았다. 어느 날 식사를 가져다주고 또 한참이나 이야기를 듣고 나서 류보프 아르카디예브나는 경탄하여 대체 어디서 그런 이야기를 찾아내느냐고 물었다. 그러자 이바쵸프는 웃으며 이렇게 대답했다.

"벽 속에서 이야기가 걸어 나오지요. 당신이 오지 않을 때 나는 혼자 이 방에서 벽을 쳐다보며 지내니까요."

그리고 이바쵸프는 그녀에게 종이와 연필을 얻을 수 있느냐고 물었다. 그녀는 잠시 생각한 뒤에 고개를 가로저었다.

"그런 건 금지 품목이에요."

이바쵸프는 그녀를 보고 빙긋 웃었다.

"이런 상황에서도 규칙은 지켜야 한다는 거군요, 고지식한 간수님."

'고지식하다'는 말에 그녀는 얼굴이 붉어진 채로 반박했다.

"어떤 상황이든 규칙은 지켜야 해요. 이런 상황일수록 더더욱 지켜야죠. 그리고 난 간수가 아니고 간호사예요."

"뜻대로 하세요, 간수님."

이바쵸프가 다시 빙긋 웃으며 말했다.

"당신은 이해하지 못해요."

그녀가 말했다.

"금지 품목일 뿐만 아니라 지금 병원에는 모든 물자가 다 모자라요. 종이와 연필은 사치품이에요."

그리고 그녀는 기분이 상한 채로 이바쵸프의 방을 나왔다.

여기서 그녀가 신경 썼어야 하는 것은 사실 고지식하다는 놀림이나 금지 품목을 가져다 달라는 부탁이 아니라 '벽에서 이야기가 나온다'는 말이었다. 비유적인 표현이라 생각하고 흘려들었지만, 이후로 차츰 이바쵸프의 병실 벽에서는 여러 가지가 나오기 시작했다. 이바쵸프는 벽에 달린 (가상의) 창문을 통해 페테르부르크의 모든 거리를 내다볼 수 있다고 말했다. 이전에 알던 사람들의 생활을 엿보고 있다고도 말했다. 체포되기 전에 살던 집의 책장이 자기 병실 벽 속에 있다고 말하기도 했다. 류보프 아르카디예브나는 이런 이야기들을 들으며 그저 재미있다고 생각했고 크게 신경 쓰지 않았다.

"그런데 어느 날 식사를 가지고 들어갔더니 마구 화를 내는 거예요. 왜 그러냐고 물었더니 아들이 자기를 만나러 왔는데 내가 왔기 때문에 도로 벽 속으로 들어가버렸다고 하더군요."

그의 아들은 이미 15년 전에 죽었다. 그리고 설령 살아 있다 하더라도 정신병원의 벽을 통해 아들이 면회를 왔다는 것은 충분히 이상한 말이었다. 이번에도 꾸며내서 들려주는 이야기가 아닐까 싶었지만 아무리 보아도 이바쵸프는 진심으로 화를 내고 있었다. 류보프 아르카디예브나는 걱정이 되기 시작했다.

"의사 선생님에게 얘기했지만, 할 수 있는 게 별로 없다는 답변만 들었어요. 의사도 간호사도 모자라고, 약도 없고, 게다가 애초에 병을 치료하기 위해 입원한 게 아니니까, 큰 사고를 저지르지 않고 불법으로 탈출하지 않게 막으라고만 하셨어요, 그게 최선이라고……."

그래서 류보프 아르카디예브나는 노력했다. 할 수 있는 한 먹을 것을 찾아내서 가능한 한 정해진 시간에 뭐가 됐든 식사를 가져다주고, 혼란한 세상으로부터 이바쵸프를 격리하고, 혼란한 이바쵸프로부터 세상을 격리했다. 얼마 안 되지만 그것만이 그녀가 할 수 있는 최선이었다.

그다음 날 다시 찾아갔을 때 이바쵸프는 제정신을 되찾은 것처럼 보였다. 전날 화를 낸 것에 대해 사과하고 그녀가 내미는 빈약하기 짝이 없는 식사를 받으며 감사를 표했다. 식사를 하면서 이바쵸프는 그녀에 대해서 물었다.

"당신은 어쩌다가 나의 간수가 되었죠?"

그녀는 '간수'라는 말에 화를 내야 할지, 이바쵸프가 보여주는 관심에 기뻐해야 할지 알 수 없었다. 그녀가 당혹해하자 이바쵸프가 다시 물었다.

"어째서 이런 일을 하게 됐어요? 젊은 아가씨가 할 수 있는 다른 일도 많았을 텐데?"

"그냥, 다른 사람을 돕고 싶었어요."

류보프 아르카디예브나가 설명했다. 그녀는 혁명이 일어나던 해에 태어났고, 혁명의 와중에 부모를 모두 잃었다. 그러나 고아원에서 자신과 비슷한 아이들과 함께 별다른 불행을 느끼지 못하고 자랐다. 보모들은 친절했고, 고아원 아이들은 모두 친구이자 가족이었다. 그러므로 진로를 정해야 하는 시점에 이르렀을 때 그녀는 자신을 잘 키워준 당과 사회에 보답하는 의미에서 뭔가 여러 사람에게 도움을 주는 일을 하고 싶다고 생각했다.

"뼛속까지 혁명의 딸이군요."

이바쵸프가 웃었다. 그리고 다시 물었다.

"후회하지 않아요? 독일군이 포격해 오고, 우리가 알던 세상은 무너져가고, 당신은 남을 도우려다가 정신병원의 돌벽 안에 미치광이와 범죄자들과 함께 갇혀버렸는데?"

"후회는 하지 않아요."

대답하고 나서 그녀는 잠시 생각한 뒤에 찬찬히 설명했다.

"어쨌든 나는 당신을 포함해서 이곳에 있는 사람들을 돕고 있어요. 그건 내가 원하던 일이에요. 그리고 이 돌벽 안에 갇히지 않았다면 나도 지금쯤 전쟁터에서 병사들을 돌보다 죽었거나 길거리에서 포격을 맞아서 죽었을지도 몰라요."

"과연 혁명의 딸다운 대답이군요, 나의 간수님."

이바쵸프가 말했다. 그리고 그녀의 눈을 오랫동안 들여다보았다.

류보프 아르카디예브나는 불편해졌다. 쟁반에 식기를 챙기기 시작했다.

그런 그녀를 바라보다가 이바쵸프가 뭔가 말했다. 알아듣

지 못할 말이었기 때문에 그녀는 고개를 돌려 이바쵸프를 쳐
다보고 되물었다.

"예? 뭐라고요?"

이바쵸프는 웃었다. 그리고 다시 같은 말을 되풀이했다. 이
번에도 그녀는 알아듣지 못했다.

"무슨 말이에요?"

이바쵸프는 알아듣지 못할 말을 세 번째로 되풀이했다. 그
리고 덧붙였다.

"내 사랑, 티파미아."

그녀가 물어도 더 이상은 아무 대답도 해주지 않았다. 그래
서 그녀는 식기를 챙겨 병실을 나왔다.

* * *

"티파미아가 누구죠? 전 부인인가요?"

내가 물었다. 류보프 아르카디예브나는 고개를 저었다.

"나도 그게 궁금했어요. 그의 기록을 전부 뒤져보았지만,
그가 아는 사람 중에 '티파미아'라는 이름을 가진 여자는 없
었어요."

그의 첫 부인은 옐레나 이바노브나였고 두 번째 부인의 이

름은 발렌티나 빅토로브나였다. 그리고 애초에 '티파미아'는 러시아 이름이 아니다. 그러나 그 어떤 문헌에도 이바쵸프가 외국인 여성과 가깝게 지냈다는 기록은 없었다. 체포된 후나 심지어 유죄판결을 받을 당시에도 그러한 죄목이 없는 것을 보면 이바쵸프가 여성이건 남성이건 외국인과 알고 지낸 사실 자체가 없었다고 보는 쪽이 옳다.[당시 소련 시민이 외국인과 교류하는 것은 국가 기밀을 유출하려는 간첩 행위로 의심받아 감시 당하거나 체포당했다—역주]

"티파미아, 티파니, 스테파니아까지 찾아봤지만, 아무것도 찾지 못했어요. 아마 벽에서 나온 그의 환각 중 하나였다고 생각해요."

류보프 아르카디예브나가 우울하게 말했다.

그리고 날이 갈수록 '티파미아'가 '벽에서 걸어 나오는' 횟수가 늘어갔다. 얼마 지나지 않아서 이바쵸프는 류보프 아르카디예브나를 전혀 알아보지 못하고 무조건 '티파미아'라고만 부르게 되었다. 그와 함께 이바쵸프가 하는 이야기들도 점점 부조리한 내용이 늘어갔다.

"한번은 내가 방에 들어서자마자 어둠을 비추다가 다음 날 사라지는 게 뭔지 아느냐고 물었어요. 촛불을 말하는 거냐고 했더니 마치 열병이라도 걸린 것처럼 아니라고 소리치기 시작했어요. 그러더니 또, 태어날 때는 뜨겁다가 죽을 때는 차가워지는 게 뭔지 아느냐고 묻더군요. 체온이냐고 물었더니 그런 게 아니라고 미친 듯이 소리치다가 갑자기 웃기 시작했어요. 그러고는 알 수 없는 말을 계속 외치면서 티파미아를 찾는 거예요. 내 사랑, 내 사랑 티파미아! 하고 말예요."

류보프 아르카디예브나는 간신히 이바쵸프를 설득해서 진정시킬 수 있었다. 그러나 저녁에 다시 찾아갔을 때 이바쵸프는 완전히 광기에 차서 날뛰고 있었다.

"벽을 바라보며 소리치고 있었어요. 어둠을 비추고 다음 날 사라지는 것은 희망이라든가, 태어날 때는 뜨겁다가 죽을 때는 차가워지는 것은 피라든가, 그러면서 피와 희망을 되풀이해서 외치다가, 또 티파미아를 찾다가, 갑자기 벽에 머리를 짓찧으려고 했어요……."

말리려 했지만 이번에는 그녀의 힘으로 진정시킬 수가 없었다. 그녀는 급히 나가서 의사를 불렀고, 한참 만에야 찾아낸 의사와 함께 이바쵸프의 방에 갔을 때 환자는 이미 피투성이가 된 채로 벽을 들이받으며 몸부림치고 있었다. 그녀는 의사와 함께 둘이서 젖먹던 힘까지 짜내어 이바쵸프를 제지했다. 의사가 이바쵸프에게 진정제를 놓았고, 만약의 경우를 대비해서 잠든 이바쵸프를 침대에 결박시켰다. 그리고 의사는 다른 환자들을 돌보러 나가면서 그녀에게 무슨 일이 있으면 이바쵸프를 풀어주지 말고 우선 자신을 부르러 오라고 당부했다.

"의사가 나간 후에 나는 곁에 앉아서 그가 깨어날 때까지 지켰어요. 이마가 찢어지고 얼굴이 상처투성이가 됐지만, 약도 붕대도 없었기 때문에 아무것도 해줄 수가 없었어요. 내 간호사복 소매를 뜯어 압박해서 지혈하고, 피가 그친 후에는 그저 물로 씻어주는 수밖에 없었죠. 그나마 깨끗한 물도 구하기 힘들었으니까요……."

이바쵸프가 눈을 떴을 때 그녀는 긴장했다. 그러나 이바쵸프는 예상외로 얌전히 누워서 머리가 아프다고 불평했다. 벽돌 벽에 세게 부딪쳤기 때문이라고 그녀가 설명했다. 왜 그랬냐는 말에 이바쵸프는 대답하지 않고 이렇게 물었다.

"날 언제까지 묶어둘 거죠, 간수님?"

"얌전히 있겠다고 약속하면 지금이라도 풀어줄 수는 있어요."

그녀가 조심스럽게 대답했다. 그러자 이바쵸프는 이렇게 말했다.

"그럼 그냥 이대로 묶여 있는 게 낫겠어요."

그녀는 뭐라고 대답해야 할지 몰랐다. 그래서 일어섰다가

도로 침대 옆에 앉았다.

남자는 한동안 말없이 누워 있었다. 그녀가 일어나서 나가야 할까 생각하고 있을 때 이바쵸프가 입을 열었다.

"감옥에 들어갔을 때, 내 인생은 거기서 끝났다고 생각했어요."

그녀는 조용히 귀를 기울였다. 이바쵸프가 낮은 목소리로 이야기했다.

"처음에 체포됐을 때, 아주 많이 맞았어요. 정신을 잃을 때까지 맞았고, 깨어나고 싶지 않았지만 여러 가지 방법으로 억지로 깨어났어요. 그리고 깨어난 뒤에 좀 더 맞았어요. 독방에 내던져졌을 때는 어둡고, 차갑고, 단단했고, 너무 많이 얻어맞았고, 그래서 내 죽음이 거기에 있다고 생각했어요. 하지만 그건 나 혼자만의 죽음이었죠."

이바쵸프는 침대에 묶인 채로 고개만 돌려 그녀를 쳐다보았다.

"전쟁은 언제 끝날지 모르죠. 그리고 끝나더라도 세상은 이전과는 같지 못할 거예요."

그의 갈색 눈이 그녀의 눈을 들여다보았다.

"지금, 우리가 아는 세상은 멸망하고 있는 거예요. 그렇죠?"

그녀는 대답하지 못했다. 그가 여전히 그녀의 눈을 들여다보며 천천히 말했다.

"당신이 세상으로부터 나를 보호해주고 있다는 거, 알고 있어요. 먹을 것이 점점 줄어들어도 어떻게든 식사를 가져다주고, 붕대도 약도 없지만 옷소매라도 찢어서 내 다친 이마를 감싸주고……."

"난, 간호사니까……."

그녀가 말하려 했지만, 그가 말을 막았다.

"티파미아. 당신은 나에게 마지막 희망이에요. 나는 당신에게 무엇인가요?"

'티파미아'라는 말에 그녀는 움찔했다. 자신을 향한 질문이 아니라고 생각했기 때문에 그녀는 대답하지 않았다.

잠시 기다리다가, 그녀가 계속 아무 말도 하지 않자 남자가 중얼거렸다.

"이런 말을 하는 날이 오게 되리라고는 상상도 못 했지만, 나 혼자 죽는다고 생각했을 때가, 세상이 멸망하는 모습을 보는 것보다 훨씬 나았어요."

그녀는 뭐라고 말해야 할지 알 수 없었다. 대답 대신 손을 들어 그녀는 아직도 피가 묻어 뭉쳐 있는 그의 머리카락을 살그머니 쓰다듬었다.

"나는 죽음이 두려워요."

남자가 속삭였다.

"어느 구덩이 속의 이름 없는 시신으로 끝나고 싶지 않아요. 하지만 내가 원하든 원하지 않든 그렇게 될까 봐 두려워요. 숨도 쉴 수 없을 정도로 두려워요……."

"그런 일은 없을 거예요."

그녀가 위로했다.

"내가 지켜줄게요."

그녀는 남자의 머리를 쓰다듬었다. 남자는 눈을 감았다.

"이대로 묶여 있어도 좋아요, 간수님."

그리고 남자는 더 이상 아무 말도 하지 않았다.

남자의 가슴이 규칙적으로 오르내리는 것을 지켜보며, 그녀는 계속 남자 곁에 앉아서, 오랫동안 모질게 고통받아 이제는 회색으로 변해버린 부드러운 머리카락을 하염없이 쓰다듬었다.

* * *

"그럼 이바쵸프는 진짜로 정신병 증세가 있었기 때문에 입원한 건가요?"

내 질문에 류보프 아르카디예브나는 고개를 저었다.

"그곳에 입원한 사람들 모두 공식적으로는 진짜 정신병자예요. 위대한 소비에트 연방에 가짜 정신병자 따위는 없으니까요."

말하면서 그녀는 희미하게 웃음을 지었다. 나도 어쩔 수 없이 씁쓸하게 따라 웃었다.

"하지만 정상적인 사람이라도, 아니, 정상적인 사람일수록, 그런 곳에 있다 보면 미치지 않을 수 없을 거예요."

류보프 아르카디예브나가 조용히 말을 이었다.

"일단 그곳에서 주는 약은 정상인이 먹어서는 안 돼요. 환자에게는 효과가 있을지 몰라도, 환자가 아닌 사람이 그 약을 먹으면 몸과 마음이 망가지게 돼요. 그리고 꼭 약을 먹지 않더라도, 그곳은……."

그녀는 말을 끊고 잠시 눈을 감았다. 또다시 초점을 잃은 상태가 되지나 않을까, 우리는 모두 긴장했다. 그러나 류보프 아르카디예브나는 곧 눈을 뜨고 말을 이었다.

"……그곳은, 말만 병원이지 사실은 감옥이에요. 아시겠어요? 처음에 발령받아서 도착했을 때 나는 며칠 동안이나 잠을 이룰 수 없었어요. 우리도, 의사, 간호사, 경비병들도 죄수들과 똑같이 그곳에서 먹고 자고 생활했으니까요. 그의 말대로 내 방도 차갑고, 어둡고, 단단했어요. 그곳에서 나는 아무런 희망도 발견할 수 없었고, 이대로 갇혀버린 채 속절없이 늙어갈 거라고 생각하니 미칠 것만 같았어요……"

류보프 아르카디예브나는 다시 한번 눈을 감았다. 휘파람 같은 소리를 내며 길게 한숨을 쉬었다.

"그래도 나에겐 함께 고생하는 동료들이 있었고, 해야 할 일이 있었고, 돌봐야 할 환자들이 있었어요……. 그에게는 아무것도 없었지요."

그래서 그녀는, 이바쵸프가 두 번째로 종이와 연필을 부탁 했을 때 규정을 어기고 그 부탁을 들어주었다.

이바쵸프는 그녀가 몰래 구해다 준 연필로 몰래 구해다 준 종이에 유서를 썼다. 그리고 침대 시트를 이어 만든 끈으로 병실 쇠창살에 목을 매어 자살했다.

"유서라고요?"

우리는 급격히 흥분했다.

"유서가 남아 있습니까?"

"남아 있지요."

류보프 아르카디예브나가 다시 희미한 웃음을 지었다. 그리고 손을 들어 집게손가락으로 자기 관자놀이를 톡톡 쳤다.

"여기에 남아 있어요."

우리는 흥분했을 때처럼 급격히 실망했다. 그러나 류보프 아르카디예브나는 우리의 표정은 아랑곳없이 계속해서 이야 기했다.

"티파미아에게 보내는 편지였어요. 유서의 내용은 아직도 전부 기억하고 있어요."

그리고 류보프 아르카디예브나는 천천히 암송했다.

"세상이 끝날 때, 내 마지막 숨결이 허공으로 흩어질 때, 그 순간 당신과 함께하기를,

마지막으로 부르는 이름이 당신의 이름이기를, 마음 밑바 닥으로부터 소원했다.

그러나 이미 갈 곳을 잃은 이런 이야기들은 이제 그저 내 입가에서만 떠돌다가 사라질 수밖에 없다.

끝난다는 것은 그런 것이다. 미처 들려주지 못한 이야기들, 다 마치지 못한 이야기들, 목숨처럼 아쉬운 그 이야기들…….

당신과 내가 알던 세계가 무너진다. 살아남더라도 결코 이 전과는 같지 못할 것이다.

그러니 종말이 다가올 때 나를 기억해주길, 부디 잊지 말아 주길, 단 한순간이라도 아프게 그리워해주길,

고운 그대, 낙원의 이름을 가진, 빛나는 내 사랑아."

류보프 아르카디예브나가 말을 멈추었다. 잠시 침묵이 흘

렀다.

한참 뒤에야 그녀가 자기 무릎을 내려다보며 속삭였다.

"그리고 편지 말미에는 네순 사프라, 내 사랑, 오직 내 사랑 티파미아……. 이렇게 쓰여 있었어요."

"네순 사프라? 그게 뭐죠?"

내가 물었다. 그녀는 고개를 저었다.

"그가 몇 번이고 되풀이했던 알아들을 수 없는 말이 바로 그거였어요. 하지만 무슨 뜻인지는 나도 몰라요."

그리고 류보프 아르카디예브나는 이야기를 마쳤다.

우리는 모두 한동안 말이 없었다.

이바쵸프에 대한 자료라면 이것으로 충분했다. 그 이후의 이야기—그러니까 비정상적인 시체 처리에 대해서 과연 물어봐야 할 것인지 나는 고민하고 있었다. 그때 편집기사 조수가 갑자기 물었다.

"그런데 시체는 어째서 먹어버렸습니까?"

촬영기사와 내가 동시에 편집기사 조수를 쳐다보았다. 내가 뭔가 날카롭게 한마디 하려 했다. 그러나 류보프 아르카디예브나가 먼저 입을 열었다. 이야기의 마지막 부분을 들려주기 시작했다.

* * *

그녀는 이바쵸프의 시체와 일주일간 함께 지냈다.

의사를 불러왔을 때는 이미 숨이 끊어져 있었다. 의사는 벌써 죽었으니 신경 쓰지 말라고 했다. 먹이고 씻기고 돌보아야 할 환자가 하나 줄어든 걸 다행으로 알라고 말하고는 바삐 사라져버렸다.

그녀는 그렇게 생각할 수 없었다. 이바쵸프의 차가운 시신 곁을 떠날 수 없었다.

전쟁 첫해의 겨울이었다. 봄은 아직 멀었고, 땔감은 바닥나고 있었다. 난방을 하지 못하는 돌벽 안은 뼈가 시리도록 추웠다. 이바쵸프의 병실에서 그녀는 얼어붙은 시신을 자신의 체온과 눈물로 녹였다.

그리고 일주일째 되던 날에 그녀는 그를 먹기 시작했다.

"상황이 그렇게 나빴나요?"

눈치 없는 편집기사 조수가 아까처럼 갑자기 끼어들었다. 아까처럼 나와 촬영기사가 동시에 그를 노려보았다.

"나를 발견한 군인들도 그렇게 묻더군요. 나중에 의사에게서도 그 질문을 수없이 들었어요."

류보프 아르카디예브나가 말했다. 그리고 조용히 고개를

저었다.

"배가 고팠던 건 사실이에요. 그 일주일간 나는 거의 아무 것도 먹지 못했고, 그 이전에도 몇 달이나 제대로 먹지 못했으니까요. 하지만 단순히 굶주림 때문만은 아니었어요. 나는 짐승이 아니에요."

'짐승이 아니에요'라는 말에 편집기사 조수는 움찔했다. 류보프 아르카디예브나가 담담하게 말했다.

"그는 어느 구덩이 속의 이름 없는 시신으로 끝나고 싶지 않다고 했어요. 숨을 쉴 수 없을 정도로 두렵다고 했어요. 그래서 그렇게 내버려둘 수 없었어요."

"병원 마당 같은 곳에 매장을 할 수는 없었습니까?"

내가 물었다. 류보프 아르카디예브나는 희미하게 웃었다.

"그 생각도 해보았지요. 하지만 그랬다가 내가 죽으면—그리고 그때는 내가 죽을 거라고 확신했어요—내가 죽으면 그곳에 그가 묻혀 있다는 걸 아무도 모르게 돼요. 결국은 어느 구덩이 속의 이름 없는 시신으로 끝나기는 마찬가지지요."

류보프 아르카디예브나는 잠시 말을 멈추었다. 뭔가 생각하더니 덧붙였다.

"나 자신의 욕심도 있었어요……. 그의 마음은 돌이킬 수 없이 다른 여자에게 바쳐졌지만, 이제 죽었으니 그의 몸만은 내 것이라고 생각했죠. 내가 살아 있는 한 영원히 소유하고, 계속 함께 있고 싶었어요."

그래서 류보프 아르카디예브나는 사랑하는 남자의 죽은 몸을 조금씩 잘라서 먹었다. 아무도 찾으러 오지 않았고, 그래서 그녀는 죽은 연인과 줄곧 단둘이 있었다.

"그렇게 지내다가 어느 밤엔가 깜빡 잠이 들었어요. 그가 내 곁에 누워서 손을 꼭 잡아주는 꿈을 꾸었어요. 퍼뜩 놀라서 깨어났을 때, 내 앞에 그가 있었어요."

류보프 아르카디예브나는 말하면서 정말로 꿈꾸듯이 미소 지었다.

"그때부터 그는 줄곧 나와 함께 있어요. 지금도, 그리고 앞으로도 언제나."

그리고 류보프 아르카디예브나는 입을 다물었다. 기다려 보았지만, 더 이상 아무 말도 하지 않았다.

"그게 무슨 뜻입니까?"

참지 못하고 내가 물었다. 그러나 류보프 아르카디예브나는 수수께끼 같은 미소를 띨 뿐이었다.

"그는 언제나 나와 함께 있어요."

나는 촬영기사를 쳐다보았다. 더 이상 질문을 해도 쓸모 있는 답변은 나오지 않을 거라고 생각했다. 이만 마무리를 하자고 눈짓으로 동의한 뒤에 나는 다시 입을 열었다.

"오늘 이렇게 인터뷰에 응해주셔서 감사합니다. 그럼……."

그때 류보프 아르카디예브나가 갑자기 주먹을 꽉 쥐었다. 동시에 그녀는 순식간에 축 늘어졌다. 목에서 힘이 빠져 고개가 아무렇게나 꺾이고 눈꺼풀이 반쯤 내려와서 눈을 덮었다. 입술이 벌어지더니 아까처럼 입가에서 가느다랗게 침이 한 줄기 흘러나오기 시작했다.

"티파미아……."

그녀가 벌어진 입 사이로 불분명하게 중얼거렸다.

"미아……."

"의사를 불러. 아니면 자네 숙모님이라도."

내가 황급히 편집기사 조수에게 말했다. 편집기사 조수가 사람을 부르기 위해 뛰어갔다.

* * *

방송국으로 돌아오는 차 안에서 우리는 각자 생각에 잠겨 있었다. 가장 먼저 입을 연 사람은 촬영기사였다.

"이거, 쓸 수 있을까?"

운전을 하면서 촬영기사가 중얼거렸다.

"못 쓸 걸요."

편집기사 조수가 음울하게 내뱉었다.

"아니, 왜? 자네가 낸 아이디어잖아?"

내가 놀라서 물었다. 편집기사 조수가 부루퉁한 표정으로 대답했다.

"그거, 전부 다 지어낸 이야기예요. 저 여자, 정신이 완전히 돌아버린 게 틀림없어요."

"자네가 그걸 어떻게 알아?"

편집기사 조수는 우울한 표정으로 바닥을 내려다보면서 말했다.

"어둠을 비추고 다음 날 사라지는 게 희망이라느니, 태어났을 때는 뜨겁다가 죽을 때 차가워지는 것은 피라느니……. 그거 어느 연극엔가 나오는 이야기예요. 정확한 제목은 생각이 안 나지만, 그 연극이 러시아에서 처음 공연된 건 이바쵸프가 죽은 지 한참이나 지난 뒤였다고요. 그러니까 이바쵸프가 그런 걸 알았을 리가 없어요."

"확실해?"

내가 충격을 받고 되물었다. 편집기사 조수가 고개를 들어 흘끗 나를 보았다.

"연극 제목은 지금 생각이 안 나지만, 확실해요. 방송국에

가면 자료실에서 제목을 찾아볼게요."

"망했군."

촬영기사가 투덜거리고는 거칠게 운전대를 꺾었다. 봉고차 뒤에 앉은 나와 편집기사 조수는 촬영장비와 함께 오른쪽으로 왕창 쏠렸다.

"이봐, 조심해! 나는 둘째치고 카메라가 다 망가지잖아!"

"그까짓 것 망가지라지, 하루를 다 버렸는데."

촬영기사가 지지 않고 대꾸했다.

편집기사 조수와 나도 같은 기분이었으므로 딱히 반박할 말이 없었다. 우리는 말없이 차 바닥을 내려다보면서 앉아 있었다. 차가 방향을 틀며 이리저리 함부로 쏠릴 때만 나지막이 욕설을 내뱉었다.

* * *

방송국으로 돌아와서 편집기사 조수는 촬영기사에게서 사용할 수 없을 것이 분명한 그날의 촬영분을 받아들고 편집실로 갔다. 나도 따라갔다. 뭐가 됐든 조금이라도 건질 게 혹시 있지 않을까 하는 생각이었다.

편집 기사에게 촬영분을 넘겨주고 조수는 아까 말한 대로 연극의 제목을 확인하러 자료실로 갔다. 내가 편집기사와 함께 촬영된 내용을 확인했다.

"어디 보자……. 잠깐만, 이거 뭐야?"

테이프를 작동시킨 후에 편집기사가 화면을 쳐다보면서 중얼거렸다.

"이 사람만 왜 이렇게 초점이 안 맞아? 이거 누군데 이렇게 이상하게 나왔어?"

나는 아무 말도 할 수 없었다. 편집기사는 나머지 촬영분을 빨리 감아서 뒤로 넘겨보았다.

"처음에는 심한데 그래도 갈수록 괜찮아지네……. 어어? 끝부분도 좀 이상한데? 이거 어쩌지? 중요한 사람 아니면 지워버릴까?"

그 흐릿한 형체는 류보프 아르카디예브나의 휠체어 뒤에 서 있었다. 처음에는 희미한 안개처럼 보였으나, 이바쵸프의 이름이 언급되자 갑자기 윤곽이 뚜렷해졌다. 한 손으로는 류보프 아르카디예브나의 손을 잡고, 다른 한 손은 그녀의 어깨에 얹고 있었다.

편집기사는 내가 계속 대답을 하지 않자 질문하듯이 나를 쳐다보았다. 그러나 나는 편집기사를 보고 있지 않았다.

"이봐, 저거……."

편집기사가 다시 무슨 말인가 하려고 했다. 그러다가 화면을 다시 한번 쳐다보고는 그대로 말을 멈추었다.

그 형체는 사람일 수 없었다. 사람이기에는 신체 비율이 너무 이상했다. 휠체어 뒤에서, 앉아 있는 사람의 한 손을 잡고 다른 한 손은 어깨에 얹었다면, 정상적인 인간이라면 자연스럽게 서 있을 수 없었다. 그러나 형체는 그런 상태로 아무렇지 않게 류보프 아르카디예브나의 휠체어 뒤에 서서 그녀의 머리 위로 목만 내민 채 우리를 보고 있었다.

자신의 이름이 언급되었을 때 형체는 뚜렷해지면서 동시에 류보프 아르카디예브나의 손을 꽉 쥐었다. 류보프 아르카디예브나도 여기에 대답하듯이 손을 꼭 잡았다. 그리고 그 순간부터 눈에 띄게 정신이 돌아오기 시작했다. 눈동자가 또렷해졌고, 벌어졌던 입이 다물어졌고, 몸에 힘이 들어가고 자세가 반듯해졌다.

인터뷰 내내 형체는 류보프 아르카디예브나의 등 뒤에 서 있었다. 때로는 손등을, 때로는 어깨를 쓰다듬었다. 그리고 이야기가 마무리되자 다시 한번 류보프 아르카디예브나의 손을 꽉 쥐었다. 그러자 그녀는 다시 정신을 잃었다.

"이봐……. 저, 저거, 대체 뭐야?"

편집기사가 떨리는 목소리로 물었다.

나는 대답할 수 없었다. 고개만 가로저었다.

화면이 꺼지기 직전, 형체는 분명하게 카메라 쪽을 쳐다보았다. 그리고 입을 움직여 뭔가 말했다.

"뭐야, 저게? 대체 어디서 뭘 찍어가지고 온 거냐고?"

편집기사가 비명처럼 물었다.

그러나 내가 미처 대답하기 전에, 편집기사 조수가 편집실 문을 왈칵 열고 쳐들어왔다.

"찾았어요!"

언제나처럼 눈치 없는 조수가 의기양양하게 외쳤다.

"〈투란도트〉예요!"

"그건 또 무슨 소리야?"

편집기사가 이제는 완전히 경악하여 고함을 질렀다.

"어둠을 비추고 다음 날 사라지는 것은 희망, 태어날 때는 열병처럼 뜨겁다가 죽을 때는 차가워지는 것은 피…… . 푸치니의 오페라 〈투란도트〉 제2막에 나오는 수수께끼라고요. 하지만 푸치니는 이 작품을 완성 못 하고 죽었어요. 그래서 나중에 다른 사람이 완성했고, 그 작품이 이탈리아 초연을 거쳐서 러시아에 들어온 건 한참이나 나중이란 말예요!"

편집기사 조수가 들고 있던 자료집을 휘두르며 설명했다. 편집기사가 다시 소리쳤다.

"아니, 대체 그게 무슨 소리냐고? 다들 어디 가서 무슨 짓을 하다 온 거야? 인터뷰 화면에는 저런 게 찍혀 있질 않나……."

"그것 좀 이리 내놔봐."

내가 편집기사의 말을 끊고 조수에게 요구했다. 조수가 어리둥절한 표정으로 자료집을 내밀었다.

"인터뷰 화면이 왜요? 뭐가 찍혀 있는데요?"

질문을 무시하고 나는 서둘러 자료집의 책장을 넘겼다. 내가 알고 싶은 것은 정확히 두 가지였다.

편집기사 조수의 말대로 푸치니는 〈투란도트〉를 완성하지 못하고 사망했고, 프랑코 알파노라는 사람이 작품을 완성했다. 그러나 거기까지만 사실이었다. 나는 계속해서 자료집을 읽어 내려갔다.

1926년 이탈리아의 밀라노에서 초연을 했다. 소비에트 연방에서는 1928년 바쿠(아제르바이잔 공화국의 수도)에서 첫 상연을 했다. …… 1931년 〈투란도트〉는 처음으로 볼쇼이 극장에서 공연되었다…….

그리고 그 뒤로 공연에 참여한 배우들과 연출, 제작진의 이름이 전부 나열되어 있었다. 그 명단 중 나는 '무대 장식'이라는 항목 아래에서 이바쵸프의 두 번째 아내였던 발렌티나 빅

토로브나의 이름을 볼 수 있었다.

나는 계속해서 자료집 책장을 넘겼다. 뒤에서 편집기사가
뭔가 항의했지만 듣지 않았다.

Il nome mio nessun saprà—남자 주인공인 칼리프의 대
사이다. "나의 이름은 아무도 알지 못할 것이다." '네순 사프
라.' '아무도 알지 못할 것이다.' 이바쵸프가 몇 번이고 반복
했다던 말이다. 정신병자의 헛소리만은 아니었던 것이다.

그리고 계속해서 낯선 언어를 힘겹게, 끈질기게 읽어 내려
가다가, 같은 남자 주인공의 대사에서 나는 발견했다.

……il silenzio che ti fa mia.

"'티파미아'는 사람 이름이 아니었어."

내가 중얼거렸다.

"'너를 내 것으로 만든다'는 뜻이야."

"예?"

뒤에서 편집기사 조수가 되물었다. 그 질문을 무시하고 내
가 편집 기사에게 부탁했다.

"그 인터뷰 좀 뒷부분만 다시 돌려봐."

"왜, 뭘 보게?"

"하여간 좀 돌려봐."

내가 제대로 기억한다면, 이바쵸프의 유서는 "Nessun

sapra, 내 사랑, 오직 내 사랑 ti fa mia"로 끝난다. 자료집에 나온 〈투란도트〉의 가사대로 해석하면 '아무도 모를 것이다, 내 사랑, 오직 내 사랑만이 너를 내 것으로 만든다'가 된다. 내가 확인하고 싶은 것이 그 부분이었다.

"……이건 또 왜 이래?"

편집기사가 중얼거렸다.

"왜, 뭐가 문제야?"

"먹통인데."

편집기사가 멍한 표정으로 나를 쳐다보았다.

"뭐? 그게 무슨 소리야?"

"이거 봐. 전부 그냥 까매."

편집기사가 말했다.

내가 덤벼들었다. 그러나 편집기사의 말은 사실이었다. 앞으로 돌려봐도, 뒤로 돌려봐도, 조금 전까지 분명히 있었던 인터뷰는 사라지고 검은 화면만이 비칠 뿐이었다.

멍하니 편집기사와 서로 얼굴만 쳐다보다가 내가 황급히 편집기사 조수에게 외쳤다.

"병원에 전화해봐."

"예?"

"류보프 아르카디예브나하고 다시 인터뷰하고 싶다고 해.

빨리, 다시 전화해서 약속 잡아!"

편집기사 조수는 영문도 모르는 채로 내 기세에 눌려서 허둥지둥 편집실을 나갔다. 조수가 다시 돌아올 때까지 나는 알고 있는 욕설을 모두 내뱉으며 점점 겁에 질려가는 편집기사와 함께 아무것도 보이지 않는 인터뷰 화면을 헛되이 앞뒤로 돌려보고 있었다.

그리고 파랗게 질린 편집기사 조수가 편집실로 돌아왔다.

"어떻게 됐어?"

내가 물었다. 그러나 편집기사 조수는 언제나 그렇듯이 중요한 순간에는 더듬거리면서 말을 제대로 하지 못했다.

"그게, 어, 그러니까, 저……."

"어떻게 됐냐니까? 전화 했어, 못 했어?"

"저, 그러니까, 어, 전화를, 그, 하, 하긴, 했는데……."

"그런데 뭐?! 어떻게 됐어? 인터뷰 안 한대? 무슨 일이야?!"

내가 버럭 고함을 질렀다. 편집기사 조수가 내뱉었다.

"죽었대요."

"죽다니? 누가?"

'숙모님이?'라는 생각이 한순간 머릿속을 스쳐 지나갔다. 그러나 물론 죽은 사람은 조수의 숙모님이 아니었다.

"류, 류보프, 아, 아르카디예브나 말예요. 죽었대요."

편집기사 조수가 말했다. 그러고는 내가 다시 고함을 지르려 하자 폭포수처럼 빠르게 내뱉었다.

"우리가 가고 나서 방으로 데려갔는데 아까 밤중에 상태가 갑자기 급격히 안 좋아져서 수술실로 옮겼지만 그대로 사망했대요, 사인은 뇌출혈이랍니다."

"이런 젠장……."

나는 나도 모르게 탄식했다. 그리고 편집실 문을 열고 뛰쳐나왔다.

* * *

"그래서, 여자는 죽은 남자를 먹었고, 죽은 남자는 여자를 잡아먹었고, 그 인터뷰는 우리 시간과 돈과 특집을 잡아먹었군."

피디가 한마디로 깔끔하게 정리했다.

"50주년에 했던 거 찾아봐. 40주년이랑 30주년 것도. 되는 대로 이어 붙여서 어떻게든 짜 맞춰봐."

그리고 피디는 나가라고 손짓했다.

* * *

촬영분이 전부 날아갔다는 말에 촬영기사는 불같이 화를 내며 조금 전에 내가 했듯이 자신이 아는 욕설을 모두 퍼부었다. 그러다 조금 진정이 되고 나자 담배에 불을 붙였다. 한 모금 빨아들이고 나서 뜻밖의 질문을 던졌다.

"그래서, 이바쵸프가 결국 끝까지 사랑했던 여자는 두 번째 부인이었다는 건가?"

"그게 무슨 말이야? 왜 그렇게 생각하지?"

"자료집을 보니 두 번째 부인이 〈투란도트〉 제작진에 참여했다고 하지 않았나. 그 추억을 못 잊은 거 아니었을까?"

"얘기가 그렇게 되나?"

나는 잠시 생각했다. 촬영기사가 담배를 한껏 들이마시고는 연기를 길게 내뿜더니 덧붙였다.

"그렇게 생각하면 굳이 아무도 모르는 이태리어까지 써가면서 자기 마음을 감추려고 했던 것도 이해가 되지. 정치범으로 수감된 사람이 누군가의 이름을 함부로 언급했다간, 그게 이혼한 전 아내든 현재 아내든, 장모의 친구의 옆집 사람이든 가리지 않고 몽땅 잡혀 들어갔을 테니까."

"음…… 그것도 말이 되는군."

촬영기사는 다시 한번 담배를 맛있게 빨아들이고는 연기를 한껏 내뿜더니 나를 보고 물었다.

"왜, 자넨 다르게 생각했어?"

"아니, 뭐……. 자네 말을 들으니까 맞는 것 같아."

내가 얼버무렸다. 촬영기사는 꽁초만 남은 담배를 마지막으로 한번 빨더니 연기를 내뿜고는 중얼거렸다.

"그런데 그 두 번째 부인이 그렇게 좋았으면 왜 류보프 아르카디예브나한테 평생 달라붙어 있었을까?"

"그러게 말이야."

내가 성의 없이 대꾸했다.

인터뷰 화면이 사라지기 전에 마지막으로 찍힌 것은 류보프 아르카디예브나의 휠체어 뒤에 서서 화면을 향해 말하는 이바쵸프의 얼굴이었다. 소리가 들리지 않아 확신할 수는 없었지만 그 입모양은 분명히 "내 사랑"이라 말하고 있었다.[러시아어로 '사랑'이라는 단어는 여주인공의 이름과 같은 '류보프'이다. '내 사랑любовь моя'이라는 구절은 듣기에 따라 '류보프는 내 것이다любовь-моя'라는 문장으로도 해석할 수 있다—역주]

'낙원의 이름을 가진 내 사랑.' 이바쵸프는 유서에서 연인을 그렇게 불렀다. 그녀의 이름에는 낙원이 두 개나 있었다. 류보프 아르카디예브나 라이스카야.['아르카디아'는 고대 그리

스에 있었다고 알려진 조화롭고 무구한 이상향의 이름. '라이스카야'
의 '라이 рай'는 러시아어로 '낙원'을 뜻한다—역주]

간호사를 사랑한 미치광이, 혹은 간수를 사랑한 죄수.

Nessun saprà. 물론이다. 아무도 알지 못해야만 했다. 자신
이 사랑한 간호사도 자신과 똑같은 혐의를 쓰고 체포되어, 자
신과 똑같은 고통을 겪고 어쩌면 자신과 같은 병원에 환자로
수감되게 하지 않으려면, 아무도 몰라야만 했다. 사랑만이,
오직 그의 사랑만이 그녀를 그의 것으로 만들었다.

그러나 결국 그녀는 그가 가장 원하지 않았던 길을 가게 되
었다. 55년—반 세기가 넘도록 그녀는 그와 함께 둘만의 세
계에 갇혀 있었다.

빠져나올 수 없었던 그 돌벽 안에서, 그들은 행복했을까?

"여자는 죽은 남자를 먹고, 죽은 남자는 여자를 잡아먹고,
그리고 인터뷰가 우리 특집을 잡아먹었지."

내가 중얼거렸다. 촬영기사가 물었다.

"뭐?"

"아, 아냐. 피디가 한 말이야."

내가 말했다.

그리고 나는 어쨌든 마감을 맞추기 위해서 지난 특집들을
뒤지러 갔다.

완전한 행복

* 2010년 환상문학웹진 〈거울〉 게재
* 2013년 단편집 《씨앗》(온우주) 수록

혼돈의 시기가 끝나가던 어느 겨울에 그의 집에 초대받지 않은 손님이 찾아왔다. 눈 덮인 벌판을 가로질러 찾아온 손님은 온몸이 꽁꽁 얼어붙은 채로 생존을 위한 하룻밤의 온기를 청했다. 그는 문을 열어 손님을 맞아들였다. 식탁에 앉히고 빵과 소금을 대접했으며 날이 저물자 난로의 불빛이 미치는 따뜻한 자리를 양보했다. 남자가 잠든 후에 그는 오랫동안 그 앞에 서서 잠든 남자의 얼굴을 내려다보며 숨소리에 귀를 기울였다. 그는 남자를 알아보았으나 남자는 그를 알아보지 못했다.

* * *

십오 년 전에 남자는 지금처럼 그렇게 초대받지 않고 그의 집에 찾아왔다. 그때는 창과 칼과 방패와 도끼를 든 사내들의 무리가 불청객의 뒤를 따랐다. 남자는 그와 그의 누이와 어머니와 아버지를 무릎 꿇린 후 자신을 황제라 칭하며 그의 가족들에게 자신의 손에 입 맞추고 충성을 맹세할 것을 명했다.

"이 나라에 황제는 단 한 분뿐이다. 나는 그분께 충성한다."

그의 아버지가 남자에게 말했다.

"내 아버지도, 아버지의 아버지도, 그 아버지의 아버지도 한 분뿐인 황제에게 충성했다. 반역자의 손에 입을 맞출 수는 없다."

이 말을 듣고 남자는 눈짓했다. 그러자 남자의 부하가 그의 아버지에게 다가가 머리에 도끼를 꽂았다. 아버지의 피가 그의 얼굴에 튀었다. 그는 열세 살이었다.

그의 어머니는 떨면서 남자의 손에 입을 맞추고 그와 그의 누이를 위해 목숨을 구걸했다. 참칭자는 큰 소리로 웃었다. 부하들을 시켜 그의 아버지의 시체를 마당에 내다 버렸다. 그리고 대문과 곳간을 열었다.

도적의 무리는 하인들에게 집안의 보물을, 영지의 농노들에게 곳간과 창고의 음식과 술을 나누어주었다. 어머니는 그와 누이를 끌어안고 아무 말도 하지 않았다. 단 한 번, 그의 아버지가 결혼 선물로 주었던 목걸이를 가져가려 했을 때 어머니는 소리를 지르려 했다. 그러나 그의 아버지에게 다가가 머리에 도끼를 꽂았던 사내가 칼끝으로 그의 목을 겨누자 어머니는 조용해졌다.

석 달 동안 참칭자의 무리는 그들의 집과 재산과 하인들을
지배하면서 그의 가족이 소유했던 모든 것을 나누어주거나
부수거나 먹고 마셔 없앴다. 그는 먹을 것이 떨어지면 그의
어머니와 누이, 그리고 자기 자신도 죽임을 당할 것이라 생각
하고 두려움에 떨었다. 그러나 신기하게도 먹을 것은 떨어지
지 않았다. 술이 바닥날 때쯤 영지의 농노들이 보리술을 가지
고 왔다. 고기가 다 없어질 무렵이 되면 누군가 마당으로 거
위나 돼지를 끌고 들어왔다. 그런 음식은 곧 참칭자와 그 부
하들의 식탁에 올랐다.

"너도 먹어볼 테냐?"

참칭자가 칼끝에 고기 한 점을 꽂아 그의 앞에 내밀었다.
그는 고개를 돌렸다. 그러나 속으로는 꿀꺽, 하고 군침 삼키
는 소리를 참칭자가 듣지 못했기를 빌었다. 참칭자가 그의 집
을 시배한 뒤로 그와 그의 가족들은 음식다운 음식을 먹지
못했다.

참칭자는 웃었다.

"고집 센 아이로구나."

그리고 칼에 꽂았던 고기를 자기 입에 넣었다.

고기를 씹으면서 참칭자가 물었다.

"저들이 왜 우리에게 술과 고기를 가져다주는지 아느냐?"

"저들은 모두 반역자이기 때문이다."

그가 대답했다.

"황제께 이 일이 알려지면 너와 너의 도당은 물론 너에게 술과 고기를 가져다준 저 무지렁이들까지 모두 목을 베실 것이다."

참칭자는 한참이나 소리 내어 웃었다.

"어린 놈이 당돌하구나."

그리고 그의 농노들이 가져다준 보리술을 마신 후에 그에게 말했다.

"저들이 우리에게 술과 고기를 가져다주는 이유는 우리를 사랑하기 때문이다. 나는 저들의 황제다."

참칭자는 한 손으로 그의 목을 잡아 얼굴 바로 앞으로 끌어당겼다. 귓가에 속삭였다.

"내 할아버지는 농노였다. 내 아버지는 부역에 끌려가 성채를 쌓다가 돌이 무너져서 깔려 죽었다. 네 나이쯤 되었을 때 나는 남쪽으로 도망쳤다."

그는 도적의 손에서 벗어나기 위해 몸부림쳤다. 그러나 몸부림칠수록 목이 조여들 뿐이었다.

참칭자는 아랑곳하지 않고 말했다.

"남쪽에는 태양을 향해 끝없이 펼쳐진 초원과 자유가 있다. 그곳에서 나는 나 자신의 주인이 되었다."

그는 숨이 막혀 팔을 휘둘렀다. 참칭자의 가슴을 두드렸다. 참칭자는 그의 목을 놓지 않고 말을 이었다.

"머지않아 나는 이 나라의 주인이 될 것이다. 그때가 되면 돼지처럼 진흙 바닥에서 잠을 자고, 채찍을 맞고, 가축처럼 팔려 다니던 사람들이 나와 함께 이 나라의 주인이 될 것이다."

참칭자는 그의 목을 더 꽉 조이며 귓가에 더 가까이 대고 속삭였다.

"그때가 되면 너 같은 귀족의 핏줄은 모두 씨를 말려버릴 것이다. 그리고 네 어머니와 누이는 나와 같은 자들의 아이를 낳게 될 것이다."

참칭자는 빙긋이 웃었다.

"그러니 아직 숨이 붙어 있을 때, 할 수 있는 한 먹어두는 게 좋을 거다."

참칭자는 그의 입에 고기 한 점을 쑤셔 넣었다. 그리고 비로소 그의 목을 놓아주었다.

그는 바닥에 쓰러져 입안의 고기를 뱉어냈다. 기침을 하며 결사적으로 공기를 들이마셨다. 한참 그렇게 숨을 고른 후에야 눈물로 범벅이 된 얼굴을 들어 참칭자에게 침을 뱉었다. 도적의 부하들이 붙잡아 때리기 전에 응접실에서 도망쳐 나왔다. 등 뒤로 참칭자의 웃음소리가 들렸다.

황제의 군대는 뒤늦게 도착했다. 대문을 부수고 들어와서 닥치는 대로 죽였다. 황제의 군대가 쏜 화살이 어머니의 팔에 박혔다. 그리고 황제의 군대는 참칭자와 살아남은 그의 부하들을 밧줄에 묶은 뒤 나무 우리에 넣어 황제가 보는 앞에서 목을 베기 위해 수도로 실어 보냈다.

팔에 화살이 박힌 그의 어머니도, 아직 어렸던 그와 그의 누이도, 참칭자에게 술과 고기를 가져다주었던 농노들과 함께 밧줄에 묶여 나무 우리에 갇혔다. 어머니는 그의 아버지와 그 아버지의 아버지들이 믿었던 황제의 법정에서 진실이 가려지기를 기대했다. 그러나 석 달간 참칭자를 먹이고 재웠으니 뜻을 함께했음이 분명하다는 이유로 황제는 이미 그의 가족을 반역 죄인이라 판결하고 유형을 선고했다.

선고문을 읽은 장교는 아버지의 친구였다. 어머니가 눈물로 호소했으나 무거운 얼굴로 고개만 가로저었다. 그래서 그와 그의 누이는 팔에 화살이 박힌 어머니와 함께 얼어붙은 강 너머 끝없는 눈과 늑대들의 땅으로 보내졌다.

* * *

유형지로 가는 길은 좁고 멀었다.

동북쪽의 요새에 도착하자 그때까지 호송하던 군인들이 교대했다. 그는 어머니와 누이와 함께 나무 우리에서 풀려나 걸어가게 되었다.

차가운 공기 속에서 팔다리를 뻗을 수 있게 된 것이 기뻤고, 새로 교대된 군인들은 뜻밖에 친절했다. 그는 누이의 뒤를 따라 어머니 앞에 서서 천천히 걸었다. 바람은 매서웠고 얼어붙은 길 양쪽에 늘어선 나무들은 회색으로 죽어 있었지만 희끄무레한 하늘에서는 가늘고 날선 햇살이 비추었다. 어머니와 누이 사이에서 걸으면서, 미약하지만 안간힘을 다해 떠 있는 그 해를 쳐다보면서 그는 아버지와 함께 말을 타고 영지를 산책하던 생활을 떠올렸다.

그렇게 걷다가 때때로 얼어붙은 풀숲 사이로 산토끼가 얼굴을 내밀었다. 토끼를 보면 모든 것을 잊고 즐거워 고함을 지를 만큼 그는 어렸다. 고함 소리에 놀란 군인들은 반사적으로 허리에 찬 칼에 손을 대었다가 도망치는 토끼를 보고 웃곤 했다. 그 토끼는 군인들이 잡아서 저녁에 구워 먹었다. 그와 그의 누이에게도 나누어주었다. 그의 어머니는 사양했지만 그와 그의 누이가 먹는 모습을 웃으면서 지켜보았다.

동쪽 끝에 있는 요새에 이르러 군인들이 마지막으로 교대를 했다. 그리고 같은 유형지로 가는 이단자들의 무리가 합류했다.

그중에는 젖과 꿀이 흐르는 세상을 이 땅에 이루기 위해 끊임없이 우유를 마셔대는 자들도 있었고, 채찍을 휘둘러 자기 몸에 스스로 고통을 가하는 자들도 있었다. 그러나 그 대부분은 두 손가락으로 성호를 긋고 알렐루야를 두 번 외치며 '진정한 하느님'에게 기도하는 자들이었다.

수염을 깎지 않은 이 남자들과 머리를 두건으로 가린 이 여자들은 부드럽고 조용했다. 성호를 긋는 두 손가락에 엄지손가락을 맞대고 알렐루야를 한 번 더 외치기를 거부했다는 이유만으로 이렇게 많은 사람들이 이렇게 멀고 험한 길을 떠나게 되었다는 사실을 어린 그는 이해할 수 없었다. 그가 궁금해하자 그중 흰 수염을 길게 기르고 큰 십자가를 목에 건 한 노인이 조용히 웃으며 말했다. 하느님은 죄악으로 가득한 이 세상을 비추는 선善이며 사랑이고 자비이시다. 스스로 용서하면 언젠가 용서받을 것이다.

그러나 그는 쉽게 용서할 수 없었다. 화살촉이 박힌 채로 어머니의 팔은 썩어가고 있었다. 그리고 요새를 떠나면서 그와 그의 가족들은 참칭자가 수도로 가는 길에 나무 우리를 부수고 탈출했다는 소식을 들었다.

썩어가는 팔을 붙잡고 멀고 추운 길을 걷다가 그의 어머니는 드디어 더 이상 걷지 못하게 되었다. 그와 그의 누이는 말라붙은 갈대와 나뭇가지를 엮어 들것을 만들었다. 어머니를 태웠으나 엉성한 들것은 몇 발짝 가기도 전에 부서졌다. 수염을 기른 남자들 중 하나가 나무를 짜 맞추어 썰매를 만드는 법을 알고 있었다. 그러나 군인들은 멈추어 서서 그런 일을 할 시간을 주지 않았다. 어머니는 신음하면서 걸었고, 그와 그의 누이가 부축해도 종종 쓰러졌다. 그러면 군인들은 때렸다. 그의 어머니는 얼른 일어나지 못했고, 그래서 군인들은 더 사납게 때렸다.

어느 날 밤에 누이가 사라졌다. 날이 샐 무렵에야 누이는 아랫도리가 피투성이가 된 채로 군인들에게 질질 끌리다시피 돌아왔다. 그리고 군인들은 썰매를 만들 나무와 시간을 주었다.

그는 아무 말도 할 수 없었다. 누이는 아무 말도 하지 않았다. 그래서 아무도, 아무 말도 하지 않았다.

썰매를 만들어 움직이지 못하게 된 어머니를 태우고 이제 열네 살이 된 그와 열여섯 살 된 누이는 썰매를 끌며 걸었다. 뒤에서 수염을 기른 남자들과 두건을 두른 여자들이 천천히 걸어서 따라오며 알렐루야, 알렐루야를 중얼거리고 두 손가락으로 신의 가호를 빌었다.

얼어붙은 강 앞에서 행렬은 멈추었다. 강 건너로 이어지는 눈 덮인 황야가 그들의 목적지인 유형의 땅이었다.

눈과 얼음 속에서 너무 오랜 시간 걸어온 사람들은 지쳐 있었다. 눈은 허벅지까지 쌓여 있었고, 그 눈 속에서 마른 풀과 얼어붙은 갈대가 한 걸음 떼어놓을 때마다 발에 엉겼다. 다리는 붓고 발가락은 동상에 걸려 감각이 없었다. 모두들 어디든 여장을 풀고 쉬고 싶었다. 그래서 강 건너에 끝없이 펼쳐진, 눈과 얼음과 황폐한 정적뿐인 땅을 보면서 사람들은 기뻐했다. 이제 더 이상 걷지 않아도 된다. 눈과 얼음 위라도 좋으니 어딘가 머무르며 생활을 시작할 수 있다.

그런 기대를 안고 행렬은 순차적으로 조심조심 강을 건넜다. 강의 이쪽에서 본 그 수면은 영원히 얼어붙어 심판의 날까지 녹지 않을 듯이 두껍고 단단해 보였다. 그러나 얼음은 백오십 명의 무게를 견디지 못했다. 그의 발 뒤에서 얼음이 갈라졌다. 어머니는 썰매에 실린 채로 차가운 물속에 가라앉았다. 시신조차 찾을 수 없었다.

얼음물 속으로 뛰어들려는 그를 누이가 잡았다. 그는 누이를 때렸다. 함께 뒹굴었다. 통곡하는 남매를 감싸 안아주고 군인들의 매질을 막아준 것은 수염을 길게 기른 남자들과 두건을 머리에 쓴 여자들이었다.

누이는 어머니가 강물 속에 가라앉은 뒤에도 점점 더 자주 밤에 사라졌다가 동이 틀 때쯤 돌아왔다. 더 이상 군인들에게 끌려오지는 않았다. 비틀거리면서도 자기 발로 서서 돌아오게 되었다.

누이가 머리를 두건으로 가리고 두 손가락으로 신의 가호를 빌게 된 것은 이 무렵이었다. 누이는 그 누구와도 눈을 마주치지 않고 땅을 보며 걸었다. 그가 말을 걸어도 대답하지 않았다. 단지 두건으로 머리를 가린 여자들 사이에서 천천히 걸으며, 끊임없이 두 손가락으로 성호를 그으며 되뇔 뿐이었다. 죄악으로 가득한 세상에 하느님만이 선이며 자비이시다. 용서하면 용서받으리라. 알렐루야, 알렐루야.

＊ ＊ ＊

유형지에 도착하자 호송대의 군인 대부분은 행렬을 그곳에 버려두고 돌아갔다. 대신 인근 요새에서 나온 몇 안 되는 군인들이 작업을 감독했다.

그들은 눈 덮인 숲의 나무를 쓰러뜨려 통나무집을 만들었다. 봄이 오기를 기다려서 아직도 얼어붙은 땅을 깨뜨리고 씨앗 심을 곳을 찾았다. 돌멩이를 수없이 부딪쳐 불꽃을 만들고 강철처럼 단단한 얼음 덩어리로 변한 땅을 파헤치느라 모두 손끝이 너덜너덜하게 피투성이가 되고 손톱이 닳아 빠졌다. 먹을 것이 없어서 배가 고팠고, 추워서 배가 고팠다. 쥐어짜는 듯한 배고픔은 몸속에서 추위와 함께 곧 얼어붙어 무감각해졌고, 무감각은 무기력으로 이어졌다. 그런 무감각에 속지 않고 풀뿌리라도 파내서 입에 넣을 의지가 남아 있는 자만 살아남았다. 그렇지 않은 자들은 그대로 죽어서 얼음 속에 묻히거나 때로 숨이 붙은 채로 늑대에게 뜯어 먹혔다. 그곳은 세상의 끝이었고, 그들에게는 더 이상 갈 곳이 없었다.

짐승들의 땅에서 소년은 온몸으로 자신을 둘러싼 세상과 부딪치며 청년이 되었다. 철학과 외국어를 배우고 아버지처럼 황제의 군대에서 장교가 되는 미래를 꿈꾸던 시절은 아득한 망각의 심연으로 사라졌다.

이제는 돌이킬 수 없는 그 멀고 부드러웠던 시절부터 소년에게 변하지 않은 단 하나의 감정은 누이에 대한 것이었다. 지금은 떠나버린 호송대의 군인들에게 끌려가 마지막 밤을 견디고 나서 절룩거리며 돌아온 후로 누이는 두건을 머리에 덮고 두 손가락으로 성호를 그으며 알렐루야를 중얼거리는 것 외에는 아무것도 하지 못하게 되었다. 소년은 언제든 휘몰아쳐 사람을 으깨버릴 준비가 되어 있는 주위의 자연과 무기력한 성호만 긋는 누이 사이를 가로막고 온 힘을 다해 싸웠다. 소년은 더 이상 어리지만은 않았고, 그런 싸움에 놀랍도록 빨리 익숙해졌다.

유형지에 정착한 뒤로 오 년이 그렇게 흘렀다. 이제 제법 집다운 집도 생겼고, 철이 바뀔 때마다 농사도 짓고 물고기도 잡을 수 있게 되었다.

이단자들 중에서 젖과 꿀이 흐르는 땅을 찾아 우유만 마셔댔던 사람들은 소를 키우는 것이 사치인 그곳에서 우유를 구할 방법이 없어 뿔뿔이 흩어졌다. 스스로 채찍질을 하며 고통 속에서 하느님을 찾던 사람들은 상처가 덧나거나 살아남을 기운을 잃고 일찌감치 죽어갔다. 수염을 기른 남자들과 머리에 두건을 쓴 여자들만이 작지만 튼튼한 통나무집을 짓고 그 안에 모두 모여서 두 손가락으로 성호를 긋고 줄지어 시계 방향으로 돌면서 진정한 하느님을 향해 알렐루야를 두 번씩 외쳤다.

소년의 누이는 이제 그들의 손에 맡겨졌다. 육백 년 전 처음 하느님을 받아들였을 때 숭배하던 방식을 그대로 고수한 죄로 얼음과 눈의 땅으로 쫓겨 온 그들은 비록 물고기를 잡거나 짐승을 죽이는 데는 능숙하지 못했지만 사람의 상처 입은 영혼을 돌보는 방법만은 잘 알고 있었다.

소년은 그들의 방식대로 신을 믿지 않았다. 이제 신 따위는 소년에게 아무래도 좋았다. 단지 그들이 누이를 보살펴주었기 때문에, 누이가 그들과 함께 있을 때만 평온해 보였기 때문에, 그도 때때로 찾아가서 누이의 곁에 앉아 두 손가락으로 성호를 그었다.

누이는 언제나 바닥을 내려다보거나 하늘을 올려다보았다. 그가 옆에 있다는 사실을 알지 못하는 것 같았다. 때로는 그가 누구인지도 알지 못하는 것 같았다. 그가 누이의 손을 잡거나 어깨를 쓰다듬으려 하면 누이는 겁을 내며 피했다.

그래서 그는 누이 곁에 말없이 서서 두 손가락으로 성호를 그었다. 자신이 믿지 않는 하느님을 위해 알렐루야를 부를 의지는 그의 안에 없었다. 그러나 연민도 악의도 없이, 의도도 계획도 없이 무심한 사나움만이 몰아치는 잔인한 세상에 완전한 무방비 상태로 혼자 내동댕이쳐진 누이를 위해, 길을 잃은 누이의 영혼을 위해 그는 성호를 그었다. 그가 할 수 있는 일은 그것뿐이었다.

그리고 일 년이 더 지났을 때 유형지에 영혼의 전사들이 찾아왔다.

농노의 자손인 그들은 주인 대신 군역과 세금의 의무를 짊어지고 일생을 요새에 묶여야 했던 사람들이었다. 그들은 인간의 질서를 거부하고 무기를 탈취하여 성채에서 도망쳤다. 하느님의 이름으로 한데 모여 황제의 군대와 싸우다가 더러는 죽고 더러는 체포되었다. 그렇게 체포된 자들이 유형지로 보내졌다.

눈빛이 험하고, 거친 손에 익숙하게 피를 묻혀본 자들이었다. 두 손가락으로 성호를 긋는 자들이 내놓은 얼마 안 되는 곡물죽과 보리술을 먹고 마시며 영혼의 전사들은 '알렐루야'를 듣지 않고 핏발 선 눈으로 주위를 둘러보았다. 그들 중 한 사람의 시선이 그의 누이에게 향했다. 그날 밤 알렐루야를 부르던 구교도 중 한 사람이 그의 숙소로 찾아왔다. 머리에 쓴 두건을 젖히고 주름진 얼굴을 드러낸 여인은 근심이 가득한 눈빛으로 그에게 누이가 사라졌다고 말했다. 그래서 그는 누이를 찾아 나섰다.

황무지의 밤은 그 야만적인 아름다움을 한껏 뿜어내고 있었다. 하늘을 찌를 듯이 솟은 하얀 자작나무 숲 위로 쏟아질 듯한 별들이 총총히 빛났다. 그는 눈에 묻혀 반쯤 지워진 발자국을 따라가며 무기가 될 만한 것을 찾아 주위를 두리번거렸다.

자작나무 사잇길은 좁고 길고 멀었다. 희끄무레하게 빛나는 어둠 속에서 발밑에 사각사각 밟히는 눈을 헤치고 나아가면서 그는 문득 누이의 뒤를 따라 어머니 앞에 서서 유형지를 향해 걸어가던 때를 생각했다. 눈에 덮여 얼어붙은 풀밭의 마른 풀 사이로 운 나쁜 산토끼가 얼굴을 내밀면 그는 소리를 질렀고 호송대의 군인들이 그것을 잡아 저녁에 구워주었다. 어머니는 여전히 팔에 화살촉이 박혀 있었지만 살아 있었고, 누이는 아직 고통과 수치를 알지 못하여 무구했다. 군인들이 구워주는 토끼 고기를 어머니는 먹지 않았으나 그와 그의 누이가 먹는 모습을 보며 웃었다…….

……순간 그는 나무 뒤에서 부스럭거리는 소리를 들었다.

눈을 밟는 소리를 내지 않으려 조심하면서 그는 천천히 나

402

무 뒤로 돌아갔다.

누이는 땅에 누워 움직이지 않았다. 그 위에 한 남자가 엎드려 헐떡이고 있었다.

나무 밑동을 디딘 그의 발 옆에 돌멩이가 닿았다. 그는 그것을 집어 들었다.

엎드려 있던 남자가 돌아보았다. 그는 내리찍었다. 돌이 사람의 살을 찢고 뼈를 때리는 둔탁한 느낌이 손을 통해 전해져 왔다. 남자는 쓰러졌다.

그러나 남자는 쉽게 물러서지 않았다. 다시 얼굴을 들 때마다 그는 되풀이해서 내리찍었다. 그러다가 어느 순간 멱살을 잡혔다. 뒹굴었다.

얼굴과 배에 몇 번 충격을 느꼈지만 아프지 않았다. 단지 눈앞이 잘 보이지 않았다. 그때 누이의 가느다란 신음 소리가 들렸다. 그는 자신을 타고 앉은 남자를 잡고 휘둘렀다. 남자는 자작나무 등걸에 뒷머리를 부딪쳐 조용해졌다.

그는 일어섰다. 누이에게 다가갔다. 가슴에 꽂힌 칼자루가 보였다.

누이는 얼굴을 반듯하게 옆으로 돌리고 누워 있었다. 초점 없는 눈을 보고 그는 이미 죽었다고 생각했다. 조심스럽게 누이의 가슴 위로 몸을 굽히고 칼자루를 잡고 뽑아냈다.

누이가 쿨럭, 기침을 했다. 입에서 피가 쏟아졌다.

누이가 고개를 돌렸다. 또렷한 누이의 눈이 그와 정면으로 마주쳤다.

"하느님은 선이시며 자비이시다."

누이가 흔들림 없는 시선으로 그를 바라보며 작지만 분명하게 속삭였다.

"내가 용서했듯이…… 너도 용서하고, 용서받아라."

그리고 누이는 죽었다.

누이의 죽음과 함께 세상이 잠시 멈추었다. 그는 누이의 가슴 위로 몸을 굽힌 채 그대로 굳어졌다. 뒤에서 남자가 신음하며 꿈틀거리는 소리가 들려올 때까지 그는 그렇게 몸을 굽힌 채 피로 물든 누이의 연약한 입술과 영원히 생기를 잃은 다정한 눈동자를 들여다보고 있었다.

뒤에서 남자가 부스럭거렸다. 그는 고개를 돌렸다. 누이를 죽인 칼을 손에 쥔 채로 일어섰다. 남자에게 다가갔다.

남자는 아랫도리를 벗은 모습 그대로 쓰러져 있었다. 그는 남자의 얼굴을 찼다. 꿈틀거리던 남자는 다시 조용해졌다. 그는 남자의 얼굴을 향해 등을 돌리고 그 배를 타고 앉았다. 누이를 더럽힌 성기를 잘라냈다. 이제까지 누이를 더럽힌 모든 남자들의 성기를 잘라냈다.

남자는 괴성을 지르며 버둥거렸다. 남자의 주먹이 그의 등과 목덜미를 때렸다. 그는 멈추지 않았다.

전부 잘라냈을 때쯤 남자는 얌전해졌다. 그는 남자의 얼굴을 향해 돌아앉았다. 누이와 남자의 피로 범벅이 된 칼날로 남자의 뺨을 톡톡 쳤다.

남자는 아직 살아 있었다. 잠깐 눈을 떴다. 그는 잘라낸 남자의 성기를 눈앞에 흔들어 보였다. 그리고 손에 든 칼로 남자의 목을 찢고 그 안에 쑤셔 넣었다.

남자는 곧 움직이지 않게 되었다. 그도 오랫동안 남자를 타고 앉은 채 움직이지 않았다.

얼굴과 손에 뒤집어쓴 피가 뻣뻣하게 굳어졌다. 그는 몸을 일으켰다. 주변의 눈을 움켜잡고 손과 얼굴을 씻어냈다. 그리고 누이의 시체를 돌아보았다.

'내가 용서했듯이…… 너도 용서하고, 용서받아라.'

누이의 시체와 남자의 시체 사이에 서서 그는 자신이 방금 무슨 짓을 한 것인지 이해하려 애썼다.

누이는 어머니를 싣고 갈 썰매를 만들기 위해 군인들과 함께 밤을 보냈다. 누이가 피투성이가 되어 비틀거리며 돌아왔을 때 그는 아무것도 하지 않고 아무 말도 하지 않았다. 이제 누이는 죽었고, 그래서 그는 울 수 없었다. 얼어붙은 땅덩어리처럼 그의 마음을 짓누른 죄책감의 무게는 한 번의 울음으로, 몇 방울의 눈물로 녹일 수 있는 종류가 아니었다. 누이에게 다시는 용서를 빌 수 없게 되었으니 그 무게는 영원히 그의 심장 위에 얹힌 채로 얼어붙었다.

'내가 용서했듯이…… 너도 용서하고 용서받아라.'

누이는 죽기 전에 자신을 용서했을까. 그는 알 수 없었다.

'내가 용서했듯이…… 너도 용서하고 용서받아라.'

누이의 눈을 감기고 이마에 입을 맞춘 후 그는 돌아서서 그곳을 떠났다. 그러자 누이의 영혼도 죽은 몸에서 일어나 그와 함께 떠났다.

* * *

청년이 된 소년은 칼 한 자루를 손에 쥔 채 눈과 얼음을 헤치고 동쪽으로 동쪽으로 나아갔다. 돌을 부딪쳐 불을 일으키고, 작은 들짐승을 잡아먹고, 눈구덩이 속의 꺼져가는 모닥불 앞에 웅크려 새우잠을 잤다. 이미 어렸을 때부터 계속해온 일이라서 새삼스럽게 힘들지는 않았다.

저녁마다 누이를 끌고 가는 군인도 없었고, 우유를 찾거나 자기 몸에 채찍질을 하거나 시계 방향으로 돌며 알렐루야를 외치는 사람도 없었다. 하늘과 땅 사이에 펼쳐진 인간과 짐승의 세상에서 죄책감과 분노와 증오를 짊어지고 그는 오로지 혼자였다.

그렇게 홀로 숲속을 걸을 때면 자작나무 아래 누이의 영혼이 모습을 나타냈다. 언제나 피에 젖은 입술을 움직여 누이는 기도했다.

하느님은 선이며 자비이시다. 내가 용서했듯이, 너도 용서하고 용서받아라.

그러나 그가 다가가서 이마에 입 맞추려 하면 누이의 모습은 어느샌가 사라져버렸다.

계속 동쪽으로 걷다가 그는 외딴 마을을 발견했다. 통나무집의 생김새로 보아 그곳도 유형 온 사람들이 일군 정착지인 것 같았다. 밤이 되기를 기다려 그는 통나무집에 가까이 갔다. 마당의 나무둥치에 도끼가 박혀 있는 것이 보였다. 그는 다가가서 도끼를 뽑아냈다. 그리고 조용히 돌아서서 뛰었다.

그는 계속해서 동쪽으로 향했다. 이제 칼과 도끼가 있으니 무엇이든지 할 수 있었다. 나무를 베어서 껍질을 벗길 수도 있었고, 땔나무를 잘게 쪼갤 수도 있었고, 집을 지을 수도 있었다.

그래서 그는 도끼로 나무를 베어 집을 지었다. 불을 피우고 가느다란 나뭇가지를 베어다가 불을 쬐여 휘어서 덫을 만들었다. 그것으로 들짐승을 잡아 누이를 죽인 칼로 가죽을 벗기고 고기를 썰었다.

그렇게 그는 혼자만의 유형지에서 누이의 영혼과 함께 살았다.

하느님은 선이며 자비이시다. 내가 용서했듯이 너도 용서하고 용서받아라.

누이의 영혼이 이렇게 말할 때면 그는 창백한 누이의 얼굴이 그립고 반가워 조금 웃었다. 그러나 언제나 가슴을 짓누르는 죄책감과 존재의 가장 깊은 곳을 가득 채운 증오와 분노 때문에 눈물을 흘릴 수도 누이에게 다가갈 수도 없었다. 그러다 그가 간신히 손을 뻗으면 누이는 언제나 나타날 때처럼 소리 없이 사라져버렸다.

* * *

참칭자는 난로 곁에 누워 곤히 잠들어 있었다. 잠든 도적의 얼굴을 보며 그는 누이의 마지막 말을 생각했다.

하느님은 선이며 자비이시다. 내가 용서했듯이 너도 용서해라.

그는 누이의 죽음과 지난 세월의 무게를 저울질했다. 심장 위에 얼어붙은 차가운 죄책감을, 마음을 밑바닥부터 가득 채운 증오와 분노를 생각했다. 누이를 죽인 칼을 손에 쥐고 망설였다.

그때 참칭자가 눈을 떴다.

한동안 참칭자와 그는 서로를 마주 보며 움직이지 않고 그대로 있었다. 참칭자는 누운 채로, 그는 침상 앞에 선 채로.

마침내 참칭자가 입을 열었다.

"내가 누구인지 아는가?"

그는 고개를 끄덕였다.

참칭자가 다시 말했다.

"그렇다면 나를 죽이기보다는 가까운 요새로 데려가 군인들에게 넘기고 현상금을 타는 편이 너에게 훨씬 더 이익일 것이다."

'이익'이라는 말에 그는 자기도 모르게 빙긋 웃었다.

"현상금 따위는 필요 없다."

그가 조용히 말했다. 자기 자신도 의식하지 못했으나 그는 사실 아주 오랫동안 이날을 기다려왔다. 목소리가 떨려서 헛기침을 해야만 했다.

"너는 내 가족을 죽였다."

참칭자는 누운 채로 그의 눈을 들여다보았다. 그의 얼굴을 보면서 눈앞에 칼을 들고 선 이 사람의 정체에 대한 어떤 단서라도 찾아내려는 모양이었다. 그러나 참칭자는 전혀 기억하지 못했다.

그가 천천히 말했다.

"내 아버지는 너를 황제라 부르기를 거부했다. 그래서 너는 내 아버지의 머리에 도끼를 꽂았다. 너와 너의 무리가 석 달간 내 가족의 집을 떠나지 않고 내 아버지의 농노들과 함께 먹고 마셨다. 그 때문에 죄 없는 내 어머니와 누이는 반역자로 몰려 유형지에서 죽었다."

그는 다시 자기도 모르게 빙긋 웃었다. 입술이 양옆으로 말려 올라가면서 이가 드러났다.

"현상금 따위는 필요 없다. 나는 너를 죽이고 싶다."

참칭자는 일그러진 그 웃는 얼굴의 눈을 들여다보았다.

"……그때 그 장교의 아들이로구나."

그는 대답하지 않았다. 참칭자가 다시 그의 얼굴을 관찰했다.

"세월이…… 많이 흘렀구나."

그리고 참칭자가 웃었기 때문에 그는 놀랐다.

참칭자는 그가 보는 앞에서 침상 위에 누웠던 몸을 천천히 일으켰다.

"……그렇다고 침대 위에서 죽게 하려는 건 아니겠지."

다리를 침상 아래로 내리며 참칭자가 물었다.

"일어서도 되겠나?"

그는 고개를 끄덕였다.

참칭자는 침상에서 내려왔다. 그의 앞에 똑바로 섰다.

과거에는 아직 젊어서 야비한 격정을 뿜어내던 남자의 얼굴은 이제 관자놀이에 서리가 내리고 이마에도 주름이 졌다. 그러나 그 눈만은 변하지 않았다. 참칭자가 '나는 저들의 황제다'라고 말했을 때의 그 눈빛을 그는 아직도 기억하고 있었다. 그 자신은 기억한다는 사실조차 기억하지 못했다. 그러나 이제 얼굴을 마주 대하니 마치 조금 전에 일어났던 일처럼 전부 다 되살아났다.

참칭자가 평온한 얼굴로 그를 바라보며 조용히 말했다.

"네가 보기에 나는 무뢰배의 괴수이고 살인자일 뿐이겠지."

그는 이번에도 대답하지 않았다. 그에게 중요한 문제는 단 한 가지, 참칭자의 목에 칼을 지금 꽂느냐 아니면 조금 뒤에 꽂느냐 하는 것이었다.

참칭자가 천천히 말했다.

"그러나 그때의 나는 내가 창조하려던 세상을 믿었다. 돼
지처럼 진흙탕에서 구르고 가축처럼 팔려 다니는 자들, 나와
같은 자들이 세상의 주인이 되게 하리라던 그 말만은 거짓이
아니었다."

참칭자는 그가 손에 든 칼을 내려다보았다.

"피로 세운 왕국은 하늘의 왕국이 될 수 없다는 걸 그때는
미처 알지 못했다. 피는 오로지 더 많은 피를 불렀고, 그래서
나는 모든 것을 잃었다."

참칭자는 조금 웃었다.

"그러니 나도 결국은 너와 같다. 원한다면 그 칼로 나를 죽
여도 좋다."

그리고 참칭자는 입을 다물고 더 이상 말하지 않았다. 그의
얼굴을 똑바로 들여다보았다.

그는 칼자루를 쥔 손에 힘을 주었다. 그러나 '나도 결국은
너와 같다'는 참칭자의 말이 그의 마음속에 작지만 깊은 파
문을 일으켰다. 그래서 그는 칼을 쥔 손을 움직일 수 없었다.

그때 참칭자의 등 뒤에서 누이가 모습을 나타냈다. 누이는
그에게 소리 없이 입술만 움직여 말했다.

하느님은 선이고 자비이시다. 너도 내가 했듯이 용서하고 용서받아라.

"너는 용서했는가?"

그가 문득 참칭자에게 물었다.

참칭자는 의아한 얼굴로 되물었다.

"용서? 무엇을?"

그는 잠시 생각한 후에 대답했다.

"세상을…… 너 자신을."

그의 말에 참칭자는 이를 드러내고 웃었다.

"용서는 잘못이 있을 때 하는 것이다. 나는 신념에 따라 행동했다. 내가 한 일에 한 점 후회도 없다."

그것은 그가 예상치 못했던 대답이었다.

칼을 쥔 손에서 어쩐지 힘이 빠졌다. 그는 잠시 바닥을 내려다보며 움직이지 않고 서 있었다.

참칭자는 아무 말도 없이 그의 앞에 그대로 서 있었다.

"……가라."

그가 힘없이 말했다.

참칭자가 의아한 표정으로 쳐다보았다. 그는 눈을 들어 참칭자를 쳐다보았다.

"이제 와서 너를 죽여 내가 무엇을 얻겠으며 무엇을 되찾겠는가."

그는 말을 끊고 조용히 한숨을 쉬었다. 참칭자의 어깨 너머로 창백한 누이의 얼굴과 시선이 마주쳤다. 그는 이를 악물고 다시 한번 한숨을 쉰 후에 천천히 말했다.

"……너를 살려 보냄으로써 나는 용서와 평안을 구하겠다."

참칭자는 믿을 수 없다는 표정이 되어 그를 쳐다보았다. 그러더니 한마디 말도 없이 돌연히 그의 옆을 지나 오두막의 문을 열고 추위와 눈 속으로 나아갔다.

참칭자를 보내고 나서도 그는 움직이지 못하고 그대로 서 있었다.

'나는 신념에 따라 행동했다. 내가 한 일에 한 점 후회도 없다.'

참칭자를 죽이지 않고 보내준 그의 결정이 올바른 것이었는지 말해줄 수 있는 사람은 누이밖에 없었다. 그래서 그는 참칭자의 등 뒤에 나타났던 누이의 모습을 찾아 주위를 둘러보았다.

그러나 오두막 안에는 아무도 없었다 그는 혼자였다. 기다렸지만 누이는 다시 나타나지 않았다.

누이가 사라졌다. 그렇다면 용서했다는 뜻일까? 두리번거리다가 그는 칼을 식탁 위에 놓았다. 의자에 주저앉았다.

그는 알 수 없었다.

과연 용서하고 용서받았는가?

하지만 그렇다면 대체 어째서 이렇게 괴로운가?

'옳건 그르건 내가 한 일에 한 점 후회도 없다.'

그는 식탁 위에 놓인 칼을 들여다보았다. 조금 전까지 그 칼을 쥐고 있었던 자신의 손을 들여다보았다.

그는 그 칼로 사람을 죽였다. 그것도 악귀와도 같은 방법으로 죽였다. 그가 죽인 사람이 그의 누이를 죽였기 때문이었다. 그것은 오래 지속된 끔찍한 고통 뒤에 따라온 허무한 죽음이었다. 그래서 누이는 죽음 뒤에도 안식을 얻지 못하고 오랫동안 그를 따라다녔다.

이어서 그는 생각했다. 누이가 그렇게 고통받은 것은 어머니 때문이었다. 그러나 그의 어머니는 결국 팔에 화살이 박힌 채 얼어붙은 강물 속으로 가라앉았다.

그리고 어머니의 팔에 화살이 박힌 것은 참칭자가 그의 집에 찾아왔기 때문이었다. 생각이 여기에 이르자 마음이 빠르게 움직이기 시작했다.

모든 것은 참칭자에게서 시작되었다. 도적이 새로운 세상을 헛되이 꿈꾸며 무리를 모아 쳐들어오지 않았던들 그의 세상은 무너지지 않았을 것이다. 지금처럼 소중한 사람들을 모두 참혹하게 잃고 눈과 늑대들의 땅에 홀로 남지도 않았을 것이다.

'용서는 잘못이 있을 때 하는 것이다.'

잘못이 있음에도 자각하지 못하여 용서를 바라지 않는 사람은 용서할 방법이 없었다. 그러므로 지금 그에게 필요한 것은 선이나 자비가 아니었다. 그가 원하는 것은 정의였다.

눈에는 눈,

피에는 피.

그는 일어서서 도끼를 집어 들고 오두막을 나왔다.

참칭자의 발자국은 눈밭 위에 두 줄로 쭉 이어져 있었다. 그는 처음에는 천천히, 그러다가 점점 더 발걸음을 빨리하여 따라갔다.

참칭자는 뒤에서 사람이 다가오는 발소리를 듣고 돌아보았다. 그의 얼굴을 보고 순간적으로 안도하는 표정이 되었다. 그러다가 문득 참칭자는 그가 손에 든 도끼 쪽으로 눈길을 옮겼다. 그 순간 돌아서서 뛰기 시작했다.

그러나 눈밭에 갇혀 오랫동안 참고 견뎌온 사람의 악에 받친 추격을 쉽게 따돌릴 수는 없었다. 그는 곧 참칭자를 따라

잡았다. 팔을 뻗어 뒤에서 목덜미를 움켜쥐었다. 그리고 언젠가 참칭자의 부하가 그의 아버지에게 했듯이 도끼로 머리를 내리쳤다.

사위가 하얗게 눈으로 덮인 벌판에서 그는 천천히 오랫동안 음미하며 참칭자를 몇 번이고 몇 번이고 내리찍었다.

참칭자가 완전히 숨이 끊어진 후에도 그는 몇 번 더 도끼를 휘둘렀다. 참칭자의 목과 팔, 다리를 몸통에서 분리했다. 그런 뒤에 이미 붉게 물든 눈으로 도끼날과 양손, 얼굴에 뒤집어쓴 피를 씻어냈다. 일어서서 걸었다. 참칭자의 시체와 적당히 거리를 두고 서서 그는 여전히 손에 도끼를 움켜쥔 채 기다렸다.

곧 어스름이 찾아오고 지평선에 늑대들이 나타났다. 그는 숨을 죽이고 바라보았다. 늑대들은 차갑게 식어버린 시체에 다가갔다. 냄새를 맡아보더니 뜯어 먹기 시작했다.

그는 움직이지 않고 서서 늑대들이 참칭자의 시체를 전부 뜯어 먹고 뼈까지 씹기 시작하는 것을 오랫동안 지켜보았다. 그중 한 마리가 고개를 들었다. 푸른 인광이 서린 짐승의 눈과 시선이 마주치자 그는 얼굴을 찡그리고 이를 드러내며 늑대처럼 웃었다.

이제 그의 세상에는 선도 자비도 용서도 없었다. 그의 존재

는 비로소 의미를 찾았다. 눈과 얼음으로 뒤덮인 아름답고 무
자비한 세상에 홀로 서서 그는 완전한 행복을 느꼈다.

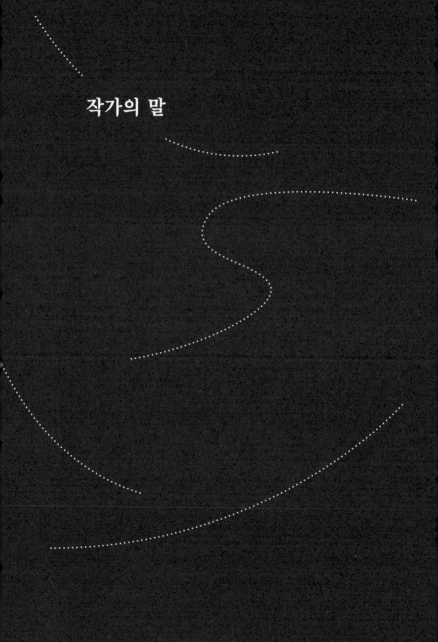

작가의 말

1.

오래전에 썼던 이야기들을 다시 읽으며 가장 처음 느낀 것은 내가 참으로 단단하게 성별이분법과 정상성의 고정관념에 갇혀 있었다는 사실이었다. 모든 등장인물이 남자 아니면 여자, 그 아니면 그녀다. 하긴 그때는 내가 뭘 잘 몰랐다. 그래서 등장인물들이 어딘가에 갇혀서 빠져나오려고 애쓰는 이야기들을 그렇게나 많이 썼는지도 모르겠다. '불구' 같은 단어도 매우 차별적이라서 고칠까 고민했으나 그런 차별이 아무렇지 않게 드러난 채로 살던 야만의 시대를 표현하기 위해 그대로 두었다. 나라는 인간이 그런 시대를 내면화한 채로 살았던 시절이 있었다는 사실도, 사회가 그런 시대에서 (지금도 별로 그다지 발전하지는 못했지만) 그나마 손톱만큼 앞으로 나아가려고 노력은 했다는 사실도 기록으로 남기는 게 좋다고 생각한다. 그러나 이 오래되고 단단히 갇힌 이야기들을 읽으면서 상처받으실지도 모를 독자분들께 미리 사죄드린다.

2.

그렇게 갇혀 있는 이야기들 중 첫 번째인 〈나무〉는 상당히 오래전에 읽은 어떤 일본 SF에 화가 나서 쓴 글이다. 그 일본 SF의 제목은 기억나지 않는데 미래 디스토피아 사회에서 억압적인 정부가 사람들을 천천히 나무로 변화시키는 형벌에 처하는 이야기였다. 나는 남성 주인공이 체념하고 순응하는 태도나, 그의 아내인 여성 주인공이 나무가 되는 처벌을 받아 길거리에 심어져서 움직일 수 없게 된 채 성범죄의 표적이 되는 상황을 아무렇지 않게 받아들이는 전개를 도저히 받아들일 수 없었다. 내가 사랑하는 사람이 그런 비인간적인 처벌을 받고 길거리에 고정된 채 범죄에 노출된다면 나는 밤낮으로 곁에서 그 사람을 지키고 온 힘을 다해 세상에 저항할 것이다. 그래서 나는 주인공에게 중요한 사람이 나무로 변하고 주인공이 복수하는 이야기를 썼다. 어쩌다 보니까 나는 본의 아니게 복수 전문 작가가 된 것 같은데 많은 경우 화가 나서 글을 쓰기 때문에 어쩔 수 없는 측면이 있다. 인간은 역동적인 존재이고 역동적인 존재여야만 한다.

그렇게 따지면 나무도 마냥 수동적인 존재는 아니다. 사실 세상에 수동적인 존재는 없다. 모든 작용에는 크기는 같고 방향은 반대인 반작용이 존재한다. 그것이 순리이다.

3.

내가 쓰는 이야기들이 비유나 '알레고리'라는 평을 많이 듣는다. 나는 여기에 동의하지 않는다. 나는 극사실주의 작가다. (정말?) 아니 뭐 '극'사실주의까지는 아닐지 몰라도 나는 대부분의 경우 비유나 알레고리를 의도하고 작품을 쓰지는 않는다. 작품 속에서 비현실적인 일이 일어난다면 허구의 작품 속에서는 정말로 비현실적인 일이 그렇게 일어난 것이다. 왜냐하면 소설 속에서는 무슨 일이든 일어날 수 있기 때문이다.

비유나 알레고리라는 평을 많이 듣는 이유는 내가 그런 형식을 좋아하기 때문일 것이다. 나는 옛날얘기나 동화를 좋아한다. 옛날얘기나 동화에서는 비현실적인 일들이 일어나도 아무도 이상하게 여기지 않는다. 그리고 동화나 민담 장르에서는 비현실적인 사건들이 아주 아무렇지도 않게 아주 많이 일어난다. 그래서 내가 옛날얘기를 좋아하는 것인지도 모른다. 그런데 한국에서 옛날얘기나 동화의 경우 대부분 끝에 어떤 교훈이 있다. 그래서 많은 사람들이 비현실적인 이야기 끝에는 현실적인 교훈이 있어야 한다고 생각하는지도 모른다. 이야기를 처음 듣고 읽기 시작한 순간부터 그렇게 배웠기 때문이다.

나의 이야기에는 교훈이 없다. 나는 독자에게 교훈 같은 걸 줄 만큼 훌륭한 사람이 아니다. 앞에서도 썼듯이 나는 한때 뭘 아주 잘 몰랐던 사람이고, 지금도 별로 뭘 잘 아는 것 같지 않다. 그러나 노력은 하고 있다. 노력만큼 성과가 있는지, 올바른 방향으로 노력하고 있는지는 잘 모르겠지만 하여간 노력은 하는 편이다.

4.

나는 비현실적인 이야기들을 좋아한다. 이야기의 효용 자체가 거기에 있다고 생각한다. 현실에서는 만나볼 수 없는 세계를 상상 속에서 경험하는 것. 내가 직접 겪은 일을 있는 그대로 이야기한다고 하더라도, 듣는 사람이나 읽는 사람의 입장에서는 자신이 경험하지 못한 다른 삶의 이야기일 뿐이다.

그러니까 현실에서 일어난 일이든 일어날 수 있는 일이든 일어날 수 없는 일이든, 결국 독자의 입장에서 봤을 때 가상과 허구와 상상이라는 점에서는 근본적으로 같다. 어차피 허구의 이야기인데 그러면 현실에서 더 멀리 날아갈수록 더 재미있지 않을까? 물론 현실에서 더 멀리 떨어질수록 이야기는 (그리고 이야기를 읽거나 듣는 독자님들은) 더 혼란스러워질 것이다. 그러나 그 혼란도 재미의 일부라고 생각한다. 독자님들도 그렇게 생각해주시면 좋겠다.

5.

그런 의미에서 첨부하여 말씀드리자면 마지막 이야기인 〈완전한 행복〉의 결말은 사실과 전혀 다르다. 늑대는 죽은 생물이나 식어서 차가워진 사체를 먹지 않는다. 죽은 생물을 먹는 것은 코요테다. 그러나 시베리아에는 코요테가 살지 않기 때문에, 그리고 나는 모든 혼란스러운 사건을 일으킨 장본인이 야생동물에게 뜯어 먹히는 결말을 간절히 원했기 때문에 불쌍한 늑대의 생태를 왜곡하여 작품에 사용하였음을 밝히는 바이다.

〈완전한 행복〉은 러시아 역사에서 '암흑 시기'라고 하는

1590년대 즈음부터 1613년 이전까지의 시기를 배경으로 실제 있었던 '참칭자 드미트리' 사건을 내 맘대로 변형하여 만들어낸 이야기다. 러시아 첫 왕조인 류릭 왕조의 마지막 왕 이반 4세는 왕세자인 자기 아들을 때려죽인 미치광이로 유명하다. 이 이반 4세가 결혼하지 않고 낳은 아들인 드미트리는 9세 무렵에 이반 4세의 적들에게 암살되었는데, 왕가의 대가 끊어지고 왕의 정신이 혼란해지고 정세가 어지러워지자 자기가 왕실의 혈통을 계승한 마지막 인물인 드미트리 왕자라고 자칭하는 '가짜 드미트리'들이 일이 년 사이에 서너 명이나 나타났다.(이 때문에 러시아어에서는 지금도 남의 신원을 도용하거나 거짓말을 일삼는 인물을 '가짜 드미트리'라고 표현한다.) 사회가 혼란해지면 언제나 그렇듯이 이 시대에는 사이비종교나 이단 종파도 아주 많이 나타났다. 400년 이상 지난 현재에 책으로 읽어보면 굉장히 흥미로운 시기처럼 보인다. 그러나 이 시대에 그냥 평범한 보통 사람으로서 살아야 했다면 정말 엄청나게 고생스럽고 혼란스러운 시기였을 것이라 생각한다. 하긴 내가 보기에 러시아는 2022년 현재도 암흑 시기를 겪고 있으며 남의 나라까지 암흑 시기로 만들려고 발버둥을 치고 있다. 전쟁이 빨리 끝나고 나쁜 놈들이 얼른 몽땅 죽어서 전부 늑대에게 뜯어 먹히기를 소망한다.

또 첨부해서 말씀드리자면 〈Nessun sapra〉는 내가 지어낸 이야기이다. '원저자'인 '아프토르 니카그다네브일롭스키'는 러시아어로 '저자는 원래 없었다'는 말을 대충 사람 이름처럼 '스키'를 붙여서 만든 것이다. 주인공 다닐 바실리예비치 이바쵸프는 러시아 작가 다닐 이바노비치 유바쵸프[Daniil Ivanovich Yuvachov, 1905~1942]와 브루노 야셴스키[Bruno Jasieński, 1901~1938?]의 삶을 적당히 조합해서 내가 만들어낸 인물이다. 다닐 유바쵸프는 '다닐 하름스[Daniil Kharms]'라는 필명을 사용하여 전위적이고 실험적인 작품들을 집필하다가 소비에트 정권의 미움을 사서 정신병원에서 생을 마쳤다. 브루노 야셴스키는 폴란드인으로 1929년 소련에 귀화하여 소비에트 작가가 되어 약 10년이 안 되는 짧은 시간 동안 대단한 인기와 명성을 누렸으나 스탈린이 대숙청을 시작하자마자 체포되어 감옥에서 사망했기 때문에 정확한 사망 연도는 알 수 없다. 그러나 〈투란도트〉는 실제로 1931년 러시아 모스크바의 볼쇼이 극장에서 처음 상연되었는데 1931년은 또한 브루노 야셴스키가 처음으로 러시아어로 희곡을 발표한 해이기도 하다. 나는 야셴스키에 대해서 박사논문을 썼고 하름스(유바쵸프)에 대해서는 학술논문을 썼다. 1920년대에서 1930년대를 살았던 작가들은 어느 나라에서 어떤 언어를 사용했든 대부분 글자 그대로 불꽃 같은 삶을 살았다. 그래서 나는 야센스키에 대해서 논문을 썼으니 논문에 쓸 수 없는 이야기들을 모아서 소설도 써보고 싶다고 생각했다. 이런 설명은 줄줄이 붙이지 않는 편이 더 재미있지만 여러 가지 혼란을 방지하기 위해 여기에 밝혀둔다.

6.

독자님들께 재미있는 이야기를 들려드리고 싶었다. 부디 재미있게 읽어주셨으면 좋겠다.

2022년 말

정보라 드림

퍼플레터 구독 신청 링크
퍼플레터는 퍼플레인의 뉴스레터 서비스입니다.

아무도 모를 것이다

초판 1쇄 발행 2023년 1월 20일
초판 4쇄 발행 2024년 4월 30일

지은이 정보라

펴낸이 박선경
기획·편집 이유나, 지혜빈, 김선우
마케팅 박언경, 황예린
디자인 studio forb
제작 디자인원(031-941-0991)
작가 전속에이전시 그린북 에이전시

펴낸곳 도서출판 갈매나무
출판등록 2006년 7월 27일 제395-2006-000092호
주소 경기도 고양시 일산동구 호수로 358-39 (백석동, 동문타워 I) 808호
전화 (031)967-5596
팩스 (031)967-5597
블로그 blog.naver.com/kevinmanse
이메일 kevinmanse@naver.com
트위터 twitter.com/purplerain_pub
인스타그램 www.instagram.com/purplerain.pub

ISBN 979-11-91842-43-2 (03810)
값 17,000원